TO 大宝贝.

很高兴能和你在这本书里相遇，你一定是个可爱温柔的小姑娘.

愿你余生无惧风雨，平安快乐，你会遇到一个知心的人，他见山是你，见水是你，夏炎冬寒，满心皆你，他终会将你奉于掌心之上，做你裙下之臣，认命护你♥

爱丽丝之冬

下

草灯大人◎著

百花洲文艺出版社
BAIHUAZHOU LITERATURE AND ART PRESS

图书在版编目（CIP）数据

爱丽丝之冬．下 / 草灯大人著．-- 南昌 ：百花洲文艺出版社，2021.12
ISBN 978-7-5500-4532-3

Ⅰ．①爱… Ⅱ．①草… Ⅲ．①长篇小说－中国－当代 Ⅳ．①I247.5

中国版本图书馆 CIP 数据核字（2021）第 237029 号

爱丽丝之冬．下
AILISI ZHI DONG . XIA
草灯大人 著

出 版 人	章华荣
出版统筹	曾英姿
责任编辑	蔡央扬
特约编辑	曾　枰
装帧设计	黄　梅
出版发行	百花洲文艺出版社
社　　址	南昌市红谷滩区世贸路 898 号博能中心 A 座 20 楼
邮　　编	330038
经　　销	全国新华书店
印　　刷	人民今典印务有限公司
开　　本	880mm×1230mm　1/32　印张 10
版　　次	2022 年 5 月第 1 版第 1 次印刷
字　　数	254 千字
书　　号	ISBN 978-7-5500-4532-3
定　　价	42.80 元

赣版权登字：05-2021-436

网址 http：//www.bhzwy.com

目录

第一集

这一年的冬天，见证了无数家庭的悲欢离合。

每个人的故事，从年头连到年尾，吵吵嚷嚷，世故扰攘，没一刻消停。

快过年了，每年都得过完春节，才算是真正度过了凛冽寒冬。

艾黎和陈鹤川一起过年，两个人都没拖家带口，孑然一身，凑一起热闹。红尘万里，人间纷扰，要是两个人没能搭伙儿做伴，指不定多么寂寞。

家家户户都聚成一团吃年夜饭，偏生他们盯着万家灯火，孤零零过日子，实在可怜。

大年夜前一个星期，他俩便去集市买火红的春联以及果脯蜜饯一类干货，看春节联欢晚会的时候，可以开瓶啤酒，两个人围坐在一块儿，把冰冷的四肢全塞入新买的棉被里，底下铺着厚厚实实的电热毯，加热时，燥意横生，很适合嗑瓜子闲聊。

陈鹤川最近休假，寻了一个下午，带艾黎去深山老林的竹林里挖冬笋。

冬日枯叶累累，看着萧瑟，却是滋养冬笋的沃土。他用锄头拨开黑黄相交的枯叶，摸出几个才露尖尖角的笋芽儿。别看露出土的部位小，用粗粝手指拨开黑土，底下的庞然大物便会浮现身影。

这根冬笋挺壮实，外壳灰黑，看着不显眼。陈鹤川是这方面的行家，随便一摸便知这片竹林里有料。冬笋是个宝贝，被大自然喂养了整整一个冬日，去壳切条做腌笃鲜，极其美味。

挖了几根冬笋，陈鹤川将笋子往旁边嶙峋的石块上砸一砸，抖去沙土，然后将其放到竹篓里装好，带回车上。

艾黎的口中吐出串串白雾，她觉得天冷，搓了搓手，想在天黑之前回家。

陈鹤川瞥她一眼，笑说："别急。"

艾黎疑惑地问："还有什么事吗？"

"我有朋友在山上开农家乐，问他讨只农家鸡来，大年夜给你炖冬笋鸡。超市里卖的鸡肉都是饲料鸡，没农家鸡来得营养。农家鸡口感也鲜爽，你会喜欢的。"

陈鹤川说得神秘，艾黎将信将疑跟着去了。

无非是要一只鸡，没花什么功夫，几句话便解决了。

陈鹤川把食材丢到车后备厢里，抬手关后备厢门的时候，突然和艾黎说："这是和你两个人过的第一个年，总想着把它过好。"

艾黎呆愣愣地应了一声，脸颊红扑扑的，有点烫。

她和陈鹤川算是一家人了吗？思及此，艾黎忽觉口干舌燥，喉咙口也痒痒的。

她系上安全带，侧头的瞬间，陈鹤川突然对她说："我今天为我们两个的小家忙里忙外，准备吃食，你就没什么表示？"

艾黎结巴了："什……什么表示啊？"

陈鹤川挑眉："为夫在外打拼事业，赚点吃喝给家中小娘子。这样疲惫一天回来了，你就算不给我捏肩捶背，也得有点其他表示吧？"

"那我给你捏肩捶背？"艾黎有点心虚，探出手去，却被陈鹤川反扣住手腕，压了回来，"晚了，现在说什么都没用。要真有报答的心思，不妨亲一亲我。你亲得我开心，我自然就不和你计较了。”

艾黎瞪大眼睛，大气都不敢喘。

这厮衣冠禽兽，不要脸！

她想了很久，咬住下唇，缓缓凑到陈鹤川脸上……

哪知，对方临门一脚，躲开了。

艾黎无语。

陈鹤川得逞了，低低地笑：“小傻子，让你投怀送抱还真送？这么听话。”

“不然呢？”——我不听话，你不就生气了吗？

“先欠着，回家我再让你慢慢亲。”

“还亲啊……”

“当然得亲。对我而言，亲一次还不够，得亲一辈子。”他慢条斯理地说，每个字都讲得响亮。

“……”

陈鹤川果然臭不要脸！

夜幕时分，深山老林，人烟稀少。凛冬已至，河谷上弥漫着湿漉漉的雾气，但凡人进去，都得沾一身水汽出来。

艾黎仿佛看到了河谷对岸的飞禽走兽，匆匆一晃便没了身影，也不知道能否找到食物，熬过这样漫长的寒冬。

恍惚间，艾黎想到了从前家门口常来的野猫。巴掌大的猫崽子，在寒冷的夜里被风吹得瑟瑟发抖，脖颈上的白毛朝天竖起，蓬松一团，像雪球也像棉絮。

她本不该多管闲事，万一猫崽带病，害人害己。可她忍不住，看到这样娇小的玩意儿在外颠沛流离，无人看管，她就于心不忍。这不足手间一握的小家伙，像极了从前的她。

那时的艾黎放慢了脚步，没跟上前头的陈鹤川。她一步三回头，还是忍不住抱起猫崽，搂在怀里，供它取暖。

陈鹤川回头，皱眉，问：“你怀里抱着什么？”

艾黎觉得这个人面不善心也不善，不肯说，支支吾吾摇头，说：“没什么。”

陈鹤川岂是好糊弄的人，他剑眉一挑，掰开她遮掩猫崽的手，说：“这么小，哪捡的？”

“就在家门口捡来的。”

“你动了小猫，母猫闻到人的味道，该不要它了。”

艾黎目瞪口呆，不知自己一时同情心泛滥，竟要拉一条小生命陪葬。她有点难受，问：“那怎么办？”

“算了，先带回家，让宋姨找个纸箱子安顿，再给它煮点白水鸡剁成肉末喂给它吃看看，能不能活，听天由命。”

陈鹤川一副不同情弱小的样子，让艾黎不由自主地皱起眉。

可另外一方面去想，她也没好上多少。就因为她自以为是的帮忙，反倒耽误了其他人。

夜里，艾黎执拗地守在纸箱旁边，看着衣服底下的小猫慢吞吞爬行。

陈鹤川亲自碾碎了白水鸡肉，一点点喂到猫崽嘴里。

万幸，小猫已经两个月，可以吃点肉末，不会伤到肠胃，至少死不了。

艾黎松了一口气，蹲在旁边。那一瞬间，她的目光和陈鹤川撞上，难得地看到他眉目里的几分柔情。

原来，这个看似心肠狠戾的少年郎也有关怀弱小的温柔时刻，只是死鸭子嘴硬，故作凶狠。

艾黎想到了从前的事，嘴角微微上翘。

多年前的陈鹤川与现在完全不同。

现在的他，已经是顶天立地的男人，有健硕的肌肉与强壮的体格，他能睿智地处理人情世故，也能护她一生一世，伴她左右。

“笑什么？”陈鹤川一边打方向盘，一边饶有兴致地问。

艾黎勾唇，说：“我在想你。”

“想我？我不就在这里吗？”

“想你从前张牙舞爪的样子，实际上心肠很好。”

陈鹤川笑开：“你从前倒是怕我得紧。”

“你装坏人装得太像了。”

“这话说得，好似你就知道我是个好人。”

“我知道啊，我家陈哥哥嘛，是天底下最好的男人。”

“少发我‘好人卡’，傻子。”

“哦。”

两个人插科打诨，绕过几道山路，稳稳当当回了家。

除夕夜，陈鹤川围着围裙在厨房忙活。他今日是主厨，从冰箱里拎了鸡出来，掏去内脏，抹上香油与盐腌制，等了半小时，提起菜刀一阵乱砍，切成大块焯水待用。

锅里倒入干湿两种辣椒加晒好的花椒粒以及蒜末、碎姜，热油翻炒，逼出浓郁香味来。过了半晌，陈鹤川将鸡肉倒入，加上葱段，大肆煸炒。鸡肉好熟，没一会儿便褪去生肉色，染上浓黄酱色。

陈鹤川不爱做那种小家子气的精致吃食，毕竟和队里的兄弟小聚，都是喝点酒，配点下酒菜，自然喜好这种味浓鲜香的肉食。做完几道大鱼大肉，想了想艾黎的口味，她嗜甜，陈鹤川又煮了两份糖醋菜，熬了点姜汁撞奶，给她当饭后甜点。

陈鹤川将菜一样样摆到客厅茶几上，把电视调成春节联欢晚会，说：“小奶锅里还炖着家酿米酒，我打了个蛋进去，你等一下盛点喝了暖暖胃。”

艾黎缩在厚厚的毛毯里，小口小口咬着蜂蜜味的猪肉脯，乖巧点头：“知道了。”

陈鹤川见她缩手缩脚待在毯子里的㞞样，无奈叹气：“就这么冷吗？”

“冷啊，屋里的暖气设备坏了，得亏有电热毯，不然这春节没法过了。”

陈鹤川听完倒笑："即使没有电热毯，这春节也能过。"

"怎么说？"

"我可以牺牲一下身子，给你暖暖手。"他说得意味深长，还有些撩拨之意。

艾黎想到陈鹤川楚楚衣冠之下的火热肌理，脸上发烫，似火燎原，倒一下子把自个儿点着了。

陈鹤川这个妖孽啊！

艾黎闷头吃饭，不肯说话了，幸好电视里联欢晚会喧闹的声音掩盖了她怦怦的心跳声。

陈鹤川轻笑，起身去厨房拿东西，还有几样零嘴忘记给小姑娘拿了，大过年的，别家孩子都有零食，总不能短了自家小孩的份儿。

今时不比往日，耕作靠果蔬大棚，冬日里想吃什么新鲜瓜果，市面上一应俱全。陈鹤川之前在超市冰柜里挑了两根真空袋包装的新鲜莲藕，现下去皮切片，翻炒后拌上椰丝，淋上焦糖蜂蜜、赤红豆沙，撒上些许黑白两色芝麻，馨香扑鼻。

他又从冰箱里端出姜汁撞奶，与零嘴儿一起给艾黎，说："大过年的，别家孩子都有零食吃，总不能少了你的。"

艾黎脸颊涨红，那点燥热之意从两颊传到脖子，她支支吾吾地反驳："谁是你家小孩？！"

"还能是谁啊？你不就是我家小姑娘吗？"陈鹤川刻意拖长了尾音，带点慵懒性感，让人听了就心猿意马，险些把持不住。

艾黎微微咬住下唇，不知该如何言语。

这时，喝了些酒有点儿上头的陈鹤川倏忽凑近，慢条斯理地道："怎么？你还不想当我家的姑娘？"

"也没不想……"

"那就是想当我的人？嗯？"

"也不是这个意思……"

"那是什么？你究竟是想和我沾亲带故还是不想？"

这沾亲带故是什么意思？艾黎心知肚明。

两个非亲非故又年纪相当的人，要攀上关系，自然只能通过婚姻了。

陈鹤川话里话外的意思，都是想她当陈太太呀！

“……”怎么越说越亲密了，艾黎想说不是这个意思，不是那个想法，怎么说怎么错，怎么说怎么被歪曲意思。她索性不说了，一口气噎在喉咙里上不上下不下的，百口莫辩。

以前还没发现陈鹤川这般会说，亲近了之后才知道，这厮花花肠子忒多，等闲不是他的对手。

窗外有爆竹与烟花炸响，H城有燃放规定，即使是春节，也只能在特定的时间段燃放烟花爆竹。

艾黎听了一耳朵热闹，被陈鹤川托住腰搂起，按到怀里。

他将厚实的羽绒服披到艾黎肩上，压低了声音说道：“想看烟花可以，但要注意别着凉，别像小时候那样，要我时刻操心。”

她欲反唇相讥，可总归被人爱护着，这颗心都是滚烫火热的，半点反驳的话都说不出口。

艾黎挨着陈鹤川坐到沙发上，今夜的冬风不算冷，携着浓烈的硫黄味扑鼻而来。

这一夜，烟花像是一束束流星直冲上天，在漆黑的夜空簌簌绽放，炸裂成一片此起彼伏的星海，流光溢彩，映亮人眼。

艾黎看呆了，嘴角噙笑。

过年的确有趣，有爱人在身旁，并不孤单寂寞。

陈鹤川靠近她，凑近她的耳垂，轻轻抿了一口，用湿热的唇包裹住那处柔软皮肉，含混暧昧地说：“以后每年，你都陪我过。就我们一家两口，一日三餐四季。”

艾黎没拒绝，涨红着脸，点了点头。

这心呀，漾啊漾的，总有些说不清道不明的想头悄然滋生，迎风招摇生长。

那时不明白的事，现在好像明白了。幼时不懂的少女心事，原来去皮露出内里本心后，另有其名。

叫什么呢？世人称之：“少女情怀皆为爱。”

过完年，艾黎跟着陈鹤川去了一趟萧逸老家。

当年财务部门出纳员的人事资料警方都有，查询萧逸籍贯很方便，翻一翻身份证复印件就知情。

这个冬天快要过去，只余下冬末的小尾巴，正是冬春交接的时候。枝丫上偶有脆生生的嫩芽新发，染上晨露，嫩绿小巧，瞧着教人心里头敞亮。

艾黎想，她也会像那一点嫩芽，在凛冽寒冬里破枯木而出，顶着一身风雪与沙土，开出俏丽的花。

这次去萧逸老家，还算找对了人。对方是萧逸的妈妈，款待了他们一顿午饭，说萧逸现在在L城的鱼西镇小学教书。

萧逸几年前去考了教师资格证，通过朋友介绍，进了一所小学当数学老师。铁饭碗的工作，不会轻易辞职，艾黎猜测他应该还待在那里，当晚便动身拜访，还捎带上他母亲给他的腌白萝卜片。这一趟帮忙带特产，只是举手之劳，萧母却百般感谢，艾黎愧不敢当。

临走前，萧母感慨：“孩子大了，工作了，待在外头，成日见不到面，做父母的肯定会担心。我又不能天天跑过去，有人能帮忙带点吃食，总是好的。”

艾黎点了点头，深以为然，脸上微笑不显露心事，心里却很羡慕。家里有父母的话，应该就是这样嘘寒问暖、叮嘱早晚添衣的温馨画面吧？

对于别人来说只是日常琐事，对于她来说，能与亲生父母共处一天，却是梦寐以求的事。

亲人那里得不到的爱，便由恋人来补偿吧。

艾黎满腔滚烫心血，唇齿间反复咀嚼陈鹤川的名。心底意动，她侧头，偷偷瞧了陈鹤川一眼，想着似乎从未好好看过他。

陈鹤川不苟言笑时，一直是冷峻面容。阳光洒在他的眼窝深处，浮现亮堂堂的鱼腹银光，看起来五官立体有型。男人长得俊俏，眉峰如刀，鼻骨如山，寒冬腊月里被飞来的霜雪一覆，颇有些肃然冷意。只有艾黎知道，这人私底下慵懒逗弄她的样子可没半点正行，只会将她撩拨得面红耳赤，让她连连讨饶。

她只是稍稍想了想，脸又发烫了。

陈鹤川瞧出异样，问她："怎么了？"

艾黎吓了一跳，急忙摇头，转移话题："没事，前面就是鱼西镇小学吧？我看到上学的小孩了。"

陈鹤川点了点头，拎着那一坛腌萝卜片，对门卫道："你好，我找一下萧逸萧老师，他妈托我们从老家带点东西给他。"

门卫一听不是家长，是找老师的，连忙给办公室打了个电话。他捂住听筒，对陈鹤川说："萧老师在办公室批卷，你们进去，找第一栋教学楼，第一层最左边的办公室就好了。"

艾黎道谢，等门卫开了门，两个人缓慢走进学校。

办公室里，只有一名年轻后生伏案批卷。

艾黎问："萧逸老师在吗？"

年轻人抬头，说："我就是。"

艾黎微讶，没想到萧逸看起来这么年轻，眉目间带点青涩，像个大学刚毕业的读书人，气质绝佳，完全不像三十来岁的人。

"你妈让我们来送坛腌萝卜片。"艾黎有事求人，讨好地笑。

萧逸还算警惕，接过东西，随口问："两位是？"

"我们是警局的人，来找你问点事情，想打听关于白芷的事。"

"啪嗒"一声，萧逸手里的红瓷坛子砸地上了，裂开了一道小缝，没完全碎，流了点汤汁出来，满屋子浓郁辛辣味。

他此举，似乎反应过大。

艾黎丈二和尚摸不着头脑，另一边，萧逸急忙蹲下身收拾萝卜片。

"警方怎么突然问起她了？"萧逸含含糊糊地说，声音不大，瓮声瓮气的。

陈鹤川也帮他整理，目光却不太友善地落在此人身上，冷冷道："我们查到你和她是地下恋人，所以想来问问当年她挪用公款畏罪自杀的事。"

萧逸的声音有点僵硬，想强装自然，却越发不自然，他硬邦邦地说："我……也不太记得她的事了，过去这么多年了。"

艾黎见两人打机锋，场面有点冷，为了缓和气氛，轻笑说："她是你以前的女朋友，你总会记得她的事情，毕竟相爱一场，不对吗？"

萧逸古怪地看了她一眼，欲言又止。

收拾半天，屋里家常腌菜味还没有消散。

萧逸泡了三杯茶，和他们两个人坐下详谈。

其实也没什么好谈的，艾黎问什么，萧逸都一问三不知。

艾黎咬住下唇，说："你真的不知道有关白芷的事？她就没和你说过，和她一起挪用公款的人是谁？或者你们平时接触的时候，你就没注意到？"

萧逸垂下眼睫，淡淡地说："我怎么会知道这种事？警方不是早就结案了吗？是赵泽阳赵经理威胁出纳员白芷挪用公款，结果被人发现了，逼得阿芷自杀，不对吗？"

"不对，赵泽阳不是幕后真凶，威胁出纳员白芷挪用公款的另有其人。我们已经找到为赵泽阳翻案的证据，所以得从白芷生前接触的人与事下手，了解一下八年前她的人脉关系网，她都见过什么人，为什么人办事。"艾黎听完这句，急忙反驳，一字一句掷地有声。

萧逸突然不说话了，指节紧紧掐在白瓷杯的杯壁上，挪动时，咯吱出声。

"你们要查阿芷的事？"萧逸问。

陈鹤川果断地说："没错，关于她的事，巨细无遗，通通告诉我们。”

萧逸如梦初醒，苦笑：“我是真的不知道这些事情，我和阿芷也就下班后会一起见面吃饭，毕竟办公室里不能暴露恋爱关系。抱歉，我帮不上什么忙，我还有试卷要改，先不聊了。”

这是赶客的架势，可能白芷之死，对于萧逸来说也是重大打击。

艾黎一无所获，赶在傍晚放学前，和陈鹤川出了鱼西镇小学。上车之前，艾黎给萧母打了个电话，汇报过程：“萧阿姨好，那萝卜片我已经送到萧逸手上了。”

电话那头的声音里满是愉悦，说：“那谢谢你了，萧逸看起来气色好吗？”

“看起来很好，我们过去的时候，他还在改卷子。”

萧母笑道：“他一直这个脾气，对待事情很认真。对了，你们之前就是要找萧逸的，怎么没跟他多玩一会儿？可以在鱼西镇多待几天，逛逛山水景点。”

艾黎说：“不了，我们这次来就是问点事情。既然萧逸不清楚这些事，那我们也得走了。”

萧母好奇地问：“什么事啊？劳你们大老远赶过来。”

艾黎死马当活马医，小声问了句：“萧阿姨，你知道白芷这个人吗？”

“白芷？”对方略显迟疑。

“萧逸以前不是出纳员吗？就和他一起工作过的女同事，有个叫白芷的。”

停顿两秒，那头轻轻“啊”了一下，萧母说：“我知道了，我记得这个姑娘，她以前和我儿子谈过恋爱。那时候我还开玩笑，和萧逸说带回家看看，他也老大不小了，合适就定下吧。”

“后来呢？”

“说起这个，我想到另外一桩事，不知道对你有没有帮助。萧逸性格我了解，不是很喜欢的姑娘，他不会轻易聊结婚。那段时间，我催婚，他也含含糊糊不答应。直到有一天，他突然和我说，想结婚了。我问他是不是定了那个叫白芷的姑娘，他嘟囔了一句，说不是，是最近新认识的。刚刚认识，就谈婚论嫁？我就有点生气，说人家白芷好歹和你谈了这么久，这是辜负她，也耽误自己的人生大事。我想了想，也猜到了，年轻人总有些喜新厌旧的念头，保不准是和白芷谈恋爱，私底下又看上了哪个。没结婚，算不上真正意义的出轨，这些都不算大事，我柴米油盐吃了多少年，倒也不觉得新鲜。”

“然后呢？”

“然后他就辞职了，一个人回来的，也没带姑娘家回来。我问他另外一个女孩呢，他不说话。问他白芷怎样了，他也不说话。后来他就一个人跑鱼西镇上考教师证，在那儿安顿下来了。”

“那是什么时候的事情？就是萧逸说和别的姑娘好上的时候。”

“好像是元旦前的那一个月，那年元旦，我这里有朋友来访，记得很清楚。”

艾黎在心里嘀咕，也就是说，白芷自杀之前，萧逸就和小三勾搭上了。

“那没什么事了，我就先挂了，谢谢您。”艾黎挂断电话，心跳加速。

听萧母这么一讲，如果白芷自杀前，萧逸和别人好上了，那这个事情保不准和他就有点关系了……

警方之所以怀疑白芷畏罪自杀，是因为那段期间，她挪用公款的事情败露，上头的人也希望她死。

那种紧张时刻下，大家自然联系到这上头，何况没有多少人知道萧逸和白芷是恋人关系。

可现在不一样了，他们还查到了别的事，萧逸恋爱期间劈腿，势必激怒白芷。

那白芷自杀的原因，就多了一个可能性。她的死，也有很大概率和萧逸有关。

艾黎想到萧逸慌里慌张的样子，突然一阵胸闷，是不是还有什么秘密？再回头问问这人？

她当机立断："陈鹤川，开车绕回去，堵一堵萧逸，这厮有话没说，藏着心眼呢。"

第二集

艾黎能想到的事，陈鹤川也能想到，他只会比她想得更深、更细致。

萧逸有鬼，他何尝不知？

可谁会承认自己犯下的罪行呢？不是所有人都有承担责任的勇气，毕竟有时会赌上一生。迷途知返的羔羊，或许仍会往未知的路上走，因为它知道，纵使原路返回，等待它的也是另一种绝望。

车里，陈鹤川对艾黎说："做好无功而返的心理准备。"

艾黎挠了挠头，将细碎的发捋到耳后去，小声说："你是指，萧逸不会回答有关白芷的事？"

"我们没有证据，他是不会说的。"

艾黎也懂这个道理，哪个罪人不是在证据确凿的情况下才认罪？

她沉吟一会儿，说："他是老师，可能会有一点良心？"

"可能会有，也可能在想怎么除掉我们这两个碍事的警察。"陈鹤川开了个玩笑，艾黎却笑不出来。

她深吸一口气，仿佛身上真被刀刺了一个大窟窿，疼得龇牙咧嘴："也是，杀人灭口这个词不新鲜。"

两人再次找上萧逸，正逢放学，孩子们的欢声笑语掩盖了无穷无尽的阴暗秘密。

陈鹤川在不远处，朝萧逸鸣笛。他打开车窗，朝萧逸挥手，笑道："萧老师，我们送你回家吧？"

萧逸很聪明，知道他是有话要说，脸色一下子冷下来。

没过多久，他老实上车，在后座坐定了，才道："找我有什么事吗？"

艾黎从来光明磊落，不爱藏着掖着。她斟酌了很久，说："你妈说，白芷死前，你有和其他女孩谈恋爱。这么巧吗？你刚找上其他人，她就自杀了。这里面是不是有点联系？白芷的死，除了挪用公款畏罪自杀，是不是还有点你的缘故在内？"

"我听不懂你在说什么。"萧逸说。

"所有人在听到真相时，都是回答这句话。可这种自欺欺人的话，又有什么意义呢？好像说了这些话，就没做过不好的事一样。"陈鹤川突然出声。

艾黎咬唇，问："你敢对天发誓吗？你敢捂着自己心口，说绝对没有伤害过白芷吗？为什么你找了其他姑娘，在白芷死后，却没把那人带回来，是对白芷心存愧疚吗？"

萧逸没作声，他低着头，手搭在膝盖上机械性地收缩。他好像很累，又有些痛苦，眉头紧锁，气喘吁吁。

等了很久，他突然开口，说了一句话："如果你们能找到她，我就说出这些事。求求你们，帮我找到她。"

"她？谁？"艾黎一愣，没想到萧逸会是这样的反应。

她以为这一番口舌也只是说个爽利痛快，并不会有实质性的进展。

没想到，萧逸自己要招供。

找人？找什么人？求到他们身上？

艾黎的舌头打结了，什么话都讲不出来。

等了好久，萧逸从包里摸出一张合照——他和一名笑靥如花的女人站在彩灯闪烁的店铺门前比“V”拍照。因是冬日，所以两个人被羽绒服裹得严严实实，脸贴脸，凑在一块儿，气氛浪漫温馨。

翻过照片，背面还有一首诗：“绿野生玫瑰，灰刺裂雪肤。红豆入心骨，黑脊葬亡人。别来找我，萧逸，永别。”

可以猜到，这是照片里的女人留给他的一句话。

萧逸语无伦次：“我帮她找到了白芷，她却不要我了。她让我听她的话，找上白芷，我都听话了，可办成了事情，她就走了。”

“办成了什么事？”

萧逸不肯说，一个顶天立地的男人蜷缩在后座最深处掉眼泪。他哭得像个孩子，生怕被人瞧出来，半天不敢出一点声音，倔强又隐忍。

艾黎叹气，说：“你想让我们找她，总得告诉我她的名字吧？”

萧逸将头埋在手臂深处，木讷地开口，声音发颤：“我……不知道。”

“什么？”艾黎震惊。

陈鹤川皱眉，觉得好笑，问：“你和她恋爱，却不知道她的名字？”

“我不知道，我只是喜欢她，一直跟着她。后来，她同意我去她家找她，同意我接近她，但是有个条件。她想我找上白芷，和白芷谈恋爱，私下她还是跟我好。我不明白她的用意，但是我知道，只有我听话，我才能再接触她。”萧逸说得断断续续，一边想，一边说。

他永远也忘不了，她发现他在跟踪，一点都不生气。

那个女人，甚至露出一种妩媚的眼神，握住他的手腕，牵着他往家里走。

再然后，在她的引导下，他的手似乎触碰到了她那微微突起的脊背骨，犹如一串珠子，被轻薄的皮肤包裹住，仿佛微微一挣就能破体而出，幻化出绚烂的蝶翼。她是早晚要逃脱俗世红尘的蝴蝶神女，至少在他眼里是这样。

萧逸病态地爱着这个女人，原以为她会害怕，可是没有。

她说："是我选择了你，萧逸。不是你爱我，而是我爱你。"

萧逸听不懂，可是能感受到她抱住他的身体，纤细的身子微微战栗，像是摇摇欲坠的枯叶。

他想把心都给她，为她做什么都可以。

"萧逸？"艾黎担忧地看着这个两眼无神的男人。

萧逸如梦初醒，支支吾吾地说："我只有这张照片了，你们……如果找到她，我就和你们说。你……你想知道赵泽阳的事情吧？我还有关于他的秘密没说，只要你找到她，我什么都告诉你们，所有事，我都说。你们是警察吧？一定有办法找到她的，我想见她。"

他迫切地恳求艾黎接下这个单子，说完这些话，急匆匆地下了车，身后仿佛有豺狼虎豹在追。

艾黎捏着照片，丈二和尚摸不着头脑。

陈鹤川在一旁说了一句话："萧逸既然说是这个女人让他找上白芷的，那就说明，她认识白芷，我们何不从白芷的过去查下去？"

艾黎说："我就是觉得……这个萧逸怪怪的。"

"现在也没其他办法，先按照他说的查吧。正好，我也想看看这照片里的女人究竟是何方神圣，能把一个男人操纵成这样。"

晚上，陈鹤川联系上萧逸，问那个女人的住址与信息。听他的话音，他是去过她家的，总还记得住所。

萧逸想了一会儿，说女人住的是破落公寓，那一带的屋子这两年全部拆迁盖了新的楼盘，别说住过的房子了，连房东都卖了房子，不知去向。

他也曾查过女人的信息，可到后面越想得细致，就觉得越害怕。他竟然连她的手机号码都没有，工作也不清楚，除了见过人，去过她的家里，别的一概不知。

他实在是束手无策，才找陈鹤川帮忙，谁都不是傻子，不然谁愿意抖出秘密。

他们了解了情况，无奈地叹了一口气。

艾黎想了想，事情逐渐破皮露骨，有了一丝眉目：如果是这个女人要萧逸这种为爱情奋不顾身的“亡命之徒”找上白芷，那就说明，她早有预谋，这一切与白芷的过去有千丝万缕的联系。

白芷死了，死之前和萧逸关系密切。

这一层暧昧关系，还是受幕后主使操控安排的。

那么，可以说，是这个女人要伤害白芷，甚至要她死吗？

假设是这样，那么白芷就不算畏罪自杀。

她是被谋杀的，被一个不知身份的陌生女人。

艾黎浑身发冷，夜里四下黑暗，不远处传来模糊不清的唱词，穿梭在一片黑暗的田野里，飞禽走兽蠢蠢欲动，在荒芜的田园间穿梭，那点动静被风雪无限放大。

寒冷的风就这般吹着，迎合那种幽怨的骚动，令人毛骨悚然。

艾黎蓦地一惊，嘴上突然感慨：“冬天还没过去啊。”

陈鹤川不知想到什么，望着她的脸，伸手轻柔地揉了揉她的软发，若有所思，呢喃道：“这个冬天，未免太长了。”

长到好似永远不会结束的凛冽冬日，叫人畏惧。

他们没有其他办法，只能从白芷的过去探寻消息。

她有没有得罪过什么人，在何处居住过，都得一一查明。

人死了，只要遭人惦记，身后事都不得消停。

艾黎双手合十，说了句“罪过罪过”，和陈鹤川乘车赶往白芷的故乡，那个叫南都的偏远村落。

去南都，坐的是高铁。

陈鹤川当天网购的连座票，到了晚上七点，两人提着小腿高的旅行箱上了车。这一趟南都出差恐怕是持久战，没几件衣服备着不行。

刚落座，陈鹤川开艾黎玩笑：“既然座位是双人的，到了南都，不如房间也开个双人的？”

艾黎无语，脸上烧红，看了陈鹤川一眼，拒绝："你想都不要想！"

"这么绝情？嗯？"

"这不是绝情，我是在为我的人身安全着想。"

陈鹤川挑眉，似笑非笑，拖长尾音，暧昧道："哦，倒是该保护好自己。免得……被我这种人吃得骨头渣子都不剩。"

"你是不是有读心术？"

"我的小姑娘，你还真这么想过？"

"没有、没有，我怎么可能把你想成坏人？谁不知道，你无微不至地照顾我，人美心善，是不折不扣的居家好男人。"

"呵，是吗？"陈鹤川笑了，笑意不及眼底。

"怎么不是呢？"艾黎脊背一凉，酥酥麻麻的触感直冲后腰。她如坐针毡，不自在地扭了扭身子，减缓那种被人盯着的感觉。

"我还以为，在你心目中，我是那种只会欺负女人的衣冠禽兽。"

"……"喀，这厮还挺有自知之明。

"没说话，就是在心里认同了？"

艾黎瞠目结舌，一下子丧失言语。

总不能说他猜得对吧？可慌里慌张否认，又像是做贼心虚。

哎呀，怎么叫她左也不是，右也不是！

陈鹤川眯起狭长的凤眼，稍稍牵起嘴角，流露出一丝不易察觉的笑。

他看着艾黎，眸色变深，错开对视的目光，肚子里藏了点心思。

此时的艾黎恐怕不知道自个儿究竟有多诱人。由于错愕，她微微张嘴，漏进了光，丁香小舌本就纤小，舌尖上一点软乎乎的亮光，显得唇瓣更加通透可人了起来。

陈鹤川一垂眸，艾黎就知道他想做什么。

这种眼神是个什么意思呢？

大概是把她当作囊中之物，只有他可戏弄、可侵占。她被陈鹤川烙上印了吗？怎么除却他，就不许其他人碰了？

该是小时候，陈鹤川就认定她是他的猎物了吧？

艾黎想起过去，她朋友过生日，神秘兮兮请她一定要参加。

那是周末，学校里没课，大家脱下校服，换上花枝招展的常服。有的女生穿露脐短袖，下身是迷你超短裙，扎了个偏头马尾，打扮时髦奔向KTV。

KTV规模小，管制不是很严格，换身衣服看不出成年与否，都能溜进去，唯有艾黎是穿校服的，被堵在了门口。

班长见到了，嗔怪："艾黎，你是不是傻啊？出来玩还穿这身。"

艾黎笑了笑，没吭声。

她倒不觉得校服有什么奇怪，本来就是高中生，难不成尽做些不符合学生年纪的事情，借以来证明自己成长了吗？

她的心态早熟，班长这些女生所思所想都太稚嫩，是少年人的青春烦恼，而她想的事情却很深远也很残酷。她从小吃惯了苦，享受不到那些细小烦忧的甜。在合适的年纪，有合适的交际圈与伙伴，以及合适的青春期烦恼，是一种平凡的幸福。而艾黎，不配有这些，所以换不换衣服，被这些人认为性格怪异、孤僻与否，和她又有什么相干呢？

艾黎找了个借口，说："要不，你们玩吧？我先回家了，家里还有卷子要写。"

班长嘟着嘴，说："别啊，来都来了。"

这时，身后有个穿骷髅衬衫的男生接话："就是，来都来了，进去吧。KTV的前台和我熟，我给她看一眼身份证，带你进去就是了。"

班长见到他，两眼发光："赵老板，你来了？！"

艾黎回头望去，原来生日宴会就是这个赵老板办的。他是学校门口一家小型奶茶店的老板，因为人年轻，穿着新潮，又爱撩学生，很多女生都会和他玩在一起，偶尔还能免费喝几杯奶茶。

这个社会就是这样，年龄小的时候仰慕社会人，年龄大的时候仰慕上司。只要有阶级感与攀比心，人总是会迷失于花花世界中，丢弃良心与初心。

赵老板话刚说完，就要搂着艾黎的肩膀，带她进包厢。

他的手刚搭上，突然被一记石子砸中，他“嗷呜”一声缩回手。

艾黎以为自己得救，哪知肩头还是搭上了一只骨节分明的男性大手。她回头一看，原来是陈鹤川。

“陈哥哥？”她小声喊道。

陈鹤川剑眉微皱，不动声色将她揽到怀里，低语：“我妹妹年龄尚小，不方便和几位出去玩。家里还有事，先走了。”

赵老板丢了面子，很尴尬，抻着脖子，反驳：“你是她亲哥？还是半道上认的哥？她喊你陈哥哥，你姓陈，她姓艾，不是亲哥，有什么资格带人走？就是出来玩玩，管这么宽？”

陈鹤川倒没料到这赵老板挺能闹，微微眯起眼睛，疏朗一笑：“哦？那就问问我妹妹，要跟着我，还是跟着你。”

他说话的时候，离艾黎很近，呼出的滚烫气息徐徐落到耳畔，她像是被淋了一身沸水，从头到尾，全起了密密麻麻的燎泡，又刺又痛，遍体鳞伤。

艾黎不知该如何作答，张着嘴，半天蹦不出一个字眼。

她该选择陈鹤川的，不然他的面子过不去，她也会被讨厌。可叛逆心理总让她想着去反抗陈鹤川，她讨厌自己总被他束缚。

“我想……跟着班长进去看看。”艾黎的声音冷硬，仿佛不是自己的了。

她挣开他的手，跟着班长朝里走。

这一路，艾黎头都不敢回，如芒在背。

陈鹤川会愤怒吗？会失望吗？还是说……难过？

可总要给他一点教训看看，让他明白，她从来不是他的猎物，也不是他亲妹妹的替代品。

她有血有肉，是活生生的人，是另外一个人。

刚走几步，艾黎如梦初醒：她为什么要让陈鹤川意识到这些？

她不想当他妹妹的替代品，又想当什么人呢？

明明她混入陈家，是想知道有关父亲自杀的事，为什么本末倒置，一心一意扮演起这个陌生少年的妹妹来了？

艾黎惊慌失措，觉得哪里做错了，可又说不上来。

日子就这样不疾不徐地溜走了，她始终没找到答案。

到了傍晚，车到站了。这是总站，要去南都还得坐面包车。

陈鹤川提着旅行箱，握住艾黎手腕，牵她下车。每次来陌生的地方，他就有这样的小动作，仿佛很怕她走丢。

面包车一路弯弯绕绕，等了很久，终于到了南都。

这是一个偏僻的小镇，没有H城那么繁华。街道上，人与三轮车以及轿车挤在一起，感觉随时随地都会撞上，引发交通事故。

陈鹤川找了一家旅店落脚，许是这里没有什么旅游景点，客流量稀少。旅店荒废很久，偶有人来，老板王奉先还露出了吃惊的表情，让艾黎印象深刻。

陈鹤川抽了几张百元大钞给老板，说住几天，剩下的让他买烟，要了一间双人房，两个床位一间房。

王奉先看了一眼羞得面红耳赤的艾黎，懂了，原来是新婚夫妻啊。

艾黎小声问陈鹤川："怎么不开两间房？"

陈鹤川也有样学样，跟着她咬耳朵："这种小旅店，门锁不牢。你一个人住一间房，我不放心。有我在，方便保护你，不是吗？"

出门在外，防盗防贼，倒也有几分道理。

艾黎将信将疑，没有反驳。

陈鹤川提行李，王奉先非要搭把手。

艾黎推让，说这怎么好意思麻烦老板，推搡间，包里的照片轻飘飘落到地面上，翻了个面，露出写了字的背面。

王奉先去捡这照片，嘀咕一句："这上面写的是南都童谣啊，很有名的。"

“童谣？什么童谣？”艾黎盯着那句话：“绿野生玫瑰，灰刺裂雪肤。红豆入心骨，黑脊葬亡人。”

王奉先这里包吃住，是家庭式的旅店，他当下招呼两人一起吃饭，坐下慢慢说。

南都的夜很宁静，路灯照着一群冬日也不会冻死的飞虫。它们生命力顽强，嗡嗡作响，闹成一团，像潜伏在深渊里的灯颊鲷。

屋里，王奉先已经热好了去年埋下土的杨梅酒，倒了两碗递给艾黎和陈鹤川。小镇人习惯用家酿酒炖补品吃，加点党参、枸杞和西洋参，奢侈一点打个农家蛋，就自成一道菜。

他朝陈鹤川眨眨眼，嬉皮笑脸道：“年轻人喝点这个，对身体好，补肾的。”

陈鹤川笑而不语，没接腔，也没拂他的面子，只是别有深意地看了艾黎一眼，倒把艾黎闹了个大红脸。

艾黎及时错开话题，问：“之前你说的童谣，是怎么一回事？”

王奉先满嘴酒气，道：“就是小时候常念的，要说由来，我也不太知道。只记得我穿开裆裤的时候，和玩伴们常念这首童谣。后来大了些，听说是这镇当年信奉黑脊鸟，还给这神鸟建庙，香火供奉。”

“黑脊鸟是什么来历？”陈鹤川问。

“老人说，黑脊鸟是带来不幸的鬼鸟，怕被咒，所以拜它。”

艾黎诧异地问：“鬼鸟？”

王奉先一喝酒就话多，舌头粗，三句含糊两句，神秘兮兮地笑：“对。小姑娘，你现在想着黑脊鸟，是不是脑子里有个轮廓？”

艾黎怔忪一秒，脑内想到：黑脊鸟应该是脊背布满深黑鸟羽，脊骨微突，双目犹如黑曜石的怪鸟吧？

她迟疑地点点头，说：“是有想到它的样子。”

“嘿嘿，可别去想。”

“哦？有什么禁忌吗？”陈鹤川警惕地蹙眉。

王奉先酒喝得多，脸红脖子粗，有些上头，哆哆嗦嗦道：“脑子里要是有黑脊鸟的样子，就会被它上身。它啊，会带来不幸。要是有的人家子女运道不好，家里又有钱的，会找个同龄的穷人家孩子，给点钱，在他手上用针刻个黑脊鸟的模样，就算是把霉运转嫁到别人身上了。”

陈鹤川不信，问：“这样有用？”

王奉先呵呵一笑：“谁知道呢，求个平安呗，现在求佛不都是求个心神安宁。”

艾黎一愣，不知为何垂下眼睫。她借着喝酒的动作掩饰眉目间的慌乱，恍惚间，好似真看到了那黑脊鸟。

真的有这种带来不幸的鬼鸟吗？只要脑中有它，就会被诅咒？

“嘎！”屋外适时响起一声鸟叫。

都冬天了，怎么可能有飞禽栖落在人家的屋檐上？

三个人都不说话了，许是心底发毛，又许是酒喝得太多。

艾黎要了房间的钥匙，搀扶陈鹤川上楼，两人就瘫倒在床上。

房间不算大，仔细一看却别有洞天，壁灯那里有一扇门的轮廓，上前一扭壁灯，门就开了，是一间浴室。

别看王奉先的旅店小，看起来倒还真像那么回事。

陈鹤川头疼，侧躺在床上闭目养神。

艾黎端了一杯水，凑到他的唇边，小口小口喂进他嘴里。

她问：“好些了吗？家酿酒扣不住度数，后劲大。”

陈鹤川含含糊糊“嗯”了一声，又不言语了。

艾黎无奈，道：“那我先去洗澡了。”

她推开陈鹤川三番五次伸过来的手，叹了一口气，走进浴室。

关门时，她透过缝隙一看，见陈鹤川肤色白润的手腕悬在床边，指尖颓然下垂，又觉得他有点落寞、可怜。

这个男人，好像她不陪他，他便会孑然一身过日子，不知道去找个别的知冷暖的女人相伴左右，这是专情，还是偏执？

算了，不管是哪个理由，他都像个傻子。

艾黎闭眼，任由水流淋在她身上。源源不断的水流遇到她微微蜷曲的脊背骨就断了线，形成一颗颗晶莹剔透的水珠，在白润如玉的皮肤上摇摇欲坠。

她想起了一些事，王奉先说了，他小时候都会念这些，如果说童谣是提示，那是否说明那个女人和白芷幼年就认识，甚至是玩伴呢？

太虚幻了，想了想又觉得有点滑稽与不切实际，毕竟没有任何证据，一切都只是艾黎的臆想。

她又闭上眼睛，仰头任由温热的水流从冰冷的鼻尖一路冲刷到脚趾。

屋内明明亮着灯，一闭眼就陷入黑暗，教她有种朦胧的畏惧感。

黑暗深处，什么都看不到，隐约好似有些别的什么虚幻的影子，是鸟的轮廓。

糟了，她又想起黑脊鸟了。

这只鬼鸟就在她的脑海里驱之不去，扎根似的，她越想，画面就越清晰。

只要想着它，就会遭遇不幸吗？

不得不说，这跟恐怖电影里所出现的情况一样，影片放到最后，总会有“彩蛋”说：“只要你看了，我就会去找你。”

王奉先要是真信黑脊鸟，还会记在心上，自己把它倒豆子似的往外说？

很明显，都是假的。

艾黎放下心来，擦干身体，换上睡衣一出门，迎面撞上了人，来者是陈鹤川。

她被吓了一跳，拍了拍胸膛，问：“头还疼吗？”

陈鹤川摇摇头，盯着她笑，嘴角微扬，眼睛亮得出奇，好似在浴室门边等了许久，终于看到她一样，发自内心感到愉快。

一看他这样子，就知道他肯定是还没醒酒。

艾黎无语，拉着他坐到床边，说："我去查一下醒酒汤的做法，给你煮一碗吧？"

陈鹤川揉了揉额角，嗓子嘶哑，无力地说："不用了，一点点难受。"

平时铁打似的人，酒喝多了还知道低声抱怨难受。

艾黎觉得有趣，也不强求："那你再多喝点水。"

说完这话，她径直走到另一侧的床边，躺下就要入睡。

哪知，床头灯还没关，她的背后就结结实实贴上了一个人。

艾黎惊呼一声，咬牙切齿："陈鹤川！"

陈鹤川已经褪去外衣，躺进被窝，从身后搂住她，在她的肩窝处深深吸了一口气，满鼻腔女儿香。他放松地道："别动，就让我抱着睡一会儿，我一个人睡不着。"

艾黎无奈，男人喝醉酒都这个小孩样儿吗？哪暖粘哪儿，踢都踢不开。

她的脊背紧贴陈鹤川炙热的胸膛，好似能听到他隆隆作响的心跳，一声一声牵扯着她的心，让她快要化成一摊水。

陈鹤川睡沉了，鼻息渐缓。

艾黎拿他没办法，只能闭上眼，就着他紧紧箍住自己的手臂，在他怀里寻了个合适的位置老老实实入睡。

夜深了，陈鹤川在黑暗中睁开眼，看了一下怀中熟睡的小姑娘，嘴角微微翘起，复而又睡了。

隔日清晨，陈鹤川先带艾黎去店里吃了碗米面，再找白芷的住址。之前萧逸的住址是在籍贯地里一打听便寻到了门，小地方，乡里乡亲都认识，想来寻白家也不是什么复杂的事。

春耕夏耘，秋收冬藏。这藏字用得妙，冬日里衣衫厚重，羽绒服垒成温暖厚墙，可不就能多吃些食物，藏膘了。实际上，这个字说的是庄稼人习惯屯粮过年，心里有底儿了，来年不慌。是以，这冬日里最合适吃热食，好藏点热气儿，红红火火过年。

陈鹤川点的两碗米面到了，两只手掌大的海碗，中间放了芝麻红汤。这汤底也有讲究，是店家秘制辣酱，一代代传承下来，现在秘方还留着。把米做的面团切成柔中带韧的长条，放入酸辣红汤，混合蒜三颗、生姜两枚、辣椒一把、香菜一小撮。

红绿白一碗实实在在的米面，吸溜入嘴，酸辣鲜甜四味炸裂，通体舒畅，艾黎啧啧称奇，想来南都这个地方卧虎藏龙，连这样一家旮旯里的小店都很有水准。

陈鹤川吃着面，心底倒是起了别的心思。

这家店历史悠久，应该会知道白芷的住所，待会儿付钱的时候找老板问问消息。

付账时，陈鹤川一边掏钱，一边问："小兄弟，问你个事。这镇子上有白姓人家吗？我想找个叫白芷的人。"

柜台收钱的人是老板儿子，高中辍学，二十多岁了还天天往游戏里砸钱。此时他不动声色把收来的钱塞到口袋里，敷衍地说："没啊，我们南都还有一个名字，叫陈家村。陈姓最大，再来就是王姓，几乎都是这两个姓，没有外姓，除非……"

"除非什么？"艾黎走过来，也接了句嘴。

老板儿子眼珠子滴溜溜转，"嘿嘿"两声笑，摊开手："先生，给点小费，我和你说道说道？"

"陈姓？倒和我有缘。"陈鹤川也笑，从怀里摸出证件，给他看了看，后者立马蔫了，把围裙一摘，丢给他爸，往外跑："爸，我有事先出门，和朋友絮叨絮叨。"

他朝陈鹤川挤眉弄眼，示意他们跟上去。

店里的老板险些发飙："你个棺材仔！又去打游戏？晚上回店里帮忙！"

老板儿子名叫陈铭，看起来是土生土长的南都人，对这一带弯弯绕绕的巷弄很是熟悉。

他带着陈鹤川和艾黎七拐八拐，总算是找到了一家年轻人开的甜品店，带人坐了下来。

陈铭招呼店长给上了两杯红豆奶绿，以及一道榴莲班戟。他讨好地将黄皮奶油班戟推到艾黎面前，对陈鹤川说道："鹤川哥，您来南都这样的小地方，是不是为了查案啊？"

陈鹤川和他还没熟到称兄道弟的地步，此时只觉得这小子无赖，而且好奇心太重，什么事都想打破砂锅问到底。

他道："你问这么多做什么？把我们带到这里，是有话说？"

陈铭挠挠头，笑说："我爸在那里，不让说老早的事。现在是自己的地盘，我能把那些东西告诉你。"

艾黎用叉子切了个奶油小方块，戳一戳班戟，塞到嘴里，问："什么事？这么神秘？"

"黑脊鸟的事情，你们听说过吗？"

艾黎的叉子掉到了盘子里，发出"咯噔"一声响。

她和陈鹤川面面相觑，显然都摸不清状况。

陈铭颇得意，没料到警察还有需要自己的时候，于是郑重其事继续说："黑脊鸟会带来不幸，是诅咒啊！老人家都信这个！"

"这和外姓人有什么关系？"陈鹤川可没忘记，陈铭是听了这个才把他们拉出来的。

"我们南都是没出过外姓，就陈王两姓，可不妨碍有外姓人进来啊！"

"嗯？"

"二十多年前，我们这里镇长的儿子出了车祸，说是之前没长眼，闹开发，要拆了黑脊鸟的祭祀屋，得罪了黑脊鸟，遭了报应。那时候镇长儿子在医院抢救，家里人天天哭，生怕出了个好歹，人没了。有人就想着，不然这样，想个法子吧。既然事出有因，不如就照着那事去做。他们想找个同龄的孩子，在他手上刻黑脊鸟的样子，转嫁霉运，换命！我们镇里人都信这个，哪能同意，于是他们想着找个外地人。不知是通过什么渠道，还真让镇长家的人找到了，是个女孩，姓白！后来镇长儿子真脱险了，大家都说是黑脊鸟保佑，就没再动过那祭祀的地方，事情也就这样过去了。”

艾黎问：“既然是换命，那霉运是不是就转到那个白姓的女孩身上了？”

“那我就不知道了，我只知道镇长好像为了感谢她家，等女孩上初中以后，就把她接到家里住，再后来……我就不知道了。”

陈鹤川迟疑地说：“你是想说，这个白姓女孩，可能就是镇上唯一的白姓？”

“对，就这么个白姓，我听我爸妈常常念叨呢，也许是这白妮子生了好运道，入了镇长家的门。”

所以说，父母在孩子面前不能多嘴，省得他鹦鹉学舌，有样学样，什么怪腔怪调都学过去。

艾黎有点摸不准了，如果说白芷是外姓人家，是别的镇上的外地人，那她的籍贯怎么会是南都呢？

难道说，她的户口被迁到了南都，入了谁家的门？

艾黎想细问几句：“实话和你说，我们在找一个叫白芷的女人，她的身份证上的户籍地写的是南都，可能是她在本地有住房，自己迁移到南都，或者父母户口就在南都。照你那么说，她肯定不是本地人，也就是父辈非陈王两个姓，一定是外地人，那有没有可能，是镇子后来入住了姓白的人？她在本地买了房子，所以落户这里？”

想了想，也有点不切实际。

白芷死的时候很年轻，死之前做出纳员，工作了一两年，再早一点，也就是十几二十出头的年龄。那样轻的年纪，哪来的钱买房子落户，或者是进入单位由单位供房落户？

她的家境很好吗？父母出得起这个钱？

还是说，有其他缘故？

陈铭咬了咬牙，说：“不然这样，我帮你们问问我爸妈？或者你们找我爸妈说说话？他们是土生土长的南都人，镇子上有什么事情都瞒不过他们，与其问我，还不如找他们！”

“这种是非事，你父母肯说吗？”艾黎有些担忧，她见惯了害怕引火烧身而隔岸观火的普通人。

陈铭一笑：“你就放心吧，我爸可是做米面做出侠气的人，他五湖四海的朋友多，每个月都有H城啊L城的朋友找他玩，这些朋友怎么积攒的？就是他肯帮朋友的忙，一个个结交起来的。要是这次知道是警察找他办事，肯定殷勤得很呢！”

陈鹤川一看陈铭这得意的样儿，笑道：“那倒是，虎父无犬子，从你这性格就能看出你爸的性格。”

陈铭听着不太对，嘴上还是念叨：“过奖过奖。”

唯有艾黎懂了，陈鹤川这是嘴欠，说陈铭聒噪，他爸也定然是个话多不牢靠的主儿。

第三集

夜里风大，吹得烧烤摊防风棚下挂的白炽灯晃来晃去，那黄色的光圈一趟趟晃，刺痛人的眼睛。黑色焦炭被火苗一点点蚕食，蓝烟直冒，灰烬七零八落，随风飘入苍茫夜色中。

陈鹤川点了一大盘羊肉串，请陈铭的爸爸陈彦森吃。男性聚餐，酒水必不可少，会不会喝都得来点，即使没有海量，也聊表心意。

陈鹤川不打马虎眼，出示了证件后，直接问："我着手调查的案子中，有一名很重要的被害人，她叫白芷，户籍是南都，八年前，现在差不多快九年了，自杀身亡。我在调查有关她的事情，来南都看看，想找个当地人帮忙牵线调查。"

陈彦森了解前因后果后，小口啜了啤酒，当作浓茶来润喉。等了一会儿，他皱眉，说："你有她的照片吗？我想看看。"

艾黎将白芷的证件照摆在桌上，给陈彦森过目。

他突然坚定道："是了，是她！"

"谁？"

"镇长的养女，过继进他家的，落户进镇长家户口簿的女儿。是她，是那个白姓姑娘。"

“这是怎么一回事？”艾黎问。

陈彦森一边吃肉，一边说：“之前的事，我家这小子肯定都跟你们说了，之后的事，他没闹明白，我和你俩说一下。镇长之所以找上这姑娘，就是因为她父母都死于一场车祸，她是她姑姑拉扯大的。她姑姑想贪镇长的钱，所以答应给姑娘刻上黑脊鸟换命，不然谁家愿意做这种晦气事？就算是假的，是迷信，也没人会去试。宁可信其有，不可信其无。不敬畏天地，总也不能得罪天地。结果你知道怎么着了？许是黑脊鸟真有神威，这姑娘啊，把自家姑姑克死了。这下好了，没人养她，她成了孤儿。镇长一家都是善心人，平白换了儿子的命，让儿子那种灾星命去害人，内心愧疚。于是他们打算将功补过，把变成孤女的白家女儿领养过来，落户自家，供她读书，上大学，当亲生女儿来养。”

艾黎好奇地问：“要真能诅咒，那她怎么不继续害镇长家了？”

陈彦森聊起这个，眸间涌动某种光彩，道：“她也算是厉害的人，不知该说小小年纪就有那等心机还是什么，竟然当着镇长一家的面，将那滚烫的开水淋到那刻着黑脊鸟的手腕上。小孩皮肤嫩，开水一下子就烫出燎泡，重度烧伤，硬生生毁了那已经留印的疤痕。不知是她这法子起效了，还是其他的原因，反正镇长家就没出过什么事情，顺顺当当到了现在。也有人说，黑脊鸟是南都的鬼鸟，镇长又是一镇之长，福泽深厚，所以能镇住这邪气，换了别的人家，都会被连累，没办法消除。我也没闹明白，现在想想，可能只是巧合，这世上哪有什么黑脊鸟，都是弄虚作假的谣言。”

艾黎心里五味杂陈，喃喃自语：“白芷真狠啊。”

闹明白了白芷的户籍问题，陈鹤川还有别的事情想问：“那你认识这个人吗？”

他将萧逸的那张甜蜜合照摆出来，指着照片里的漂亮女人。

陈彦森端详了很久，摇摇头，说：“我没什么印象，镇子毕竟这么大呢。你们要是想问白芷的事，不妨去镇长家看看，虽然他现在已经不担任镇长职务，可他家还是南都一大户。住址很好找，就住在南都第一高楼那里，随便拉个人问问就知道了。”

艾黎点了点头，打算第二天再拜访镇长家。

终于把白芷的身世掌握了，可心头的郁结一点都没消散。那点愁绪反倒变作磐石，死死压制胸口，令人窒息。

照片里的美丽女人究竟和白芷是什么关系？

她恨白芷，想方设法要害白芷……

从前究竟发生过什么？

为什么查了这么久，还是没有任何关于她的动向？明明是她在照片后面写了南都童谣，她应该也是南都的人啊……

隔天，艾黎找到了镇长家，问：“陈家老镇长在吗？”

家里只有保洁员王嫂在，她表情古怪地看了艾黎一眼，说：“老先生早过世了。”

停顿一会儿，她接着说家里人都出远门了，得过几天才回家，让他们留下手机号码，方便之后联系。

过世了？艾黎惊讶，突然想起来黑脊鸟带来不幸的传说。

迷糊间，她给了手机号，在王嫂关门之前，问了句：“主人家是不是有个女儿，叫白芷？”

王嫂惊讶，很快恢复平静，说：“白芷小姐多年前离家，再没回来过。”

“离家？”陈鹤川玩味地咬着字眼。

王嫂不欲多谈，垂下眼睫，说道：“对。其余的事，我也不清楚。两位如果想问些什么，等主人家回来了再谈吧，路上小心，我就不送了。”

说完，她急匆匆地关上了门，像是企图掩盖什么。

门关了，夜也深了，艾黎没办法纠缠，只能浑浑噩噩地跟着陈鹤川走，旅店就在不远处，似乎为了等客，还亮着昏暗的灯，阴森森的。

艾黎心底打鼓，总觉得自己遗忘了什么事情，可细细一想，又一星半点儿都想不起来。这种感觉很奇特，好似云烟缭绕周身，探出五指去拨撩，烟雾又从指间流逝，烟消云散，什么都不剩下。

过了好一会儿，陈鹤川突然开口："说来，我有一件觉得奇怪的事。"

艾黎心跳加快，颤声问："什么事？"

"你见过白芷自杀的现场照片吗？"

"嗯？"

"法医将她的尸体拍照，每一个身体部位，巨细无遗都拍下来了。"

"所以呢？陈鹤川，你想说什么？"

他顿了顿，笑："有求于我的时候，记得喊陈哥哥。"

艾黎脸红，嗔道："什么时候了，还有心思开玩笑？"

"好了好了，不说这些。"他噤声，一分钟后，继续说，"我发现，白芷的两只手腕都没有疤痕，更别提烧伤。即使是切皮植皮，也会留下细小的痕迹。可她的手腕什么都没有，那一处的皮肤浑然天成，好似天生就长那样。"

艾黎目瞪口呆，张大的嘴足以含住一枚鸡蛋。

她浑身发抖，难言的情绪涌上心头，失声叫道："你的意思是？"

"她可能不是白芷。"

白芷的手腕上有黑脊鸟的刻痕，再不济也有沸水烫伤的烧痕，即使做了植皮手术，也会留下缝合的痕迹，不可能什么都没有。

她又不可能换手。

等等，换手？

艾黎如梦初醒，她颤颤巍巍地咽下一口唾液，急切地反驳："不可能！白芷的长相又没什么不对劲的地方，她的长相就是白芷，她怎么可能是假的？"

陈鹤川意有所指地说："怎么不可能呢？又不是非得长得一模

一样。”

“什么意思？”

“身份证十年更换一次，这十年间，没有人需要验证白芷的身份。法律上也没有规定公民不许整容，五官稍微有点差别又如何呢？只要白芷离开熟悉她的人，找一个陌生的城市，再和另外一个人约好，彼此整容成对方的样子，互换人生，不就好了？总会有人不喜欢自己的人生，想要和别人兑换一次新生。最重要的是，两个人都心甘情愿背井离乡，跑到外地展开新的生活，用另外一个身份与面貌。”

艾黎舔了舔下唇，给远在鱼西镇的萧逸打电话：“我问你一件事？”

“什么事情？”

“那个和你有染的女人是什么样的？她的两只手腕有没有什么疤痕？”

萧逸想了想，呼吸打在扬声器上，震耳欲聋。

顷刻后，他回答：“她的手腕好像有一块烫伤的皮肤，我很心疼，常常会捉住她手亲吻那处地方。”

艾黎默不作声，挂断了电话。

她的声音比想象中还要镇定，和陈鹤川一字一句地说：“那个神秘女人手上有烫伤，白芷的手腕却干干净净。我想，可能她才是白芷，而白芷是她。这两个人互换了身份，而‘真白芷’，有非杀‘假白芷’不可的理由，或许和‘真白芷’离家原因有关。”

陈鹤川若有所思，问：“你说，那个神秘的女人，也就是真的白芷，她杀了互换身份的假白芷，能得到什么好处？”

艾黎抿唇，脊背发麻，如坠冰窖。冬天，配上这样的故事，显得越发寒冷。

她整个人都在发抖，唇齿不住咬合，慢条斯理地说：“唯一的好处是，她能永远占用另外一个女人的身份，而‘白芷’这个人，不复存在了。”

陈鹤川笑了，声音缥缈而虚幻："是啊，对于她而言，白芷已经死了。"

艾黎不懂了，为什么非要换身份不可呢？是有什么可怕的事情，逼迫她去改头换面吗？又为什么非要杀死假的白芷呢？是怕她反悔，来讨回身份？还是她已经反悔，来讨要身份，所以被真白芷派去的萧逸害死了？

因为有不可告人的秘密，所以"我"杀死了"我自己"？

艾黎胆战心惊，胃里翻滚，几欲作呕。

这是一个谜团，得由这个叫"白芷"的女人亲手解开。

这天晚上，艾黎说什么都不肯吃饭。

屋里没点灯，黑灯瞎火，她一个人把头埋进厚重的被子里，裹成个茧子。

为什么人在受伤的时候都习惯钻进暖烘烘的被窝呢？大抵是因为人是孤独的，身边没有亲朋好友陪伴，只能依靠被褥给自己一个结结实实的拥抱。

陈鹤川像是剥洋葱似的，将她抽丝剥茧，层层剥开，掀到最里层，看见艾黎被棉被捂得发红出汗的脸蛋。她细白的脖颈覆着热汗，几缕黑浓的发丝沾在皮肤上，有种狼狈而凌乱的美感。

不知怎的，他总觉得此时的艾黎有些诱人，令他喉头发紧。

陈鹤川将视线从那天鹅颈子上挪开，转向别处。

他低声哄骗闷闷不乐的小姑娘："想吃什么？我去煮。"

艾黎看了陈鹤川一眼，抱着棉被小心翼翼地往后缩，还没来得及逃离陈鹤川的怀抱，又被他重重地按了回来，搂到怀里。

"告诉我，想吃什么？"陈鹤川把她连人带被子揽到膝盖上，微微挑起她的下颚，耐心哄她。

艾黎受了惊，赤脚扑腾了几下。

"别乱踢！"陈鹤川的音量突然抬高，似乎在隐忍什么。

艾黎更慌了，手脚不听使唤地摆动，想逃离这种困境。

哪知，她半点没能从陈鹤川禁锢的双臂中逃离，反而把保护她的被子越踢越远。没了厚重被子的保护，她仿佛没有了铠甲，被陈鹤川搂在怀里，紧紧抱着。

知道自己是热汤里的鸭子，艾黎学乖了。

她揪住陈鹤川胸口的衣服，微微张嘴喘气，垂下眼睫的样子，可怜兮兮的。

艾黎哑着嗓子，一字一句地说："我就是想到白芷的事情，有点害怕。"

她也不知道自己在怕什么，只是觉得匪夷所思。

她以为查到白芷自杀这条线了，就能很快抓到幕后真凶，哪知就连白芷都不是单纯的人。

这个世界怎么这么复杂？复杂到超乎她的想象和认知，让她手足无措，什么都不能做。又怕什么都不做，会被人间虚幻的烟火所吞噬。

陈鹤川喉头滚动，低下头，唇瓣触上她的脸，满含怜惜与疼爱，小声说："因为害怕，所以不肯吃饭吗？哪有这种道理。你要是饿坏了，该轮到我害怕了。"

艾黎难得暴露出软肋，娇滴滴地问："你怕什么呀？"

她也不过是个二十出头的小姑娘，再坚强的外壳也掩盖不了稚嫩的心。

陈鹤川哑然失笑，带着千万分珍重，细细吻她："我怕你身体不好，我会老无所依。"

艾黎呼吸一滞，呆愣愣地望向陈鹤川。

他已经……想到他们老了以后的事了吗？

陈鹤川想和她携手一生，相伴到老？好像也没什么不可以的。

艾黎嘴角微微上翘，像是任性又像是撒娇："那我吃饭，我想吃面，加荷包蛋的那种。"

陈鹤川宠溺地摸了摸她的头，把她放回床上，盖好被子，说：“好，等我二十分钟，我去给你煮。”

“嗯！”艾黎重重点头。

他起身，虚掩上门，快要离开的时候，艾黎突然喊住了他。

陈鹤川不解，透过门缝疑惑地望向她：“怎么了？”

“我以前生日，很想赵泽阳能陪我一整天。我不想吃他定做的蛋糕，我想吃他亲手煮的面，亲手为他女儿煮的热腾腾的长寿面。”艾黎睁开眼，眼角有泪光，湿漉漉的。眼睛湿润，导致眼睫毛浸了水，显得那双雾蒙蒙的杏眼格外水灵。

陈鹤川的心脏猛地刺痛，不知为何，他感到悲伤，手掌握紧了又松开，如此反复多次，指节有些发青。

他抿着唇，坚毅地道：“今后，我给你煮，每个生日都不会忘记。”

艾黎点头，甜甜地笑：“好。”

他的小姑娘，没有家人疼爱，至少还有他。

大约过了十来分钟，陈鹤川端着一碗荷包蛋素面上楼。夜里吃太油腻的食物对肠胃不好，他特地调了味鲜却清淡的汤底，清汤寡水的面，再捞个荷包蛋进去，油花见了水便四散，隐约泛起微黄，面汤显得更浓了，面的滑腻与汤的醇厚相得益彰，异常鲜美。

南都古有天下粮仓的美称，面食倒是一绝。这些放入汤水的面，本地方言喊水面，像是机器搅出来的，并不是手擀面，少了几分劲道却也多了一些细腻，和农家手工面比起来，各有千秋。

陈鹤川一边看艾黎吃面，一边和她讲这些历史故事。

艾黎也不知是听饿了，还是本就饥肠辘辘，三下五除二就吃完了一大碗面，还将汤水喝了个精光。

她还没来得及擦嘴，陈鹤川就拿了纸巾，佯装嫌弃地说：“怎么还和小孩子一样，吃得满嘴都是。”

艾黎也不言语，乖乖巧巧的，任由他擦，一点都没反抗。

看她这样好欺负，陈鹤川又忍不住调戏她：“现在你吃饱了，我还饿着。”

“啊？你没吃吗？”艾黎问。

他笑：“是啊，没吃。既然你吃过了，是不是该轮到我吃了？”

“你想吃什么？”

“你。”

陈鹤川话音刚落，俯身便封住了她的唇。

方才在她吃面时，陈鹤川瞧见那被汤水染得嫣红的樱桃小嘴，他就忍不住了。

看起来这样香甜可口，吃起来又是怎样一番滋味？

他心里想得很，嘴上没忍住就去做了。

陈鹤川扣住艾黎的纤细腰肢，吻住她的唇，轻咬舔舐。他俨然个中老手，艾黎却还只是初生雏鸟，这一番折腾，吻得她无力招架，气喘吁吁。

艾黎的脸颊通红，浑身燥热，不知是刚吃完热食的缘故，还是因为这个突如其来的吻。

哪能二话不说，按住就亲？

再……再说了，他说的“吃饱喝足”就是这个意思？

陈鹤川松开她，见小姑娘面皮薄，早有微愠，他急忙讨饶：“是我不对，不该随意亲你。艾黎妹妹可千万别气，气坏了身子，生了病，还怎么方便我占便宜？”

艾黎本以为他真心知错，听了后半句就知道不对头了，气得连连说：“你还想占便宜？！流氓！”

她气急败坏的样子着实有趣，陈鹤川瞧在眼里，嘴角微勾。

见小姑娘这般不禁逗，陈鹤川也不想多刁难她，无奈地道：“好好好，是我不对。下次想亲你，一定先写个申请书，预约个时间，让你心里有个准备后，再好好行事。”

“陈鹤川！”她先前为什么会认为这厮是好人？陈鹤川明明就是衣冠禽兽，狼子野心！

这一夜小打小闹便过去了。

…………

清晨，他们又登了一次陈镇长的门。这次，毫无意外，他们还是被堵在了门口，王嫂对他们道："主人家还没回来，我不能放你们进门，请见谅。"

艾黎知道不能为难王嫂，毕竟放陌生人进门，万一出了什么事，可都是王嫂的责任。

艾黎舔了舔下唇，说："那您可以告诉我们一点关于白芷小姐的事情吗？我们不进去，就在门口说。"

小姑娘家死赖着不肯走，王嫂皱眉，不耐烦地推搡艾黎，说："我真的什么都不知道，你快走吧。"

艾黎被推得一个踉跄，正巧撞到陈鹤川怀里。

陈鹤川勾唇，掏出警员证，道："我们已经有这个案件的调查许可，希望您积极配合警方的工作。《刑法》第二百七十七条说了，以暴力、威胁方式阻碍国家机关工作人员依法执行职务的，处三年以下有期徒刑、拘役、管制或者罚金。像您这样暴力对待警方，扰乱视听，或不配合调查工作，不管情节轻重，都将以妨害公务为由，给予处罚。"

他一套大官话下来，瞬间把王嫂吓晕了。王嫂现在不但觉得艾黎烦人，还觉得自己这次揽了个大麻烦回来，会开罪主人家。

王嫂抿着唇，手掌在围裙上不安地搓了搓，说："我是真的不知道，要不这样……你们要是真想知道白芷白小姐的事情，就去问问主人家吧，我有他的手机号码，你们自己联系好了。"

她给了艾黎一个手机号码，防贼似的关上了门。

看来厚脸皮还是有好处的，至少手里有个结果了。

艾黎用眼睛觑着陈鹤川："打过去问问看？"

后者点头，拿出手机，拨号。

漫长的"嘟嘟"声后，对面传来懒洋洋的男声，问："你哪位？"

陈鹤川：“我姓陈，是H城警局的刑事警察，手上有一桩案子，想和你谈一谈。”

“什么案子？”对方听到案子也没什么大波动，那头似乎有女人小声嘤咛，男人急忙哄她，一个劲说“乖、乖”。

陈鹤川蹙眉，说：“你父亲之前有一个养女，名叫白芷。她在八年前，自杀了。”

“啊？”男人听到这个名字，反应很大，惊呼出声，很快又闭上了嘴，说，“她自杀，和我又有什么关系呢？她是我爸认的女儿，是后妈养的，我妈是我爸第二任妻子，早离婚了。她死了是她家的事，不关我家的事，你问我也没用啊……”

“的确，她的死和你是没什么关系。我们只是想了解一些白芷从前的事，她有一段时间生活在南都，我们想了解她生前的交际网。你要是最近有空，能约在南都见个面吗？”

男人支支吾吾，不回答这个，反而问：“你是怎么知道我号码的？你们调查我了？”

“没有，是你家里的王嫂给的。”

“这个搅事精，早该辞了她！”

陈鹤川抿唇，说：“是我们要求她配合调查，否则以妨害公务罪起诉。你这样无缘无故迁怒于人，是不是太无理取闹了？”

“这是我的家事，警察倒管得够宽啊。”

陈鹤川的耐心耗尽了，直截了当地问：“请问陈先生，你哪天有空，和我们见个面？”

“哪天都没空啊，生意忙。”

“哦。”陈鹤川勾起嘴角，慢条斯理地道，“那敢问您在什么城市做生意呢？我们也很方便出差去您那边，仔细谈谈的。”

“我这里还要开会，先挂了，有空再说。”男人做贼心虚似的挂断了电话。

艾黎在一旁听了笑出声，说：“刚才我还听到他旁边有姑娘的声音，很明显在打情骂俏，现在又说开会，他开会是开到女人身上了吧？”

陈鹤川也笑，意有所指地道：“我倒也想开会开到女人身上，就是不知道你给不给我这个机会。”

“不给的，别想了。”艾黎缩了缩脖子，不予多言。

顷刻后，她问：“这人不配合调查，现在怎么办？”

陈鹤川眯起眼睛，说：“办法有的是。”

话音刚落，他又带她绕回镇长家。

王嫂一开门，拍了拍胸口，道：“冤家！又是你们啊？”

陈鹤川恭敬地说：“刚打电话给陈先生了，他说近期不会回南都。要想见一面，得直接去找他。可他开会开得突然，没来得及说地址，就把电话挂断了，没留下工作地址。所以我想着，回来问问您，这样一来，我们连夜就能赶过去。”

王嫂疑惑地问：“你这不会是骗人的吧？”

一听这话，陈鹤川倒笑了：“我们骗您做什么？”

王嫂不信邪，偷偷摸摸拿出手机，给主人家拨了个电话。

陈鹤川坦荡地说：“对，您不信的话，打电话问问。”

陈先生挂电话那么及时，肯定是不肯再开机接警察电话的，他避之不及，甚至用了开会的借口。

所以王嫂这一次打过去，一定一无所获。

果然，电话关机，没人接听。

王嫂也不好耽误陈鹤川办事，否则又有劳什子妨害公务罪的帽子扣下来，摘都摘不了。

她给陈鹤川一张名片，打发瘟神似的，赶紧关上门。

平头老百姓一天又一次被人命官司上的事缠上，不烧香拜佛去去晦气，怕是不能够了。

艾黎瞧得目瞪口呆，没想到陈鹤川还想到了这招，“啧啧”两声，道：“陈鹤川，我还真没看出来，原来你这么不老实！”

陈鹤川睨她一眼，挑眉，说："怎么说话的？我这叫急智。何况，我不老实，你又不是第一天知道。"

他故意把话说得暧昧，俯下身，凑近艾黎，咬着耳朵。

艾黎朝后一躲，耳尖上酥酥麻麻的触感犹在，鼻间全是陈鹤川身上的草木气息，像是香水，又像是浑然天成的体味，很性感。

第四集

这是他们在南都待的最后一夜，王奉先听说他们要走，也极为遗憾。

等到傍晚，好客的王奉先强留他们再住一夜，不收钱，明早他开货车送他俩去动车站，票都查好了，清晨最早的班次，绝对不耽误干活。

因盛情难却，陈鹤川只得点头同意了。

王奉先请他们去老宅做客，南都他有一间带灶头的老宅，大口的黑锅，灶膛随意扫扫炉灰便能起火做饭。

他搓了搓手，叼着烟说："这农家的饭菜，你俩铁定没吃过。走，我和我老婆昨晚从杀猪场里拎了点新鲜猪口条和肥溜溜的猪皮，猪皮切块煎出猪油，放入瓦缸里闷成白油块，最香了。用这个炒菜，保管你俩吃上瘾。"

艾黎笑了，说："那就谢谢王老板了，住你家，还吃你的东西。"

王奉先傻乐："嘿，说什么谢。我那旅店是自己的地皮，纯粹开着玩，不赚钱的。这种大冷天，你俩从外地跑来显然是有事，那个俗话说得好，有朋自远方来，酒菜管饱。我这做东道主的人，肯定得好好伺候你们啊。”

他说话自来熟，饶是不苟言笑的陈鹤川也被逗乐了。

陈鹤川笑道：“那我们也不和王兄弟客气，这是我在H城的地址，以后你来玩，我带你下馆子去。”

王奉先接过名片，直点头，“啧啧”地说：“对嘛，出门在外，多结交几个兄弟是好事。你们别和我客气，我老婆生好火了，我进去帮忙。”

主人家都在做饭，客人也没有闲着的道理，帮忙洗菜添柴，一群人忙得热火朝天。

王奉先不知从哪买来的一只海蟹，冬天海里物产丰富，有蟹，只是壳大肉瘦，也没黄油膏。炒了豆腐配酒肯定不行，于是想了个法子——去集市上买热腾腾的年糕，带回来切片和蟹肉蟹壳一起翻炒，干煸出来的肉汁被年糕吸走。年糕是谷物所制，一见汁水就胀大，一咬一口汁，将蟹肉的鲜香体现得淋漓尽致。

不仅有蟹，还有蛤蜊蒸蛋。

被蛋羹烫熟的蛤蜊张着嘴，露出韧劲十足的鲜肉。海鲜独有的鲜甜搭配上口感软滑的鸡蛋，舀一勺塞入口腔，简直美上天。

艾黎迫不及待地盛上一碗蛋羹，习惯性往碗里加点花雕酒，拌匀了再入口。刚吃下肚，她便惊讶地道：“老板，我看你这里的花雕酒味道也和H城不一样，这是什么本地特产吗？”

王奉先正翻炒着什锦鸡肉，一看那花雕酒，说：“哦，这是南都花雕酒，是本地特产呢。以前不叫这个名儿，叫南都老酒，是我们陈镇长开的酒厂作坊做出的百年品牌，可有名了。后来吧，这镇长去世了，几个儿子卖了厂子，这才让人家改了名。你说说，要是这酒产到现在，没准还能申请个物质文化遗产，可不就把这鸟不生蛋的南都给宣传出去了，还能搞个旅游行业，让我那家旅店也能赚钱。”

陈鹤川一听和镇长有关，动了心思，问：“镇长家的事，你知道得多吗？”

“倒是不多，不过我听说，镇长一共娶了三次老婆，头两个儿子，是第一任和第二任老婆生的。一离婚，孩子就跟着他们妈跑了，倒是等镇长死了，说有血亲，父子恩情不能断，一个个想回来继承遗产呢。”

“听说镇长还有个小儿子？”

“有倒是有，他和他第三个老婆感情挺好的。老婆难产死了，生了个小儿子，后来也死了。”

“不是说被人救活了吗？”

王奉先惊讶，目光扫过去，似乎在想陈鹤川是如何知道这事儿的。

陈鹤川垂眸，也不回避，说：“我听人说的。”

王奉先没想那么多，随口接话：“是救活了一次，就是用黑脊鸟换命的法子，老人家都信这个。可后来啊，还是死了，有人就说，可能是命换得不好。”

“不好？”

“可不是？快死的时候换了个活人的命，活成了，没几年又出事故死了，很明显是帮那个换过来的命挡了一灾啊！”

艾黎吹了吹勺子里的蛋羹，说：“那为什么换命的那个姑娘后来又落户镇长家了？”

王奉先吓了一跳，手里的铲子都掉了，他问：“你怎么知道是个姑娘？”

艾黎哑口无言，说漏嘴了。

王奉先舔了舔唇，艰涩道：“陈家兄弟，你实话和我说了吧，你究竟是什么人？”

陈鹤川叹了一口气，说：“我是刑事警察，这次和我女朋友过来，是为了查一桩案子。”

“哦，早该猜到了。”王奉先捡起铲子，冲洗了一下上面的灰尘，说，“我之前看你们两个，就觉得气质不太对。谁没事大老远跑南都旅游，肯定是来找人的。你们两个要找的人，和镇长有关系？”

艾黎点了点头，说：“有。就是那个换命的姑娘，死了。”

她还不知道怎么解释死的人不是白芷，是披着白芷皮囊的陌生人。所以现在，她统一对外说，白芷死了，和新闻报道上说的一样，白芷因为挪用公款罪自杀死了。

王奉先揉了把脸，抹去了脸上的汗，说：“关于他家的事，我们其实都知道得不多。那种大户，秘事是不让人打听的，大家都是以讹传讹。不过，我可以肯定的是，他的小儿子死了，另外两个大儿子就不太老实，总想回家分一杯羹，继承遗产。那两年，他俩在家闹个不停，总想分个高低。再后来吧，镇长接回那个换命的姑娘当作亲生女儿养着，我们都猜他是借人移情，毕竟姑娘‘骨子里活的是他小儿子的命’。可能他最想把遗产留给这个外姓闺女，反正没过一两年，人就死了，那个闺女也找不着了。之后我们知道的事，就是两个败家儿子变卖了酒厂，拿了钱，自己花天酒地逍遥快活去了。”

“镇长死得这么突然？”

王奉先哂笑：“谁知道呢？他们家关上门处理的恶心事，密不透风的，死了赶紧火化尸体，警察又知道个屁？”

陈鹤川沉默了，倒不知道这里头还有这么多的门道，看来有必要去找故去的镇长的儿子一趟。

艾黎腹诽：难道就是因为他们，白芷才从南都逃跑，和别人换身份隐姓埋名生活这么多年吗？她总觉得哪里不对劲，可又说不上来。

她灵光一现，想到了关键，哆哆嗦嗦问陈鹤川：“如果说白芷不想被人找到，所以和别人换身份，乍一听还觉得有点道理，可仔细一想，总觉得有错误的地方。就算换了身份，别人用着她白芷的身份，可还是会被人发现啊。毕竟白芷这个人还活着，还有行动轨迹，还是会被人找上啊。”

陈鹤川勾唇，小声说：“她可能躲躲藏藏很久，好不容易才找到一个肯和她互换身份的人。起初肯定要哄着人把脸和身份换过来，等稳定以后……你说，她好不容易能活得像个正常人，会舍得丢掉自己的人生吗？为了不让人再找到白芷，她会不会想让白芷这个人完全消失在世界上？所有人都知道白芷死了，还有人会去找一个死去的人吗？”

“这就是她杀人的原因？”

“谁知道呢。”陈鹤川打了个哑谜，不肯说了。

他们连白芷为何要逃离南都都不知情，就推断她互换身份后杀人的原因，未免太草率了。

这里头还有许多猫腻，得一点点挖掘下去。

先从镇长儿子下手吧，从他嘴里套出话来。

今晚，筵席一清，宾主尽欢。

说句老实话，艾黎和陈鹤川打小便是吃H城里的南方甜口菜长大，山林野味甚少吃到，偶有几顿海鲜，宋姨也是加上各式各样的调料佐料，将海鲜腥味驱除了，才敢给主人家吃。这样一来，肉质的确香甜软滑，可也失去了山珍海味的鲜香。

所以这一顿饭，对于陈鹤川来说，也是极为满意的。

换衣入睡前，陈鹤川以手枕头，说：“海鲜就要这样吃，才能吃出海味。我之前和同事去近海的村落查案，留宿了一晚，当地人直接用岩石凿开黑蚌，用石刀子把肉割到碗里，冲洗后，拌柠檬汁和盐，就这么生吃。”

“好吃吗？”艾黎倒不怕生吃东西，她最爱的就是各式鱼肉刺身。

陈鹤川见她听得入神，笑说：“我怎么知道，我又不爱吃生货。你忘了？我连生鱼片都不吃。”

许是黑夜能拉近人的距离，艾黎也不觉得此时的陈鹤川有多遥远，有多不好接触。

她挨到他旁边，用手撑着腮帮子，嘟囔道：“暴殄天物！”

“你要真想吃，下次我带你去。”

“好，可你工作这么忙，会有空吗？”

陈鹤川挑眉，慢条斯理地说道：“怎么没空？领导总要给点婚假，让我和你去度蜜月不是吗？”

“……”婚……婚假？艾黎咬到了舌头，心惊肉跳。这人怎么什么话都能脱口而出呀！她又没说要嫁给他！

艾黎不服输，抿着唇，反驳：“你都没求婚，我也没答应，怎么就说起结婚了？”

“哦。”他顿了顿，嘴角噙笑，说，“你想我求婚？”

艾黎简直要怒了，这厮血口喷人！

她语无伦次，过了好半天才憋出一句：“我才没有这样想！”

“那你是怎样想的？想我什么时候和你求婚呢？”

“我没有想让你求婚……”

“哦，没有想让我求，那也不能让你一个姑娘家求婚于我吧？”

“我也没有这样说！”

陈鹤川忍俊不禁，伸手揉了揉艾黎的头，连哄带骗：“好了好了，我不过是逗你玩。”

艾黎被他揉得七荤八素，脸颊烧红，嘀咕：“有什么好玩的……”

第二天一大早，陈鹤川已经帮忙收拾好行囊，两人在王奉先的护送下，稳稳当当到了动车站。

他俩和王老板挥手道别，离别前，对方还给他们送了几小坛杨梅酒尝味。巴掌大的小酒盅，用塑料袋子绑住口子密封，也不怕酒气冒出来。

艾黎说了谢谢，和陈鹤川上了车。

他们来南都倒不算一无所获，好歹结交了几个朋友，还拿了点特产。

陈鹤川掏出那张王嫂给的名片端详，镇长的儿子名叫陈浩然，在L城开店，那店外头看着像餐厅，实则是高级会所，女招待一个赛一个漂亮，把KTV卖酒的那套也搬到这里来。

想找陈浩然，现在可不是容易事儿。之前的那通电话，打草惊蛇，让他有所防备，连卡都故意欠费停机了。其实，艾黎也不知道草垛子里有蛇，她还以为陈浩然是个清清白白的人，顶多人品欠佳，想着贪图老父亲的钱财。可就现在的情况来看，他那里保不准还有什么隐秘的事儿。

艾黎在心底得出了一个结论——此人鬼鬼祟祟，行径古怪，看来藏起来的不是好事。

在她的认知里，好事尽可光明正大，不需要藏头露尾的。

突然，艾黎止步不前。

陈鹤川回头，狎昵地问她："怎么了？是天太冷，冻得你走不了路？"

艾黎木讷地摇了摇头，神色略微慌乱。她好似被先前的种种经历束缚住手脚，遇到害怕的事情，习惯性停下。

之前发生过什么事情呢？好像是她找到了一个个掩埋在地下的秘密。艾黎拿着铲子，站在萧瑟的雪夜里，兴致勃勃挖着土。有很多秘密与线索，需要用铲子一下下挖开沙土，揭开真相。不过是一些埋在地里的故事，人世间这么乱，什么稀奇古怪的事情没见过呢？她这样想着，挥铲的动作又快了一点。这个坑越挖越深，流出的人事越来越多，事情逐渐地脱离她的想象与认知，已经开始偏离轨道，并且不受控制了。她恹恹地想要停下，却不甘心。

直到后来，她挖出了一口代表死亡的小棺材。

艾黎吓了一跳，跌坐在地。

里面装的东西不言而喻，那不是她所能承受的东西。

早知道就不挖这个土了，早知道就不查了，早知道就像一只轻盈的蝴蝶在冬日森林里轻快飞舞，不要管这些阴暗的案子了。

艾黎这样想着，有点犹豫要不要继续查陈浩然的事情。

除去果敢勇猛的性子，她的本质也只是一个不谙世事的少女，畏惧黑暗是稀松平常的事情。

陈鹤川见她脸上表情变换，猜出了一些端倪。

他上前两步，解开黑色羊毛大衣的扣子，内侧棉胆仍有余温。他将她裹入怀中，紧紧搂着，似是合为一体。那点暖意徐徐从陈鹤川的身体传达到艾黎身上，教她四肢百骸热血沸腾。

陈鹤川压低了声音，低眉敛目地道："你冷了，叫我搂一搂，把热传给了你，也就不冷了。你要是怕了，也可以和我说，让我哄一哄，就不会怕了。"

"……"艾黎愣在原地，这人果然是她肚里的蛔虫，知她心中千回百转。

一瞬间，她的铠甲尽散，脆弱得想哭。

她撇了撇嘴，像是刚面世的孩子，期期艾艾地说："陈鹤川，我有点怕。"

"怕什么呢？"他没笑话她，宽厚的手掌已抚上她的背心，一下又一下顺着毛，哄着这只涉世未深的奶猫崽子。

怕什么？艾黎皱眉，愣怔许久，没想出来。

陈鹤川又道："怕什么都好，左右有我在，不必怕任何人和事。"

"嗯。"艾黎深吸一口气，从他的怀里钻出来。

就着隐蔽的夜色，她悄悄钩起陈鹤川的小指，与他指节纠缠，就像是两个人的尾指绕上了一根红线，千里姻缘一线牵。

陈鹤川瞥了一眼少女的小动作，嘴角轻牵，索性覆上了她整只手背，将她的手紧紧攥在手里。

"想亲近我，明说不就好了？用得着背地里动手动脚吗？"他才不傻，就算她害羞，也不会放过这个能逗她的机会。

艾黎咬唇，无言以对。

"还是说，除了这个……"他把手一抬，纤长的指节缝隙间，露出少女纤细雪白的手指与腕骨。

陈鹤川眸色变深，慢条斯理地道："你还有其他想做的事情，想做却不敢说？"

你瞎说什么呢？！艾黎恼羞成怒，想挣开男人的手，却怎么都摆脱不开。

陈鹤川已轻轻笑开："牵了我的手，就是我的人了。你得对我的下半生负责。"

艾黎脸红得仿佛能滴出血来，她咬牙切齿拽着陈鹤川朝前走，拖他进了那间陈浩然开的酒坊，想着点一些招牌菜和啤酒，看看食物能不能塞上这个男人喋喋不休的嘴！

进了酒坊，陈鹤川找经理出示了警员证。

见警察来了，他们也不敢声张，直接去找老板。

很凑巧，陈浩然就在店里，可以碰面。

"老朋友"见面，气氛尴尬，剑拔弩张。陈浩然在心里暗骂了句"该死"，给通风报信的经理判了个死刑，打算等陈鹤川一走，就去给他小鞋穿，教教他什么是有眼力见儿，什么样的经理才是老板的"好狗"。

迎了陈鹤川等人进隔音效果很好的包厢，陈浩然击掌，找了几个彬彬有礼的女招待，给陈鹤川斟酒。

他们用具无一不是古朴的酒觞，红酒倒进去叮咚作响，女招待的动作行云流水，一气呵成，颇有美感。

陈鹤川笑了笑，说："我是粗人，不习惯让女人帮忙倒酒，更何况，我还有女朋友在身边，和其他人眉来眼去总归不好。"

言下之意是，不要使什么贿赂手段，钱财酒色无论哪一套，他都不吃。

陈浩然没办法，只能咬牙让她们退下。

两厢静谧，很久后，陈浩然败下阵来，问："警官，这么多犯人不抓，这么多案子不处理，你偏偏跟我这样平凡无奇的小人物过不去，到底是为什么？”

陈鹤川启唇：“听说，你父亲死前过继了一名孤女，入了你家户口，名字叫白芷，对吗？”

陈浩然嘀咕：“她不是……死了吗？八年前由于挪用公款案子自杀了，不对吗？”

“你怎么知道得这么清楚？”艾黎问。

“你们说她自杀了啊。”

艾黎盯着他，一字一句说：“我们只说了她自杀，却没说是因为挪用公款案件自杀。你这么清楚，想必也关注着她的一举一动吧？”

“我……”陈浩然想反唇相讥，却什么都说不出来。

“你不过是前妻的孩子，而白芷却是那时你爸亲自领入家门的孩子，名义上的亲生女儿，哪个亲哪个疏，一看便知。你说，白芷为什么会从南都逃跑？她为什么离开南都几年没回家？这些事情啊，王嫂可都告诉我们了。”艾黎打了个哑谜，反观他的神色。

陈浩然懂，他现在什么都不能做，索性就装哑巴，一问三不知，笑脸迎人，这样他们还能拿他怎样？

陈鹤川咄咄逼人地追问：“听说，你还有一个同父异母的兄弟，一心想争父亲的财产，那得和家里的养女打擂台吧？到底是生恩强，还是养恩强？我听说后来，这个养女不知所终，而你们两兄弟却分到了父亲的财产，还变卖了他的酒厂，对吗？老人家辛苦操劳一生打下的酒厂品牌，会心甘情愿让你们卖了吗？”

陈浩然反驳：“我是他的亲生儿子，血浓于水，怎么就不能卖酒厂了？”

陈鹤川不搭话，转而说其他的事情：“如果你们真的很想要这些钱，会不会背地里行什么肮脏手段呢？我手上有白芷逃离南都的确凿消息，能说明她当年在南都是发生了一件大事的，就是这件大事让她隐姓埋名，跑到了别处。你说，这件事究竟是什么呢？看时间，好像正巧是陈镇长去世后，会不会是和你俩争财产一事有关呢？生怕一个不知底细的养女占了财产，所以亲兄弟联手赶跑这只鸠占鹊巢的斑鸠……即使你俩是对立关系，可当时的劲敌是白芷。敌人的敌人就是朋友，这时候联盟对敌，好像有百利而无一害吧？”

“你知道什么？！”陈浩然突然发作，后来想了想，又气愤地坐回原位。

“我的确什么都不知道，所以我希望你亲口告诉我真相。”陈鹤川盯着他，缓慢地说。

他的话语仿佛有魔力，仿佛一下就能勾得陈浩然说出肺腑之言。

后者很快清醒，微微张嘴，欲言又止。

什么都不能说，还是什么都不敢说？

陈浩然陷入恒久不变的沉默，就坐在那里，什么都不说了。

艾黎懂了，他是有难言之隐，打死都不能说，他们穷追不舍也没用。

陈浩然冷静了，痞子似的笑道：“反正我什么都不知道，你们问我什么，我都不记得了。”

言下之意就是：要杀要剐随便，反正我什么都不会说。

陈鹤川的眸子冷了几分，犹如隆冬里的鹅毛大雪，寒冷刺骨。他盯着陈浩然，皮笑肉不笑，淡然道：“哦，警察对付你这种老赖有的是办法，希望你受得住，坚持到最后。”

他说的话很轻，语气也不重，可不知为什么，只要一听到他的话，旁人便抖若筛糠，打心底畏惧。

艾黎和陈鹤川离开了酒坊，她问他：“这下怎么办？他不肯说，我们又没什么证据拉人去局里审讯，拿他没办法的。”

陈鹤川望着远处灯火阑珊的酒坊后门，轻飘飘丢下一句：“那就抓住他的把柄。”

“怎么抓把柄？”

他笑：“人不是神，肉体凡胎，总有犯错的时候。我们只需要等待，静候时机。”

艾黎倒吸一口凉气，还真没见过陈鹤川这个样子。他是认死理的人，想办成的事，不择手段也要做到。

第五集

这天晚上，他们并没有离开，而是待在酒坊外的一家烧烤店里守株待兔。

冬天冷，陈鹤川总会喝一点酒。然而一整夜下来，他所喝的不过小半杯，权当暖身子。

他像哄小孩似的，凡是带艾黎出门，就没饿到她的道理，或多或少都会给她买点吃食。他点了一堆撒满孜然与胡椒粉的羊肉串，又点了一碟芝麻花生糖，以及米醋腌制的螺蛳肉，当下酒菜。

艾黎馋嘴，夹了点下酒菜，跟着吃了个半饱。她舔舔筷子头，道：“你在等什么？”

陈鹤川笑道：“等兔子撞树，撞死了最好，留着肉烤了配酒。”

“什么意思？”

“等会儿你就知道了。”陈鹤川打了个哑谜。

待夜里，酒坊关门前，陈鹤川称自己掉落了东西，又回了包厢一次。

他从沙发底座下不动声色捡来了一个东西，塞入兜里，又若无其事地离开了。

陈鹤川将录音笔递给艾黎，说：“之前落在包厢里的，恰巧开着录音功能，不知道是不是‘偶然’录下了什么。”

艾黎懂了，陈鹤川这是无意为之，可不算窃听。

她打开录音笔，里面传来断断续续的人声，似乎是有人在打电话。就着嘈杂的环境音，艾黎仔细分辨了很久，这才听到陈浩然的声音。

陈浩然在和一个男人打电话，隐约能听到那头低哑的嗓音，具体说了什么，是真的听不清楚。

等了一会儿，只听他说：“哥，现在怎么办？警方查上白家那丫头，好像知道了点什么。白丫头死了这么多年，就算知道黑脊鸟的去处，我们也无从得知啊。你还没找到爸死前负责遗嘱的那个律师吗？他怎么可能人间蒸发？就连白丫头我们都找到过，要是那时候心狠一点，直接抓回来就好了。”

对方在支招儿，具体说了什么，听不清楚。

等了一会儿，陈浩然说：“明天早上？我可能没空，我得去百年墓园祭拜个人。”

另外一头可能在教训陈浩然，让他把屁股擦干净，别什么事都有纠缠。

陈浩然的声音一下子变得沉闷，落寞地答：“知道了，等下午，我去你那儿找你。”

他说完挂断了电话，包厢里静谧如常，没了动静。

艾黎听出了一丝端倪：陈浩然在和他哥打电话，是那个同父异母的哥哥吗？他们联手密谋了什么呢？电话里说，曾经白芷逃离南都后，陈浩然还抓到过她一次，再后来，“白芷”就自杀了。是白芷害怕被他们抓到，所以想让这个身份完全消失吗？她在害怕什么呢？陈浩然说想找黑脊鸟，可黑脊鸟不是传说吗？它不是一只鬼鸟吗？那又怎么抓呢？难道说鬼鸟真的存在？还有那个负责遗嘱的律师，和他又有什么关系？

问题太多了，得一个个理清楚。

不如明天去百年墓园蹲陈浩然吧？总要抓到点他的尾巴，逼迫他说出真相。

艾黎眼神坚定，抬头与陈鹤川对视，却见对方的眸子澄澈，眼里有话。她的想法与他不谋而合，正合他意。

凌晨，天寒地冻，冷风吹得人像树枝上簌簌摇晃的枯叶，摇摇欲坠。

百年墓园算是当地墓地里比较有名的风水宝地，所以大家有钱的时候都会给老后的自己先订个地方。七万块一个位置，和买房似的，过时不候。

艾黎和陈鹤川在墓园外蹲点，陈浩然果然如约而至。

他驾轻就熟走到墓碑前，放下一束花，双膝跪地，说："温老弟，你最近怎么样？在地下缺钱花吗？我之前给你烧了些游艇豪宅什么的，就指望你在地底下也能逍遥快活。"

他话说到一半，远处突然有个女人疯了似的冲过来。

她脸上得体的淡妆都花了，泪如泉涌，她表情狰狞地抓着陈浩然的西装，号叫："你还有脸来？！你怎么不去死？！"

女人高高瘦瘦，就身材而言，铁定不是陈浩然的对手，后者却并未推开她，而是胆战心惊地避开目光，小声说："不是我干的，警察也说了，温老弟是自杀的。"

"自杀？！我和他的婚期就在下个月，他会自杀？！还不是你使了什么手段！是你逼的，你这是谋杀！"女人如同恶鬼，凶神恶煞般地将陈浩然抵到墙上。她仿佛真的起了杀心，左顾右盼，找到了凶器——她顺手抄起花瓶，欲往陈浩然头上砸。

见状，陈浩然再也忍不住了，狠狠推开女人，拔腿就跑。

艾黎瞟了一眼陈鹤川，问："追吗？"

陈鹤川眯起眼睛，说："不追了。"

"可是陈浩然下午要跟电话里的人见面，不去看看吗？"

陈鹤川倒笑："你真以为他们谈话的秘密地方，我们能光明正大混进去？与其肖想那等高难度的事儿，还不如搞定眼前这位。”

“这位有什么能耐？”艾黎把目光投向那名跌倒在地的女人，面露深思。

“能把陈浩然逼成这样，你说她有没有两下子？陈浩然究竟在怕些什么呢？让我们也查一查，让他再多怕一下？”

艾黎懂了，陈鹤川是想挖出这件事，拿来要挟陈浩然。

“行，那就问问。”她咬牙，从深深的林间走了出去。

见有外人来，女人双手盖在脸上，将沾在湿漉漉的脸颊上的发丝扯开，屈指抵住卧蚕，小心翼翼抹去哭花了的眼妆。

这样拾掇了一番，女人才抽噎着问：“你是？”

艾黎让陈鹤川出示警员证，说：“我们是警察，最近在调查有关陈浩然陈先生的事。”

女人不以为然地问：“命案吗？”

艾黎点了点头。

女人嗤笑：“他这种人，丧尽天良，什么事情干不出来？”

一番闲谈，艾黎得知，这女人名叫谢之雪，职业调查记者。原本生活美满幸福，可未婚夫半年前自杀了。警方证实死者死亡的现场没有他杀痕迹，是自杀身亡，她却坚持认定陈浩然就是凶手。

陈鹤川递给她一张名片，说：“你要是真想查，可以把温先生的情况告诉我，由我来协助破案，我们也在调查陈浩然的人脉交际网，正巧可以牵线搭桥查一查旁的事情。就是不知，你这样笃定他是真凶，是有什么依据吗？”

谢之雪抬起下颚，毅然道：“我没有依据，就凭女人的第六感，认定他是凶手。这样说，你敢查吗？”

艾黎无语，她这算是没有证据，血口喷人吗？什么都不知道的情况下，还怎么查？

哪知，陈鹤川望了谢之雪一眼，嘴角噙笑，说：“只要谢小姐肯告诉我有关陈浩然的事，我就敢查。”

夜幕降临，连绵不断的寒风将窗户吹得大开。已经不是暴雪时节，稍微落了点雪粒子便下起了雨，地上泥泞一片。

他们跟着谢之雪回了家，对方随意地泡了三杯花茶，丢下陈鹤川和艾黎两人，独自去洗澡。

洗完了，她穿一套厚重的棉睡衣出来，一改之前精致典雅的形象，变成居家的年轻女人。有人常说，职场厮杀的女人，高跟鞋与制服便是铠甲，一回家便丢盔弃甲，恢复少女心满满的姑娘模样。

谢之雪饮了一口热茶，喟叹："你们知道吗？在国内，调查记者不过数百名。"

艾黎惊讶了一下，问："怎么这么少？"

"这行赚钱少，风险大，诱惑多。"

"风险大我能理解，诱惑多又是什么意思？"

谢之雪嗤笑一声，说："调查记者的任务，就是揭露黑幕，特别是商业黑幕。我们这一行的人，往往要和犯罪者打交道，玩拉锯战。要是有人拿到了黑幕核心内容，而对方用金钱交换这份调查性报道，你说他会不会答应？一旦答应了，就算是敲诈，本身便是违法者，会被剔出调查者的行列。"

艾黎犹豫了一秒，如果她是那个调查记者，还真不好说。

首先这份秘密被钱换过去，对方肯定不会公开。而记者也不会再公开黑幕，这样就不会被追责敲诈罪名，那就是拿钱走人的美事。这样的糖衣炮弹砸下来，恐怕没几个人承受得住。

与此同时，陈鹤川淡然问："你有什么目的？"

谢之雪扑哧一声笑起来，用染了胭脂红的指甲微微搔了搔下颚，说："不愧是刑事警察，这么敏锐。我的确恨陈浩然，直觉我未婚夫的死和他脱不了干系，想让陈浩然去死。可人死不能复生，纵使我复仇，又能得到什么呢？倒不如拿他的死换点好处，为自己的前途铺路。"

艾黎浑身战栗，颤颤巍巍地问："这还能换好处？"

"怎么不能呢？我会告诉你们，我手上有的关于陈浩然的信息。作为交换，我需要你们调查的全过程，告诉我为什么要查陈浩然，以及你们之后的调查内容与动向。我想写一份轰动业内的调查性报道，写完这份报道，名利双收后，我就辞职转行。这一行太难了，我也不想干了，可临走前，总得捞一笔。"

她说得这样笃定，肯定是手里有大料。

艾黎看她的眼神有些古怪，觉得这个人很强悍。她是那种，就算失恋了，也不会偷偷哭的人。她憋着眼泪，故意哭给苛刻的甲方看，宣泄自己的痛楚，博取别人的同情，还能为自己谋利，一箭双雕。

她这样一个女人，自然容易混得风生水起。

陈鹤川点头："好，我答应你，不过，在警方同意公开之前，我希望你遵守保密协议。"

谢之雪微笑："这个自然，没有上级领导同意，我也不敢和警察对着干。只是第一手报道，一定得是我的。"

陈鹤川将挪用公款案的来龙去脉说个透彻，还将现如今在查白芷的事也讲了一次。

谢之雪沉吟一声，从房间里拿出一摞资料，翻检了半天，找出一张照片，说："你们看看这个。"

照片里，是一件文物，角落里写着名字：黑脊鸟方尊。重 5 公斤，高 20 厘米，每边边长 18 厘米。四条边上装饰鬼鸟兽面纹，方尊的肩饰长尾雕羽，两鸟面比邻处，各有一枚打磨得润滑通透的鸽血红宝石。就连艾黎这种不懂历史文化的人都愣在原地，这样的东西，可能得是旧时传国之宝，尊贵非凡。她的舌头打结，屏息以待，大气都不敢出一下。

片刻后，她问："陈浩然录音里说的黑脊鸟，难不成就是这个东西？"

谢之雪说："黑脊鸟方尊出土地就是南都，早些年，考古学家在南都挖出这么个东西，本想藏着掖着，趁媒体赶到之前，先上交给国家博物馆。哪知就在那天晚上，文物失窃，至今不知去向。就这小东西，业内估价五千万，还是不愁卖的价格，大批黑市的人等着收。”

在南都失窃的文物，还能长脚飞了吗？

陈浩然一心想找黑脊鸟，难不成就是想找到这方尊，转手倒卖赚钱？他这样费尽心思找白芷，难不成就是为了这方尊？可黑脊鸟方尊和白芷又有什么关系？

艾黎想到了陈镇长的死，又想到他是一镇之长。

她轻轻说："假如是陈镇长盗走了方尊，他为什么不把它卖了呢？"

"那时因为文物丢失，风声鹤唳，谁敢在这枪口上出手黑脊鸟方尊？自然是将它藏起来，等风头过去，再慢慢寻门路卖出海去。"

陈鹤川面色凝重，问："你是指，陈浩然等人没了宝藏动向，疑心是陈镇长把藏宝地点告诉了死前最亲近的律师以及白芷？他们并非在寻白芷，而是在寻宝藏？"

"我是这样猜的，可具体的事情，谁都不知道。"

陈鹤川倒没想到这桩案子牵涉这么大，一下子没了声响，在想对策。

这时，谢之雪的新闻社里打来了电话，她临时有事先行一步，约好明日详谈。

陈鹤川望着窗外苍茫的夜色，沉吟道："说起来，我想和陈浩然做一笔交易。"

"交易？"艾黎愤愤然，说，"和那种狼子野心的人能做什么交易？"

"你还记得吗？白芷和人互换身份，又害死假的自己，使了一招金蝉脱壳，让世人误以为她已经死了，然后在人间逍遥自在。她会不会是为了躲陈浩然等人？毕竟她是从南都逃出去的，最不想见的，肯定是这些虚情假意的哥哥们吧？之前，陈浩然在电话录音里，你还记得他说过什么吗？”

待夜里，酒坊关门前，陈鹤川称自己掉落了东西，又回了包厢一次。

他从沙发底座下不动声色捡来了一个东西，塞入兜里，又若无其事地离开了。

陈鹤川将录音笔递给艾黎，说：“之前落在包厢里的，恰巧开着录音功能，不知道是不是‘偶然’录下了什么。”

艾黎懂了，陈鹤川这是无意为之，可不算窃听。

她打开录音笔，里面传来断断续续的人声，似乎是有人在打电话。就着嘈杂的环境音，艾黎仔细分辨了很久，这才听到陈浩然的声音。

陈浩然在和一个男人打电话，隐约能听到那头低哑的嗓音，具体说了什么，是真的听不清楚。

等了一会儿，只听他说：“哥，现在怎么办？警方查上白家那丫头，好像知道了点什么。白丫头死了这么多年，就算知道黑脊鸟的去处，我们也无从得知啊。你还没找到爸死前负责遗嘱的那个律师吗？他怎么可能人间蒸发，就连白丫头我们都找到过，要是那时候心狠一点，直接抓回来就好了。”

刚过去没多久的事，艾黎当然记得。

陈浩然和他那个哥哥说：“白丫头死了这么多年，就算知道黑脊鸟的去处，我们也无从得知啊。你还没找到爸死前负责遗嘱的那个律师吗？他怎么可能人间蒸发，就连白丫头我们都找到过，要是那时候心狠一点，直接抓回来就好了。”

他们说的黑脊鸟就是文物黑脊鸟方尊吧？他们还找到过一次白芷。

白芷是不是害怕再次落入他们的手中，被逼急了，才出此下策，迫不得已杀了人呢？

只要她死了，便没有人再找她了。

陈鹤川眸光沉沉，如一汪深潭，他说："我打算把白芷没死的消息与证据出示给陈浩然看，换取他那些无伤大雅的陈年往事。他可以抹去重要的部分，推脱责任，或是避重就轻，可我们总得明白发生过什么事情，才好找到白芷。我想，他也很渴望找到白芷，更希望借助警方的力量。毕竟犯下谋杀案的是白芷，他可以藏着秘密，等她出狱后落入他手中，再慢慢清算。"

艾黎想到陈浩然这个人，心惊胆战。没错，这厮一定有自己的想法，一定会守株待兔，蛰伏上许多年，只为掩人耳目。他有这样的手段与耐心，能完成这些事。

与其和这种蛇蝎心肠的男人对着干，倒不如卖他个好，等他露出破绽。

艾黎心动了，松口之余，还有些犹豫："可陈浩然，会这样轻易和我们互换消息吗？"

"他会的。"陈鹤川笃定道。

今晚，夜很漫长，举目望去，星月照不到的地方便是远方。

陈鹤川约了陈浩然见面，用的是短信，说有白芷的事情相商，最后一次，不然就登门造访，扰人清梦。他原以为陈浩然会对这条短信视而不见，哪知对方无所畏惧，欣然赴约。

酒桌上，陈鹤川掏空口袋与艾黎的手包，表示并无录音设备，这是一场友谊筵席，而非鸿门宴。

他说："我想和陈先生做个交易。"

陈浩然笑笑："我倒不知道，我和你能做什么交易。"

"你很'关心'你的异姓妹妹白芷吧？"

"她死了，我很遗憾。"陈浩然垂眉敛目，饮了一口酒，看不出喜怒哀乐。能肯定的是，他并不悲伤。

"若是我说，她没死呢？"陈鹤川打着机锋，嘴角噙笑。

"你说什么？"

"你不信吗？我手上有她没死的证据。如果你想看，想求证，西。”

西。”陈浩然是死猪不怕

。

事。”陈鹤川嘴上风轻云

里面传来陈浩然的声音。

负责父亲遗嘱事宜的律

“这份录音，我们交由

通过频谱鉴定，确认这

没死的证据，你告诉我，

衣无缝的说辞，紧蹙的

了吧，我们要找她，是

于陈浩然肯说出白芷

怀疑的话圆了过去。

多岁的时候生了病，

孩子回家照顾老人。

长有两任前妻，分别

然。

，连儿子都不见，平

来的孩子总归不是亲

多年、专司遗嘱事宜

拿出来，上面写明所

不过是外来女儿，父亲会只惦记着她，不想着亲生儿子？

陈浩然和陈烨想起父亲这几个月来闭门不见客，心里起疑，一番调查后，找到了父亲死前的私人医生。盘问之下，医生才说出陈镇长的病历隐私，原来他早在一年前就得了阿尔茨海默病，也就是认知下降、记忆力下降、身体机能恶化的不治之症。最开始的明显症状是记忆减退，不能对事件进行分析、思考，也无法处理复杂的问题，后期失语，大小便失禁，死于感染等并发症。

陈浩然心里打鼓，想来陈镇长一直闭门不见客，怕是被白芷和张律师携手囚禁了吧？毕竟几个月前，陈镇长已经完全丧失认知能力，又是如何立的遗嘱呢？这手印以及签名，肯定是两人威逼利诱让陈镇长签下的！

说到这里，陈浩然冷笑道："你们想想，我和我哥多年不见父亲，他对我们两个不了解，被张律师一怂恿，会不会以为我俩是那种一门心思想要变卖他酒厂的败家儿子？毕竟那是他花费一生打下的战果，总得心疼。张律师看他生病后整日忧心忡忡，怕自己倒下了，被我们瓜分财产，不管他死活，自然要献计应对。张律师肯定会说，不如让我爸找个好拿捏的孩子过继到自己膝下，那个无父无母还换过他小儿子命的丫头最好不过了。未成年时收养她，入了户，平时让她以我父亲的名义出席各种场合，应对事务，不要让人发现他得了病。待以后治好了，有的是机会重振雄风。谁会想死？我爸也不例外。他肯定认为自己还有大好的那一天，眼下只需要先渡过难关。可惜啊，张律师也不是什么好鸟，他就想当奸臣，架空白芷这个傀儡，两人联手先拿下财产，事后再哄这个小丫头分钱。我们找医生当证人，这两人见事情败露，自然就逃跑了。"

艾黎半信半疑，问："所以，你想抓律师还有白芷，就是为了这事？可我怎么没见你报案啊？"

陈浩然听到这话，也有点心虚，说："既然遗嘱作废，我俩是我父亲的亲生儿子，理应继承财产。这是家务事，哪用得着报案。

要报案，也得先找到张律师和白芷啊，不然心急火燎地和警方说事，又让那份假的遗嘱生效了怎么办？他们做贼心虚跑了最好，免得让我们抓回来，打得这两个骗子满地找牙。”

艾黎略一沉吟，细想了一下。

也对，这也能说明白芷为何要逃离南都。因为她违法，害怕被陈浩然盯上。

他这样的说法也符合逻辑。

可是，事情真的有这么简单吗？

艾黎也想起了那句话，他说——白丫头死了这么多年，就算知道黑脊鸟的去处，我们也无从得知啊。

不对，还有黑脊鸟的事情没解释呢！他说了，白芷知道黑脊鸟的去处。这黑脊鸟，说的便是方尊吧？

陈鹤川不欲打草惊蛇，示意艾黎将黑脊鸟方尊的事压下不提。

假如陈浩然知道警方盯上了黑脊鸟方尊，定然会蜥蜴断尾，不再寻找白芷，求得方尊下落。他是个聪明人，能想明白其中的利害关系。警方已经知道他在查什么事了，他再死咬着不放，只会惹祸上身，还不如抓着只是想缉拿白芷归案一点，美化自己的动机，留一条退路。那五千万的文物，贪不得，也不是他能想的东西。

还不是时候，还不能暴露这一点。所以录音里，陈鹤川特地截去那句暴露黑脊鸟的话，再播给陈浩然听的。

这样一来，他们知道白芷没死，定会起些想法，再想方设法抓人。到时候警方只要跟着他们，没准就能找到白芷。

陈鹤川如同往常审讯那般，问了句收尾的话：“你还知道些什么吗？”

陈浩然叹了一口气，说：“没了，我该说的都说了。一物换一物，你把白芷没死的证据给我看看。”

多的他也不会再说了，陈鹤川心里清楚。

陈鹤川把白芷自杀的现场照片递给陈浩然，特地指了尸体手腕的位置，说明那一处没有烫伤，而真的白芷是有烫伤的。尸体并非白芷本人，被她偷天换日了。

陈鹤川还给他看了一眼白芷整容后的照片，希望他留心帮忙找找，说白芷是另外一桩案子的重要人证。

陈浩然想走，陈鹤川仍不想放过他："还想请你帮个忙，麻烦你给我一点有关白芷的线索，譬如你上次抓到她是在什么地方。"

陈浩然扯了扯嘴角，说："我不记得了，陈年旧事，谁会上心去记。"

这话也不知是真是假，他是有意不想让警方抓到白芷，还是真的没印象？

总而言之，此时的艾黎和陈鹤川拿他没办法，毕竟他俩手里没有陈浩然的把柄，没有资格和他交换信息，他想说便说，不想说也可以不说。

他们只能自己查了。

艾黎的手掌在膝上攥得死紧，薄薄的一层皮下，经脉纵横。

陈浩然这里没个结果，他们只能寄希望于谢之雪身上，渴求她那里能有个定论，譬如查到些什么事情，找到陈浩然的把柄。

隔天，和谢之雪见面的时候，陈鹤川说："我们已经看过方尊的资料了，你把你未婚夫的事情告诉我，看看往下查能不能找到陈浩然违法的罪证，再拿这个罪证撬开他的嘴，问出他们究竟在谋划什么事情。"

他们需要把柄，一个专属陈浩然的把柄。

谢之雪无异议，说："行。"

死去的毕竟是她的爱人，她也想还他一个公道。可艾黎也知道，这么有侦查手段的谢之雪都没找到罪证，让他们来，又能问出些什么呢？

可能谢之雪不是不在意未婚夫的死，而是无奈查不出证据，无法指证陈浩然，一直做困兽之斗，如鲠在喉而不能痛饮，心里煎熬。

她不能替未婚夫复仇，让对方锒铛入狱，既然如此，那她就不想了，斯人已逝，就让活人好好活着。

谢之雪说，她的未婚夫名叫温酒。因为他出生在北方，霜雪连天，他爸在听到他嘹亮的哭声后，亲自烫了一壶酒，边庆祝边喝，所以叫他温酒。酒是好物，能消愁解忧，若跌打肿痛还能疗伤，再没比这个更实在的东西了。

后来，温酒的妈妈生病去世了，他爸找了个离异的女人结了婚。继母带了个孩子过来，这个孩子就是陈浩然。

温酒的爸爸和陈浩然的妈妈重组成一个家庭，陈浩然比温酒大，所以一直都是他当哥哥。

两个家庭的孩子都这么大了，便没有让孩子入户，这一对甚至连结婚证都没办。半路夫妻，他们只是请家里人来吃酒做证，彼此介绍了长辈，便成了一家人。

明明是一家人，却心思各异。温家人之所以不让陈浩然入户，就是怕他这个外来的野孩子作为长子会分家里的遗产，毕竟温家那么大的家宅，还是有一定产业积蓄的。要不是温父被陈浩然的母亲迷得五迷三道，温家人又怎会同意这样一个带着孩子又毫无背景的女人入门。

温酒从小性格便开朗，不怵生人，见自己平白多了个哥哥，甚至十分欢喜，整日跟在陈浩然身后，哥哥长哥哥短的。

他这样想，陈浩然却未必有这样的想头，毕竟自己才是外来子，在这个家中是不讨喜的存在。每当他见到温酒那无辜可怜、想与他亲近的模样，便心生烦躁。

温酒可以肆意与任何人交好，因为这是他的地盘。

陈浩然却不能。他若是与温酒走近了，那些人定要说，他是想故意哄骗幼弟，讨父亲欢心，好占据长子之位；他若是远离温酒，便是性格乖戾孤僻，不愧是野女人带来的野种，哪里是什么好人家教养出来的孩子。

那些大人心思阴暗龌龊，便强加在小孩身上，导致陈浩然的心理也变得扭曲起来。若是他家大业大，是不是就不必看外人的脸色了？陈浩然迷恋起金钱与权力，走上不归路。这或许也是他执意要回陈镇长那里，拿回属于自己的遗产的原因。那是他的亲生父亲，血缘大过天，有谁能说出个错来？子承父业，天经地义，就好像温酒一家一样。

温酒对此却一无所知，他只是盲目地崇拜比他高大的哥哥，全心全意依恋着哥哥，因为他们是兄弟，需要彼此扶持前行，是世上最亲密无间的关系。

温酒不止一次和谢之雪提起过他的哥哥，他说，别看他哥不太和他说话，实际上是很关心他的。他哥就是这样的人，面冷心热，是个好人。

只要是哥哥提的要求，他很少拒绝。

谢之雪说到这里，顿了顿，没继续往下说。

艾黎问："后来呢？"

谢之雪的眼睛恢复清明，她想起了什么，后知后觉继续道："我和温酒是通过游戏认识的，那时我一直在忙工作，而温酒在英国留学，每天有时差。他为了和我说早安，会特地定凌晨的闹钟，赶在我上班之前叮嘱我要吃一日三餐。他怕我被国内的其他男人拐跑，特地趁着圣诞假回国，领我祭拜他死去的父母，早早订了婚。原本说好了，今年他在国内工作满一年就结婚，谁知道，五个月前出了这样的事。他没有任何自杀的理由，他这种人怎么会自杀呢？"

艾黎问："那你又怎么断定陈浩然是害死温酒的人？"

"那天，温酒和我有约会。我在咖啡厅等他，快到点了，他给我打电话说不来了，要去见他哥陈浩然。他很少爽约，应该是有事。我等他电话，等到了晚上十二点，他还没有来电。我知道温酒的性格，他从来不会临睡前还不联系我。我很担心，第二天早上传出他在二十八层楼的高台上跳楼自杀的死讯。如果不是谁约他见面，他怎么会爬到那么高的天台去？他说好了的，是和陈浩然见面，落下楼的手机卡里也有和陈浩然的通讯记录，怎么可能和陈浩然无关？”

艾黎淡然说：“但是，警方找到了陈浩然不在场的证明，确定他并没有作案时间对吗？所以整起案件，能确定是自杀。”

谢之雪咬死了下唇，几欲出血。她的唇瓣颤动，欲言又止。最终，她还是重重点了一下头，说：“警察是这样说的。”

所以，她再怀疑也没有用，凡事都得看证据。

陈鹤川不忍看她隐忍痛楚的眼睛，避开视线，问道：“不在场的证据是什么？”

“陈浩然那天晚上拜访了好友，离开好友家时，有路段监控拍下他的人，跟温酒死亡时间一样。”

陈鹤川漠然，他相信警方的判断，相信警方调查得出的结论：陈浩然不在场证明确实成立。

谢之雪像是抓住了最后一根救命稻草，她拽住陈鹤川的衣袖，惊慌失措地说：“但是温酒的外套后背有陈浩然的指纹，我找检验科做过检测的！是陈浩然的指纹，是他推温酒下楼的。还有温酒坠楼的时候，手上还紧紧攥着一条围巾，那条围巾我查过了。我给你们看……我都调查过了！”

谢之雪梦魇似的将一本厚实的资料砸在他们面前，一遍又一遍重复口中的话，想要说服他们，也是说服自己。她喃喃自语：“你们看，他手里那个围巾的牌子是Luca，意大利一线奢侈品，2017年秋季限量款，国内一共就卖出了一百条，黑卡用户限购的特别款，客户名单里就有陈浩然的名字，他买过这个的，颜色也对得上，这条围巾就是他的。那天晚上，陈浩然把温酒骗到天台，然后将他推下去……温酒惊慌失措之余，死死攥住了陈浩然的围巾，但是没用，他就那样掉下去了，坠楼死了。”

现在的谢之雪脆弱不堪，又回到了从前那副疯疯癫癫的模样。她的命门是温酒，一提到他，她便会陷入魔怔。

陈鹤川让艾黎站起身，后者迷迷糊糊照做，还未站稳，陈鹤川突然抬手，抵着艾黎的肩头往后推……

艾黎吓了一跳，双手晃荡，一个没站稳，险些落地。说时迟那时快，陈鹤川早已健步跃来，揽住她不足一握的腰肢，搂到怀里。

艾黎余惊未消，一颗心怦怦乱跳，入鼻是陈鹤川身上浅淡的草木香，让她颇为舒适安心。

还好，她没跌倒在地，否则耻骨和坚硬的瓷砖地碰撞，定要痛一会儿。

这时，陈鹤川突然将指骨分明的手指扣在她的手腕上，强行抬起她的手掌，递到谢之雪面前："人在惊慌的时候，手掌会大开大合，虚空挥舞，拍打些什么。而且下坠期间，人因为失重加上坠落时产生的风，常常会透不过气来，手掌也无法使劲握紧。不像溺水的人，会紧攥住所有能攥住的东西，奋力挣扎，能使出比平时大十多倍的力气，这也就是为何救人者反倒可能被溺水者拖累，拽到湖底导致双双死亡。"

谢之雪愣了一秒，颓然坐到沙发上。

陈鹤川还在逼她看清事实："而且，温酒是肩上有指纹，如果仰面推他，他的双臂抬高，手会左右摇摆，借以维持平衡，很难绕过前方推动的双手，去抓陈浩然的围巾。假如是背面推他，那在跌落的瞬间，他也不太可能转过身子，抓住陈浩然的围巾。就算让他抓住了，在下坠的过程中，由于恐惧，手掌僵化或者是放空，他也无法一直死死攥着它，直到落地还未松开……"

谢之雪哑口无言，大口大口地喘气，汗如雨下，似一条离开了水的濒死的鱼。

她仿佛一下子苍老了十岁，嗓音干哑地问："你想说什么？"

艾黎已经别过脸，不去看这个画面，她不喜欢陈鹤川咄咄逼人的样子，可这毕竟是事实，不能让谢之雪再陷下去。

陈鹤川坚毅地道："所以只有一个可能，温酒是故意抱着那条围巾，死死抓住它，往楼下跌去的。他害怕风一吹就把重要的罪证吹走，所以至死也未曾松手。你看，你这张盗来的尸检报告里就有写，温酒的两只手肘粉碎性骨折，而他的手臂骨折程度较小，这说明了他坠楼时是仰面落下，手肘先着地，减缓了冲击力，继而身体着地。也就是说，坠落的过程中，他双手是以交叉的形式死死护着胸口，也就是抱着那条围巾。温酒的外套沾了陈浩然的指纹，手机的通话记录也显示陈浩然，就连围巾都是陈浩然的。他要把嫌疑全指向陈浩然，想让世人知道……他的死与陈浩然有关！”

“为什么？”谢之雪已经哑然。

为什么要用死来陷害一个人？有什么意义吗？

陈鹤川望着窗外零星的人间烟火，倏忽一笑，笑意不及眼底，说：“可能是……走投无路了。”

四周静得落针可闻，艾黎和谢之雪皆默然。

一个人被逼上绝路，唯有死才能解脱。可死并不是终结，而是开始。

艾黎能懂谢之雪的心情，艾黎以为自己是赵泽阳的生机，所以他不会舍弃她而赴死。艾黎寻找答案，果然找到了。

谢之雪也抱着这样的想法去寻找，可谁知道，她并未寻到自己想要的答案。她原以为自己是温酒最重要的人，温酒绝不会舍弃她而去，结果出乎意料。

谢之雪木讷地说：“我不会原谅他的。”

这个“他”，不知说的是陈浩然，还是温酒。

第六集

聊了一个晚上，谢之雪需要静静，艾黎等人也得消化一下信息。

温酒想用自己的死嫁祸陈浩然，与其说陈浩然害死他，倒不如说他一心想让对方死。他可能真的是谢之雪所说的那类单纯的男人，一心仰慕哥哥，结果难掩失望，所以选择最为笨拙愚蠢的方式陷害陈浩然。

这个男人，如果恨陈浩然，他明明可以用暴力或者暴行解决，可他没有。

他有什么秘密呢？

那便揭开他未言之语，偿他心愿吧。

艾黎嘴角微翘，陈鹤川瞧见了，问：“你心情很好？”

她小声说道：“这个世上，还是有好人的。”

“嗯？”

“没什么，我请你吃夜宵吧？平时都是你请我，好歹让我也付一次钱。”

陈鹤川笑，眉目温柔，说：“我没有让姑娘家请客的习惯。”

艾黎嗔怪：“那就让我拿这第一次的成就呀！”

“哦？别说是拿第一次请我吃饭的成就了，就是你想拿我其他的第一次，我也奉陪到底。”他说这话时，眉峰微扬，心情舒畅。他清俊的侧脸隐匿在路灯的昏暗光影下，带点神秘莫测的气质，教人瞧不清他心底所思所想。

然而，这话满是挑逗意味无疑，还带点火烧火燎的欲望，明敲明打地朝她袭来。

艾黎只不过心情好，稍稍和他撒个娇，说话放软一些。哪知她的语气稍微软了软，便被陈鹤川解读成了坚硬皮囊下的柔情似水，需他剥开，解一解花语。

艾黎心里顿时警钟大作，惶恐不已：“陈鹤川，我饿了，我……我先跑前面看看有没有店开门。”

可陈鹤川饶不了她，当下抵住她柔软的腰肢，不动声色地把她往怀里按。

陈鹤川眯起眼睛，说：“怎么？调戏完我，就想跑？”

他的嗓音难得发颤，带点性感的尾音，沙沙的，犹如碎石滚过，激起艾黎心尖上千层涟漪，久久回荡。

她哪里敢应声，小猫一般喵呜求饶：“我没调戏你……”

这副又羞又怕的样子，惹人怜爱。陈鹤川看得红眼，反倒将她搂得更紧，低低说：“怎么没有？就你这没良心的说没有，欺负完人，连补偿都没有，说跑就跑。”

她算明白了，陈鹤川明摆着想欺负她呢！

艾黎咬咬牙，问：“你想要什么补偿？”

陈鹤川饶有兴致地反问：“你说呢？”

她知道这一遭躲不过去了，狠下心，说：“那我亲你一下，就算是补偿了，行吗？”

陈鹤川勾唇，不置可否。

艾黎大着胆子，探手拉下陈鹤川的脖颈，踮起脚，试探性地在他唇边印下一吻。

“好了。”她说。

陈鹤川微微合上眼睛，似笑非笑：“你确定这是在补偿我？不是在补偿你自己吗？”

“啊？”

他低下头，冬夜里冰凉的鼻尖与艾黎相撞，他慢条斯理地道：“若不是你想亲我，怎么会这么主动？”

“你……血口喷人！”

“哦？是吗？”

“色坯！”艾黎捂住耳朵，一路小跑到前面的饭馆。

后头，陈鹤川从喉间发出极其短促轻快的笑，半晌后摇摇头，宠溺意味十足地呢喃：“小傻子。”

路尽头的饭馆开到凌晨，老板极有个性，不准点餐，有什么吃什么，不过价格良心，倒不会往贵了算。

今晚正好是开腌禾花鱼的日子。这鲤鱼是在禾花开后的时节，老板从乡下稻田里捉来的。老人说，鱼吃了禾花，肚子里就带稻香和花香，腌起来最是鲜美可口。可惜老板去的时间有点晚，快要入冬了，只勉强逮到几条泥潭鲤鱼，就这么养着吐了沙子，带回饭馆腌鱼。

腌禾花鱼也很简单，把糯米炒熟炒黑，放到竹篾紧箍住的杉木桶里，再把去掉内脏洗净的鱼简单腌制，放到桶里。鱼肚里要塞满新鲜红辣椒和生姜片，去腥入味。加上木姜子与山柰，添加一味特殊的香。时间久了，生鱼肉也能被腌成熟鱼肉，个把月后，开桶食肉，别提多爽利了。

老板好客，今晚见者有份，一人一条鱼，不收钱，不过配饭，饭钱还得付。也没人说他假大方，区区饭钱，一人递了几个硬币，收钱的碗便满了。

陈鹤川和艾黎也坐下吃饭，眼前是两条腌鱼，她还是怕腥，所以让老板煎了一会儿，还加了灶火钱。

鱼肉果然和想象中的一样，肉质肥美鲜甜，还带点辛辣，很下饭。

她快速扒了几口饭，吃得津津有味。

旁边的民工大叔们看到她就笑："小姑娘是做什么工作的，这么累？连晚饭都还没吃？"

艾黎还没回话，就听得旁边另外一个大叔说："现在的年轻人费脑力，不像我们，费体力，说做一会儿就做一会儿。他们要是想不出工作上的事情，那通宵达旦都有可能！我闺女也在公司里上班，原以为坐办公室总轻松些，哪知道领导一个项目压过来，晚上都没觉睡，交不了差事就得走人，累得很。"

"不容易咯。"

"小姑娘出门在外注意身体，不然父母要担心了。工作再忙，饭还是要吃的。旁边那位是你男朋友？小伙子嘛，得多照顾照顾姑娘家，她平时不注意身体，忘记吃饭，你总要督促一下嘛！"

陈鹤川听到那句"男朋友"很受用，连声应"叔叔说的是"。

对方见他有礼貌，很是满意，你一句，我一句，从这个话题岔到另外一个话题，聊得热火朝天。

不知为何，艾黎看着这些年长的人其乐融融的样子，想到了赵泽阳。

如果他还活着，是不是也会和这些叔叔一样，对她嘘寒问暖，提醒她天冷添衣？

陈鹤川捏了捏她的手指，似乎察觉有点凉。

他蹙眉，将身上羽绒服外套解开，披到了艾黎的身上。

突如其来的暖意一下子融化了艾黎的心，她微微启唇，惊讶一秒，道："陈鹤川，你不冷吗？"

"作为你男人，总比你耐冻。话别多说，吃饭。"

艾黎这次倒罕见地没反驳，脸颊红红的，小声"哦"了一声，默默扒饭。

冬天，好似没想象中那么冷了。

转眼过了一天，谢之雪给她打了电话。

艾黎接起，轻声问："怎么了？"

陈鹤川睡着了，她不想打扰他。

谢之雪说："温酒到死都想陷害陈浩然，你不觉得蹊跷吗？"

"是觉得奇怪，可那又怎样？我们也查不出什么实质性的东西，还得找找线索。"

"我有线索。"

"你有？"艾黎提高音量，吵到了陈鹤川。

后者已经醒了，披衣起床，追问："怎么了？"

艾黎说："谢之雪小姐给我打电话，说有关于温酒自杀案件的线索。"

"开扩音吧。"他拧了拧眉心，给自己倒了一杯凉开水。

谢之雪不惊讶他俩怎么大清早就在一处，她早就发现这两人是恋人关系了，女人的第六感很准。

她想了想，继续说："温酒的父亲死了，而温酒的母亲，不，应该说陈浩然的母亲精神就出现了问题，认不出人，于是被送往寿山疗养院。这真是一对情深至极的夫妻，甚至是恐怖的夫妻，不对吗？"

"你想说什么？"

"我只是觉得奇怪。怎么这么巧，温酒的父亲死了，陈浩然的母亲就出现精神疾病，被送入疗养院了？温酒和陈浩然能成为兄弟，彼此的父母不就是他们唯一的联系吗？一旦斩断这一层关系，他们两个只是普通的陌生人而已。"

艾黎不是蠢人，一点就透。

她咬住下唇，说："你在家里等我，把你手上有的资料都给我留着，关于他们父母的，我们来查。"

谢之雪淡漠地说："自然要你们来查，警察出手调查，总会比我这种平头老百姓来得顺利。我们赌一把吧，我赌温酒是被陈浩然害死的。”

她还是坚持己见，不知抱有什么目的。

艾黎被这样的女人所震慑，下意识点了点头，说了个“好”字。

一个小时后，艾黎拿到了谢之雪手上有关陈浩然生母与继父的资料。

她盯着资料里那所位处深山、交通闭塞的寿山疗养院，久久不能回神。

艾黎说：“陈鹤川，我想去这里看看。”

陈鹤川无异议，当天中午便驱车前往目的地。

寿山疗养院比他们想象中更偏僻，开车翻山越岭长达五个小时，才见着连绵深山里隐秘的院落。

艾黎踩着布满白霜的枯枝，呵了口白气，一路朝前。这里空气清新，环境幽静，和煦的阳光被瓦片似的密林遮蔽，很难照到院子来，一侧的枯叶堆无人打理，沾满潮气，稍微一踩，鞋底、裤腿便如同浸在水中，一片湿。寿山疗养院的病患很少，只有五六个护工，以及一名负责医生。

艾黎按响门铃，很快有穿常服的中年男人探头探脑，问：“你是？”

“我是H城的刑事警察，想来找一名叫郑美怡的病患，她儿子的名字是陈浩然。”

男人愣了一秒，气息有些不稳。他下意识地想合上门，但转念一想不太好，立马又落落大方地大敞开门，掩饰方才不得体的举动。

“我姓赵，是这间疗养院的主治医师，郑美怡是我的病患。”他尴尬地笑，抬头做了个邀请的手势，将他们迎接进去。

艾黎前脚踏入疗养院，后脚便撞到了砸上来的门板，赵医生急不可耐地将院门关上了，如避蛇蝎。

她心底“咯噔”一声，总觉得有哪里不太对劲，可这种微妙的错觉如烟似雾，捕捉不到。

陈鹤川说明来意：“麻烦赵医生带我们去看看郑美怡，我们有点事情想问问她。”

赵医生的脚悬在台阶上方，隔了很久，才实实在在落下。他叹了一口气，说：“这恐怕不太方便。”

“怎么不方便了？”艾黎问。

“郑美怡……不能说话。”

陈鹤川蹙眉，问：“是生病了，不方便说话吗？”

“不是，是她的声带受损，出不了声了。”

“是先天失语，还是后天损伤造成的？”

“后天。”

“那是疾病引起的并发症，还是人为的？”

许是陈鹤川问的问题太犀利，赵医生哑口无言。

过了良久，他才无奈地摇摇头，说：“是陈先生送来的时候，郑美怡女士就这样了。”

陈鹤川问：“她就只有不能说话的毛病，还是神经上有问题？”

赵医生有点警惕地说：“她患有抑郁症，与轻度狂躁症，还有被迫害妄想症，对人具有攻击性。”

艾黎说：“我们会保护好自己的。”

“最好还是不要见了。”赵医生苦口婆心地说。

陈鹤川说：“不行，这是工作流程，该见到的人必须见，麻烦赵医生安排一下，不要耽误我们办公。”

“那……行吧，不过就半个小时。病人还得吃药，今天要做一些检查。”

“好。”

赵医生说是让他们和郑美怡见面，人却在门外并未走远，时刻注意屋内的情况，不知是真怕病人袭警，还是有其他原因。

郑美怡果然不能开口，傻愣愣坐在床上。这个老年女人望天望地，就是不与他们对视。

陈鹤川说明来意，郑美怡却置若罔闻。

他问："我们想了解一下，您儿子陈浩然的事情。"

郑美怡开不了口，她的指尖颤动几秒，恢复平静。

她只是哑巴，又不是聋了。

艾黎心里这样想，面上却不显。

郑美怡虽然不吵不闹，可她什么事都不回应的态度显得极其敷衍。见问不出什么，艾黎大失所望，转身要走。就在这时，老年女人枯槁的手指突然抬起，颤颤巍巍往她的手掌里塞了点东西。

艾黎不动声色捏住，朝她点了点头，然后往外喊："赵医生，我们得走了，病人交给你吧。"

"好的，那警官们走好，我就不送了。"赵医生很快进门，护犊子似的拦截住郑美怡的视线。

待他们走出疗养院，艾黎长吁一口气，将指尖的小纸条打开看。

只见得上面写着一句让人鸡皮疙瘩直冒的话："救救我！"

这句"救救我"并不是一气呵成，而是断断续续，下笔间多有犹豫，墨汁染东染西，还有期间用手指遮蔽的痕迹，印出一片乌漆墨黑的掌腹纹路。

她这样费劲将这句话递出来，是想寻求帮助吗？

那么，郑美怡为什么选中他们？

艾黎略一沉思，心下了然。她警惕地抬头，环顾四周，这里到处是崇山峻岭，说句这里是鸟不拉屎的野地也不为过，等闲怎么有人途经此地？陷在这里，就可能老死在这儿。

所以，他们是她唯一的希望吗？

如果郑美怡真有什么苦衷，那为什么不趁陈浩然探访的时候，将真相说出来，寻求他的帮助呢？非得等到艾黎等人来此地调查，才呼救？

论亲疏，陈浩然可是她的亲生儿子啊！

等等，好像有什么地方不对劲。

艾黎皱眉，自言自语："郑美怡是陈浩然亲手送进这间偏僻的疗养院的，对吗？哪个儿子会把自己的亲生母亲，千里迢迢送到远离自己视线的疗养院？城里不就有合适的吗？还方便他探望……等一下，难道说，他不想见到自己的母亲？"

陈鹤川嘴角噙笑，目光放远，落到那间偏僻的屋子处，缓慢地说："事出反常必有妖，不然我们再回去看看？"

"回去？我们都出来了。"

"我掉了一包烟在郑美怡房间里。"

艾黎嘀咕："你不抽烟啊……"

"笨，自然是个幌子。"

"奸诈！"

"对外奸诈，但再坏也不会欺负你。"陈鹤川哑然失笑。

"你不是天天欺负我吗？"

他突然停下脚步，回头，似笑非笑地看着艾黎，说："对，特别是夜里使劲儿欺负你。"

"流氓！"艾黎愣了一秒，大骂。

赵医生不知在处理什么事情，等他们绕回疗养院的时候，他姗姗来迟。

他握住门把手，看样子这次没那么好说话，不想放行，冷硬而尴尬地问："两位警官还有其他事吗？"

陈鹤川果然用出了那个蹩脚的借口："我有包烟掉在郑美怡的房间里了。"

赵医生避开他炙热的目光，垂头说："可我们刚才没有找到什么烟，许是陈警官记错了，掉在别的地方了。"

"我的记性很好，我记得掉落的位置，麻烦你带我去看看。"

"要不我给陈警官买包烟吧，这样翻检病人的房间不太好。不值得为了一包烟大动干戈，扰人清修。"

陈鹤川笑了："你也知道是大动作啊？所以带我去看看，我记得位置，一捡就有。"

赵医生还在做垂死挣扎："我觉得陈警官不是老烟枪，身上没有烟草味，应该不太抽烟吧。"

"办案自然要拾掇得干干净净，哪能留下烟味？赵医生三番五次推诿，可是这房间里有什么见不得人的事情？"

"那没有，就是郑美怡女士又发病了，不太好见人。"

"发病？那我倒要去看看了，麻烦赵医生带路。"

对方可能没想到陈鹤川是那种顺杆往上爬的主儿，倒吸一口凉气，龇牙咧嘴，好似牙疼一般。他无奈地点了点头，把人迎了进去："别怪我没提醒两位警官，是这郑美怡发病真的吓人。"

"好。"

他们如愿以偿回到了这间疗养院，果然见郑美怡被两名护工握住手腕，控制在床上。

她张着嘴，发出恐怖嘶哑的"嗬嗬"喘气声，舌头似乎外伤受损，只能瞧见一点。

郑美怡强硬地扭过头，绝望而痛苦地盯着陈鹤川等人，仿佛在乞求帮助。

许是艾黎同情心泛滥，她推开一名护工的手，轻轻抚摸郑美怡手背上突起的血管脉络，安抚对方的情绪。

赵医生在一旁叹气，说道："她总觉得有人想害她，你看，她房间那个垃圾桶里都写满了纸条。"

艾黎有种不好的预感，一瞬间又想到郑美怡塞给她的那张纸条，上面写了凄凉绝望的话——救救我！

赵医生从垃圾桶里翻检出几张纸，一张张摊开，纸上是大小不一的字迹，写满了"救救我"这句话，像是一个司空见惯的诅咒。

这是怎么一回事？

艾黎的信念崩塌了，片刻间如坠冰窖，彻骨阴寒。

所以她自以为郑美怡遇到危险，实际上只是一个精神病人的发病症状？

艾黎小心翼翼地扭头，看了一眼郑美怡。后者一直摇头，眼泪落下来，痛苦地号叫，像是一只被囚禁多年的老兽，遍体鳞伤，没一处好肉。

艾黎不知真伪，只感觉自己被摆了一道。

她落寞地垂头，颓然跟着陈鹤川走出房间。

陈鹤川面上没什么反应，微笑道别："我找到了烟，那我们走了。"

他晃了晃手里的烟盒，不知是从房间里找来的，还是从口袋里摸出来的。

赵医生笑了笑，不疾不徐地道："那我送送你们。"

从疗养院出来后，艾黎忍不住问陈鹤川："这究竟是怎么一回事？这只是郑美怡的病状？"

陈鹤川若有所思地回答："谁知道呢？世事半真半假，哪有什么绝对的真事或是假事，就看你想信什么。"

想信什么？艾黎唉声叹气，她也不知道。

第七集

翌日清晨，天露鱼肚白，无雨。

陈鹤川在当地租了一个月的公寓房，月租贵了点，要四千，不过好在整洁舒适，他也不想总委屈艾黎住旅店，还是在得打一个月持久战的情况下。

陈鹤川从市集上的摊贩手里买了块熏肉，熏肉在煮之前，要先用柴火烧，再用淘米水搓灰洗净。他去天台找个铜盆，随意加点柴火烧肉，末了，再用将水灌入铜盆，没过灰烬，以免有燃料残留，家里起火。

搓干净肉，用刀将其切成方块肉片，在锅里煸出肉油，放入用高压锅煮烂的梅菜干一同翻炒，丢入花椒等佐料，最后滴了两滴醋提味提鲜。

除此之外，还做了一个蛤蜊葱花汤、一道糖醋鱼。桌上像是摆了一堆货物，亮晶晶的黄熏肉，乌黑的梅菜干，清淡的蛤蜊，新鲜的蒜末、香菜叶，红橙黄绿青蓝紫都有，艳丽非常。

他喊艾黎来吃饭，然而昨夜她睡得迟，有些赖床，不肯起。

艾黎本就肠胃不好，一日三餐都得吃。陈鹤川发了狠，直接将人打横抱起，扛到楼下。

艾黎惊呼一声，趁他松手，赶紧逃之夭夭。

她躲到浴室里，发狠了咬着牙刷，心道：还没结婚就没经同意搂搂抱抱，婚后还得了！岂不是要被他吃干抹净？！

可是转念一想，如果是陈鹤川提出要抱她，她好像……好像也不会拒绝呢。

艾黎脸颊发烫，闷闷地洗脸刷牙，明明是用的冷水，可脸上的燥热一点没散，相反愈演愈烈。

她洗完了，出门寻陈鹤川。

他已经摆好碗筷，热腾腾的米饭飘香，掺了点糯米进去一起煮，饭更加香糯可口。

艾黎咬着很有嚼劲的熏肉，一口香浓的肉油便从肉块里流了出来，一滴又一滴地落到碗里。黄澄澄的汁水浸透米饭，她觉得好吃，急忙又扒了几口饭。

艾黎津津有味地吃着饭菜，感慨道："不愧是我哥，厨艺真好。"

陈鹤川笑了笑，说："俗话说，想套住一个女人，必要先套住她的胃。我要是不从小学两招，还怎么把你抓在手心里？"

艾黎听出了他的话外音，愣愣地问："从小？"

陈鹤川似笑非笑："你可是我自小就盯上的猎物，想把猎物养大，总得打小就练好喂养之术。你看，你被我养到这么大，白白胖胖，也是到了该吃的时候了。"

"我才不胖！"

"好好，不胖。"

"这才对嘛。"艾黎很得意，却不知自己早已入了某人的套，被咬得死死的。

吃饱喝足，陈鹤川给她绕了好几圈围巾，这才带着她走出门。他找到了当年在温家工作过的家政阿姨，约好了今天碰面。

家政阿姨姓张，快五十岁，人瞧起来很精干。

问起温酒那家人的情况，她连连点头，说："有点印象，我记得那家夫人的儿子去国外留学时，他妈妈好像不能说话了。"

陈鹤川突然打断她的话，问："他妈妈的舌头有没有异样？"

"异样？"张姨皱眉，不解地问。

艾黎帮着解释，说："就是……譬如没了一半舌头。"

"那没有，别的都是好好的，不知道是什么原因，说不了话了。"她似乎想到了什么事情，压低了声音，说，"说起这个，我想到了一点东西。"

"什么？"艾黎也不自觉地放轻了声音，好似要聊的那等秘事不能让第三个人知道。

"有一次，我晚上做完饭回家，刚走几步，想起钱包掉在先生家，急忙回去拿。也是凑巧，我忘记关门了，幸好这样回去一趟，不然让先生知道我不关门，铁定得炒我鱿鱼。我拿了钱包就打算走，经过客厅，听到里面有男人和女人'那个'的声音，女人还在喘，有说话。我听不清，可想起太太是个哑巴啊，那说话的女人又是谁？我没敢想，怕撞破这种事情会被辞退，当即就跑了。可就在关门的空当，我瞧见先生和太太一起走出来，没有其他人。那个说话的女人就是太太。我不明白啊，明明能说话，怎么平时就一声不吭，装哑巴呢？装这个有什么好处吗？残疾人能拿钱？"她嘟嘟囔囔，仿佛这个疑问留到了现在。

艾黎听得也是心头"咯噔"一声，皱了眉头，说："没道理啊，一个人会说话，却装哑巴？"

她拿眼睛去瞟陈鹤川，结果对方当没看到，嘴角噙笑，倏忽眯起了眼睛，似乎有了什么结论。

艾黎讨好地问："陈鹤川，你知道什么了？"

陈鹤川见她好奇的模样有趣，沉吟一声，逗弄她："似乎是……我也不知道。"

"……"不说拉倒，早晚会知道的。艾黎揪着小帕子，愤愤地想。

其实想想，也有很多不理解的地方。

温父生前，郑美怡就“哑”了，舌头没受损，那段时间是装哑巴，瞒着外人，不瞒着家里人。而现在温父死了，郑美怡舌头与声带受损，是真哑巴了，并且生了病，还被送进被重重大山围堵的疗养院，不见天日。

这里头究竟发生了什么？郑美怡的舌头受伤和温父死亡有什么联系吗？这样一说，造成这一切的转折点，似乎是温父的死。

温酒的父亲是怎么死的来着？

艾黎突然想到了谢之雪的那句话：“这真是一对恐怖的夫妻。”

感慨之余，艾黎翻阅郑美怡的资料，找出她老家地址，是外地城市，离这里不远，七八个小时的车程，看地名似乎挺偏僻，从未耳闻。

她再三犹豫，不知为何产生了强烈的好奇心。

艾黎想知道郑美怡究竟是什么样的女人。一个能被自己亲生儿子摒弃的人，会是怎样的品性？

陈鹤川摆出无所谓的态度，说：“你想去，我就带你去看看。查案子总不能就盯着一个点像无头苍蝇似的绕圈，得多方面考察。”

反正艾黎要做什么，陈鹤川总是无条件支持。

晚上，艾黎的手机收到了一条短信，看起来是大学同学发起的聚会，说离校多时，想一起聚聚。

说来也巧，正好就是她在的这个镇子周边的一家农家饭馆，开车只需一个小时。

陈鹤川有驾照，当地也有任职的师弟，他便借了辆车，送艾黎去看看。

艾黎抱怨：“我不是小孩子，自己去就行了。”

陈鹤川话中有话，说：“怎么不是小孩子？还不是我一手带大的？这才没成年多久，就想离开我，让我别插手你的人生了？大学同学聚会，说好听一点是老同学见面，说难听一点就是单身相亲大会。我要是不盯紧了，你左一个同桌，右一个后桌，被人勾搭上了，我找谁哭去？”

他那句哭明显就是开玩笑，他这种铁骨铮铮的汉子，轻易不落泪，还真不敢想象他眼眶湿润的时候。

好像也有这种时候吧？

艾黎心底“咯噔”一声，想起他双目潮红，眼眶发烫，鼻息也滚烫……他恶狠狠地将她扣到怀里，轻易不让她逃脱。

咯，不过那是意乱情迷的时候，不作数的。

艾黎不自然地别过头，嘟囔：“那你要去，也可以去。”

陈鹤川没拒绝，只笑着问：“我去的话，你和同学怎么介绍我？”

“就说是我哥。”艾黎声音放轻了，似蚊虫嗡鸣。

“只是哥哥？”陈鹤川探手，将她的下颚摆正，逼她直视自己，鼻腔里轻轻哼出一声，“撒谎可不是好姑娘。”

艾黎双颊发烫，手指不住在身后绞动着、纠缠着，想了很久，说：“那就再讲一句，是我男朋友……”

陈鹤川知道过犹不及的道理，满意地勾唇，没再为难她。

她承认他是她男朋友了，倒不算坏，至少没有逃避现实。

艾黎的心跳不止，她偷偷摸摸窥了陈鹤川一眼。路灯下的他，皮肤异常地白，仿佛光能透进去。明明灭灭的光影将他面部轮廓勾勒得更为立体，有种直入人心的震撼美感。

陈鹤川剑眉星目，温温柔柔地笑着，缓和了那点儿桀骜不驯的锐气，介于阴柔与硬朗之间。艾黎怦然心动，只觉得这副皮囊好看。

啊呀，糟了，什么时候起，她竟然也觉得陈鹤川长得很好看了？

不远处的苍白枯枝在瞬间被银色的灯串点燃，一路火树银花，朝前延伸，似不夜天的璀璨烟花，炸裂半空。这点柔和的光，像是她心中那一点点弥漫开的暖意，稍不留神，便一点不留，渗入心底。

开车途中，陈鹤川给艾黎买了一杯红豆奶茶。她小口抿着甜津津的奶茶，在这样寒冷的冬天，浑身也泛起暖意。她呼出的热气是白色的，萦绕眼睫。

想了一会儿，她突然问陈鹤川：“如果是你的同学会，你会怎么称呼我？”

陈鹤川纤长的指尖敲打方向盘，慢条斯理地开口：“你是我明媒正娶的陈太太。”

艾黎呆若木鸡，急忙低头咬住吸管喝了一口奶茶。她的心跳如鼓擂动，越跳越大声，几乎要破肤而出。

她不自觉弓起脊背，低头含胸，好似这样就能遮挡住自己震耳欲聋的心跳声，不被陈鹤川听到。

她太丢人了吧，被他三言两语的玩笑话就调戏得面红耳赤！

到了农家饭馆，艾黎的同学已经三三两两坐定。

他们朝艾黎敬酒，笑嘻嘻地说：“艾黎，你可算来了，好久不见！”

和她搭话的人是班长叶鑫，是个阳光大男孩。大学时期，他班长职位是同学评选出来的，为人谦和，很招人喜欢，人缘也好。

艾黎笑了笑，说：“班长好，好久不见。”

旁边的几名男同学起哄，笑说艾黎可是大学时期的女神，女神大驾光临，怎能不迎？于是几人急急忙忙拽着艾黎的手腕，拉她入座。

哪知，这些人手还没碰上，就被陈鹤川不着痕迹地挡开。

他占有欲十足地揽了艾黎的腰，朝这些毛头小子彬彬有礼地笑，说：“不好意思，你们同学聚会，我还来打搅。自我介绍一下，我是艾黎的先生，我叫陈鹤川。”

在座的同学皆震惊：“艾黎，你结婚了？！”

艾黎也回头，傻呆呆地望着陈鹤川：“先生？”

等等，剧本不是说好了只当男朋友，怎么变成先生了？这便宜占大发了吧！

刚才要对艾黎生拉硬拽的几个男同学也很尴尬，敬酒赔礼道：“我们这是闹着玩，不知道艾黎结婚了。”

陈鹤川温文尔雅地笑着，指尖轻轻推开酒水，说：“不用在意，你们老同学叙叙旧，喝酒吃饭，我就不喝了，等一下还得开车。我太太的身家性命可都系在我身上，半点不能马虎。”

他看起来和气，手间却不动声色给了个下马威，叫方才拉拉扯扯的几名老同学难堪。在场的其他人懂了这话里的机锋，意思是：我超记仇，别轻易招惹我太太！

没人敢自讨没趣，气氛冷了下来。

叶鑫打圆场，帮服务员端那盛满了羊肉泡馍的炖锅，道：“大家吃起来，今天这顿我请。这家饭馆的羊肉泡馍可是招牌菜，喝喝这羊肉汤，暖身暖胃，冬天正合适。”

听他这样吆喝，气氛顿时火热了起来。

陈鹤川殷勤地帮艾黎盛汤，无微不至地照顾她。

另一侧的叶秋拽了拽艾黎，问：“一两年不见，你怎么就结婚了？没听你说过有结婚对象啊。”

艾黎尴尬，却不敢揭穿陈鹤川的谎言，只能含含糊糊地说：“我不太秀恩爱。”

“班长前几天还在问我你的事情，打听你的恋爱情况，我还给他说了一嘴，说你单身，肯定没恋爱。我瞅着，他是对你有意思，本来想今天做东请客，和你多聊几句吧。谁知道你一来，平白放了个炸弹，这下可要伤他心咯。”

“别乱说话，班长和我就是同学交情。”

“你是死脑筋，谁喜欢你都看不出来。算了算了，不聊这个了。你这老公是怎么回事？怎么突然就结婚了？你俩什么时候认识的？”

艾黎透了个底儿，说：“青梅竹马，邻家哥哥，从小就认识了，长大觉得差不多，就结婚了。”

叶秋瞥了一眼陈鹤川，颇有些吃味，说：“这样‘差不多’的邻家哥哥，你给我介绍几个呗？可不能一人吃饱，看着全家挨饿啊！”

艾黎含糊应了一句，没了后文。

没一会儿，她心想：还真让陈鹤川说对了，这样的场合，可不就是相亲大会。今天要没他来，她指不定还不好脱身。

叶鑫好像真的如叶秋所说的那样，对艾黎有好感。

三五杯下肚，脸红脖子粗，他举着酒杯，突然就跟艾黎来事儿，说：“这一杯酒，我要敬艾黎。”

艾黎端起饮料，傻乎乎回应：“敬我？”

“祝你……结婚快乐！”

“谢……谢谢。”

“还有，其实我以前对你很喜欢，只是现在……”

叶鑫话还没说完，就被陈鹤川堵住了话茬，道：“这位同学，请自重。作为艾黎的先生，我还没大度到让自己的新婚妻子当众听别的男人表白，无论是从前还是现在。你这算是情敌关系，我得宣示主权了。”

他开着玩笑，牵着艾黎离席。

说句实话，艾黎和大学同学感情都不太深，饭也吃了，旧也叙了，是时候走了。

她略带歉意地道别，出门时，悄悄绕到柜台结了账。这一顿，就当是她请的，总不能占人便宜。

这天清晨，深山里的枝丫被薄薄的雾霭笼罩，像是落在宣纸上的墨迹，一下子被纸张的毛细小孔吸收，晕染成山水画，意境悠远。

艾黎绕了好几圈围巾，揽着陈鹤川的手臂出门。

来的地方是郑美怡的老家，她幼年时，也就是三四十年前生活过的地方。

他们四处打听她的住址，最后烧酒铺的老板给他们指了个方向，说：“就是嫁给大老板做太太的郑美怡啊？喏，你去前面 13 号问问，她侄女在家。”

13 号门前，艾黎敲了门。很快，有比她年长的成熟女人开门，警惕地问：“你们是谁？”

“你是郑美怡的侄女吧？我们是警察，想问点你姑姑的事情。”

女人斟酌一会儿，把人放进屋子，说：“可以出示一下你们的证件吗？”

陈鹤川照她的吩咐，拿出警员证。

对方看了一眼，没说话。

她轻咬了一下唇，急不可耐地问：“我姑姑……犯了什么事吗？”

“没犯事，就是想来问点东西。”艾黎委婉地说，不想惹她担心，“你知道，你姑姑和温酒父亲，也就是现在这个丈夫结婚的事情吗？”

“什么意思？什么叫结婚的事情？”

“你知道你姑姑舌头受损已经不能说话了吗？”

对方羞愧低头，轻声说：“我和我姑姑很多年没联系，她嫁到别的地方以后，我就没去看望过她。你们要是想知道我姑姑的事情，不如去问我爸吧？我作为小辈人，是真的不了解这些。”

“你爸在哪儿？”

“他在金山小学教书，估计马上就下课了，你们可以在家等等看。”

她一边说，一边给艾黎和陈鹤川续了一杯茶。

聊点风土人情，彼此客套许久，总算等到了郑美怡的亲弟弟郑业舒。他是家中幼子，当年家里余下的钱都砸在他身上，供了个走出深山的大学生，所以他有能耐在本地小学当教导主任。

陈鹤川说明来意，客套地道：“郑叔好。”

郑业舒穿着背心毛衣，外套一件厚实羽绒服，还戴着加了棉的防风帽，朝他们点了点头，说：“两位警官请坐，有什么事情直接在家里说吧。小娇，你去买点菜，中午多加两个肉食。”

小娇是郑美怡侄女的乳名，这样亲昵呼唤的便只有父母了。

郑娇应了一声，忙不迭走出门去，不打扰这几个人聊秘事。

陈鹤川心底打了个突，看郑业舒这架势，特意支开郑娇，好似是想掩人耳目，他是不是有什么想说的？或者是猜到了什么？

这样一想，陈鹤川难免多看了几眼郑业舒。哪知姜还是老的辣，后者只是轻轻呷一口茶，“老神在在”的样子，看不出门道。

陈鹤川开门见山问：“我听说，郑美怡年纪轻轻离了婚，带着个儿子，生活十分辛苦。你知道的，饭都不能吃饱的时候，哪有心情谈风花雪月。我又听说，她第二任丈夫是温家的老板，家境富足，可以说是多金公子哥。那么问题就来了，贫民女和富家公子的戏码在电视剧里瞧见不少，现实却寥寥无几。她和温家老板是怎么认识的，又怎么突然结婚了？毕竟那样的豪门大户，真要找个结婚对象，多半得寻个门当户对的人才是。我想让郑叔给我解解惑，这里头到底有什么蹊跷？又有什么我们不知道的事情？”

郑业舒笑呵呵地说：“老咯，老咯，谁还记得那么多年前的事情！”

陈鹤川没说话，等了很久，似是闲庭信步之余信手拈来一朵花那般随意地道：“郑叔和郑美怡有多久没见过面了？我听说她这些年过得不太好，舌头受损不能出声不说。之前我们去深山老林里的疗养院找她，关照她的医生还多番阻拦，不让我们碰面。我见问不出什么，想走，你猜怎么着？”

郑业舒没接这话茬，只是指节紧绷，神情不太自然。

“她给我递了一张字条，上面写着：‘救救我！’”

郑业舒神色慌张，茶水洒到膝盖上，留下几点深色的湿印。

陈鹤川放松地靠在沙发上，嘴角的笑意若有若无：“你说，她是不是有什么话想对我说？可是被关在里面，叫天天不应，叫地地不灵，什么都没办法说。她也出不来，不能和你通风报信，不能喊你去救她。现在年龄大了，舌头没了，都说不了话，即使真想讲什么，又有谁信她、帮她呢？你姐姐该有多绝望啊！你自以为是为她好，可能是听从了她的吩咐，为她保守什么机密。可此一时彼一时，现在的她还需要你隐瞒什么吗？不透露些事情给警方，又怎么能把她从疗养院里救出来，庇护在法律的羽翼下呢？”

郑业舒底气不足，目光游离在不远处，自言自语：“我听不懂你在说什么……”

“郑叔不要在意，我也不过是随口说说。只是我还听说了一件事，郑美怡曾经装过哑巴，后来变成了真哑巴。这些事，都是发生在嫁给温老板之后！”

郑业舒蹙眉，犹豫很久，叹了一口气，说：“行了，我给你一个地址，你去那里看看！我姐二十年前在那里工作过，也就是那时候认识温家人的。”

他不由想到很久以前，幼时的自己。

郑美怡年轻时，是个温婉可人的女人。她不爱化妆，不施粉黛的脸上总有种恬静的美态。

可惜这样漂亮的姐姐却被人抛弃，离了婚，还带着个八九岁的儿子。

郑业舒听到她再嫁消息的时候，曾胆怯地拉了拉郑美怡的衣袖，说：“姐，你能不能别结婚？万一那个男人又想离婚了，你怎么办？要不，你等我大些，工作以后，我赚钱给你用。”

他见过郑美怡独自抚养孩子时吃的苦，本能觉得男人都不靠谱。从小待他和善温柔的姐姐，就该得到天底下最好的东西。

郑美怡只是笑，一双凤眸蕴含春水，软得一塌糊涂。她揉着郑业舒的头，对他说：“傻小子，你别担心我。这次不会了，他不会离婚的。”

郑业舒看她是被爱情冲昏了头脑，急不可耐道：“你别被他骗了！谈恋爱时候说的话，哪个是真的？说白头偕老什么的，全是骗人！”

郑美怡点了点他的鼻尖，说：“你怎么懂这么多？你别慌，你姐呀，这次是真的有办法。”

“什么办法？”他鬼使神差地问。

郑美怡的笑容突然变得虚无，似水中月、镜中花，魔幻而妖冶，在风沙中战栗着盛开。

她低头，附耳，慢条斯理地对郑业舒说："我抓到了他的把柄，他要是不跟我结婚，或者和我离婚，我就要他死无葬身之地！"

郑业舒如遭雷击，刹那间，觉得郑美怡既可怕又陌生。

从什么时候起，她变成这样了？变成一个想要操纵人心的恶女，像一条随时随地可能发动攻击的毒蛇。

郑业舒陷在回忆里，耳畔似乎还有郑美怡低低的笑声，真假难辨。

她是不是在温家遇到了什么难处？就连那个把柄都失去了效用的难处。

假如是这样，那就必须告诉陈鹤川，让他去保护郑美怡了。

郑业舒怔忪着，小声说："我姐说，她手里有温老板的把柄，一个让他绝对不敢离婚的把柄。"

艾黎微讶，听了这句话，半晌出不了声，如鲠在喉。

如果郑美怡有温父的把柄，那么也就能说明她进入温家，是采取了某些不正当的手段的。

譬如，她对温父说："要么娶我，要么去死。"

那么，这个把柄是什么呢？她头疼欲裂，百思不得其解。

第八集

天色灰暗，不远处的天尽头挤压了不少暗紫色的云团，与深色的山峦紧密贴合在一块儿，影影绰绰的黑影，分不清天与地。

郑业舒给的地址是千羽会所，从二十年前开到今日，积累了不少名气，当地人一问便知位置。艾黎和陈鹤川步行去那间千羽会所，刚要进门，却在一家亮着暖黄色灯光的超市前停了下来。许是冬季了，四周弥漫一层奶白色的薄雾，令人分辨不清人脸甚至是天色。

艾黎朝手心呵了一口白气，哆哆嗦嗦搓手。这一幕被陈鹤川看到，他探出手，不动声色将她的柔荑裹入怀中。

“很冷吗？”陈鹤川低低问。

“嗯。”艾黎点了点头，答案不言而喻。

“你等我一下。”陈鹤川将她安顿到超市一旁的椅子上，见她被路灯黄芒笼罩，这才松了一口气，往超市内走。

没一会儿，他一只手提着一个塑料袋，另一只手端着一个热气腾腾的纸碗朝她走来。

陈鹤川将装满关东煮与热汤的纸碗递给艾黎，又从袋子里拿出两个鲜虾紫菜饭卷分了她一个。

艾黎问："我吃热的关东煮，你就吃这些冷的饭团吗？"

陈鹤川心里愉悦，自家姑娘也知道关心人了。他打开紫菜饭卷，晃了晃手里热过的罐装咖啡，说："这些就够了。"

艾黎没多说，就着纸碗喝了一口浓郁醇香的汤，用竹签插了一个丸子喂到口中。

等热食下肚，她才反应过来一个事情：这碗汤这么满，纸碗旁边却没有半点汤渍，一丁点都没洒出来。很显然陈鹤川是特意喊老板多盛一点汤，小心翼翼端来给她暖身子的。

思及此，艾黎心里一甜。

她犹豫不决地说："要不，你也来一口？"

陈鹤川微讶，这是艾黎第一次主动跟他示好。

他嘴角噙笑，意有所指地问："用你吃过的竹签喂我？"

艾黎的脸一下子涨到通红，她支支吾吾地道："我就是咬着丸子，没……没碰到这根竹签的。"

"碰到又怎样呢？"陈鹤川看她一眼，慢条斯理地说，"你的口水，我又不是没吃过。你的味道，我也不是不知道。所以碰没碰过，又有什么打紧的？更何况……"

他有意拖长话音，打了个哑谜，不肯说后续。

艾黎的心脏被高高牵起，虚虚悬在了半空。她太紧张了，手里的饭卷也被捏出了浅浅的凹痕，留下了她的指印。

陈鹤川想说什么呢？想说那些让她害羞至极的话吗？真是要老命呢！

她咬紧了下唇，侧耳倾听，想听个明白，又不敢表现得太明显。

终于，陈鹤川淡淡地说："更何况，我又不在意和你有过多的肢体接触。别说是一个吻，就是更亲密的行为，我也欣然接受。"

更亲密的行为，指的是什么？

艾黎百思不得其解，陈鹤川也没打算给她解惑。

他侧身，把艾黎耳畔的鬓发撩到耳后，温柔地说："快点，等你喂我。”

陈鹤川像一只偷腥成功的黑猫，目光炙热而锐利，死死盯着猎物。

艾黎的脊背发麻，细细的脊椎骨上仿佛生了刺，即刻破肤而出，教她坐立难安。

她颤抖着指尖，小心翼翼把竹签插入肉丸里，圆溜溜的丸子破了一个小口子，浓稠的汤汁便咕咚咕咚冒了出来。

艾黎闭着眼，脸上如火在烧。她把肉丸递到陈鹤川唇边，催促：“张嘴吧。”

陈鹤川没矫情，张口把丸子咬住，左边的腮帮子一下子变得鼓鼓囊囊。这样的陈鹤川，像是幼儿争食，带了点不符合他成熟外表的孩子气，很幼稚。

艾黎轻笑出声，陈鹤川斜睨她一眼，无奈地说：“别笑了，赶紧趁热吃。”

等吃饱了，他们这才进了千羽会所的门。

陈鹤川摆几句官话，掏出证件，熟门熟路找上了会所老板。

老板是颇有风情的中年女性，保养得当，看不出具体年龄，可是从会所的开张时间推算，她得有四五十了，是个童颜女人。

她抚了抚指节间的红宝石，笑盈盈地问：“两位找我有什么事？”

艾黎颇头疼地说：“想问一些事情，不过年代久远，不知道您还记得不记得。”

“你说说看呀！我最喜欢年轻漂亮的小姑娘，要是知道什么，必定知无不言，言无不尽。”她笑得真诚，像一只狡黠的狐狸，带点成熟女人的风韵，又带点不符合年龄的俏皮。不得不说，这种状态是所有女人理想中的完美型了。即使她老了，想必也是个漂亮可爱的小老太太。

“您知道郑美怡这个人吗？”

老板依旧在笑，只是笑容逐渐冷下来，闷闷地“哦”了一声。

“她以前好像在你这里工作过，后来和一个姓温的大老板结婚了。”

“我知道哦，温言老板嘛，是好多年前的常客呢！是我刚开这间会所时常来玩的老客人，记忆很深。要不是他经常找朋友捧场，这间会所也不会开到现在，我很感激他。”

“那郑美怡呢？您有印象吗？”艾黎小心翼翼地问，生怕她一个不顺意，不肯说知晓的事情。

老板沉吟片刻，说：“有哦。”

她的笑很不自然，带着点欲言又止的味道。

艾黎看不懂，只是听到她肯说关于郑美怡的事，心里高兴，随之问：“您能不能把那些事情告诉我？”

“郑美怡是在我这家会所刚开张的时候来应聘的招待，我见她离婚了，独自抚养儿子不容易，就同意她在店里工作。再后来，会所持续经营，长年累月积累了几个老客人，温言老板就是其中之一。我记得有天晚上，郑美怡作为服务员招待包厢里的温言老板以及另一名客户。半夜的时候，那名客户突然心脏病发作，陷入休克状态。我们喊了医院的人过来，可惜那位客人还是因心肺衰竭去世了。”

陈鹤川问：“这事和郑美怡有什么关系吗？”

“有，她当时就是那间房里的招待，负责招待温言和他的客户。那天晚上，会所里的人忙得人仰马翻，送走那名客人之后，我看到郑美怡鬼鬼祟祟地跑后门去了。我正打算喊她，却见她往垃圾桶里丢了个什么东西。我留了个心眼，趁她走后，悄悄捡起那东西，原来是清扫用的一次性塑胶手套和染着红印泥的纸巾，没什么特别的。不过只有单只手，许是她拿这个手套清理柜子，用完便丢了。可后来我想了想，还是不太对劲。平时清理完，有专门的休息间让他们整理身上的灰尘，丢这些清洁用具，犯得着大老远跑到会所外面丢吗？再说了，打扫卫生也不是她的分内工作，何必吃力不讨好干这些？”

艾黎惊讶不已：“你的意思是……”

太奇怪了，吓得她都忘记用敬语。

“我亲自给温言老板拿了瓶香槟，他说要给客户喝。我进门的时候，温言老板正和客户谈重要的融资合同，听他的意思，是无论如何都得签下来。客户心脏病发作倒下的时候，温言老板便来喊我们帮忙了，我有看到那名客人的拇指指甲缝里沾了签合同才要用到的红印泥，很显然，他们之前谈合同，还按了拇指印，可印泥没擦干净，漏到指甲缝里了。我又想起郑美怡拿的那个一次性手套，心里有了点猜测。会不会是合同进行到一半，客户突然倒下了？温言老板急需这份合同，所以郑美怡毛遂自荐拿了手套，把客户的拇指按到印泥里，按下了指印。戴手套是为了防止在客户手上留下自己的指纹。而且那天之后，郑美怡和温言的关系可是日益加深呢！还没出几个月，郑美怡就成了温太太。”

艾黎想了想那个画面——温言看到自己的重要客户倒下，必定是错愕不已的。他偷偷看了一眼房内的第三人，即使自己想做点手脚都不能如愿以偿。

也就是这时，郑美怡突然蹲下身子，戴上手套，将客户的拇指按到印泥里，按下拇指印，让合同生效了。

她一边擦拭客户手上的红色印泥，一边浅浅笑着对温言说：“这是属于我们两个的秘密，我也不想看你那么烦忧的样子，其实我对你……”

甭管真心还是假意，她的目的都达到了。

温言造假合同，并且没有及时救助自己的客户，导致客户死亡。

他不傻，见郑美怡温婉乖顺，心也软了下来，就这样默许了她的行为，包容她一切逾矩的事情。

甚至是因此娶她过门，抚养她的孩子吗？

艾黎也不明白，这些都只是她和会所老板的推测，可这个猜想站得住脚，可以说通很多事情。

陈鹤川问：“你这些事情，想必当年对谁都没说过吧？既然当年不说，又为什么要告诉我们？”

老板笑着看了他一眼，说：“你这小子道行高深啊。我前几年知道温言老板死了的事情，也就看淡了这些。那时候不说，是不想让我新开的会所和警察扯上关系。无论孰是孰非，对我的店都没任何好处，只会惹一身腥，还可能连累到其他客人。现在说，是因为温老板已经辞世，我所说的不过是推测，你们查不到证据，也不会多加为难。我说了这些，还能早点打发你们，省得你们之后再查下去，闹得沸沸扬扬，给我惹是生非。”

她说的句句在理，的确是这个道理。

二十多年前的事情，艾黎本来也不指望能查到什么。老板肯说，都已经是情分了，她自然也见好就收，不给人添堵。

离开千羽会所，陈鹤川看着远处蓝灰色的山峰，风轻云淡地说：“就带着这些消息，我们去找一趟郑美怡吧。”

不论把柄是真是假，只要把诚意拿出来，告诉郑美怡，他们有查案的手段，能保护她，那也就够了。

这种时候，投靠疗养院的人，当然不如投奔警察。唯有法律，才能救她一命。

等赶到疗养院的时候，他们迎面正撞上了陈浩然。

郑美怡神情憔悴，被他牵着缓步离开。

陈鹤川问：“好巧，陈先生，你们这是去哪儿？”

陈浩然眯起眼睛，打量他：“我妈身体不适，打算带她回家休养一段时间。”

艾黎目瞪口呆，心想：这厮是发现什么了？所以迫不及待把郑美怡带走，不让他们查下去？不行，绝对不能让他得逞！

陈鹤川没吭声，蹙眉细细思忖着对策。

他们是外人，按理说不该干涉陈浩然的家事，更别说阻止他带走他的生母了。郑美怡一没犯罪，二没受害，警方都没有理由保护她。

这种情况，除非当事人认为陈浩然伤害自己，或拥有家暴之类的证据，寻求警方的保护，否则的话，这便是家事，外人不能干预拥有血缘关系的母子之事。

难办，很难办。

艾黎尝试性地问了郑美怡一句：“你要跟我们走吗？只要你提出申请，寻求警方保护，一切都还来得及。我们会照顾你，会救你出去。”

郑美怡稍微松开了陈浩然的手，惴惴不安地望着陈鹤川。

陈浩然迫切地问：“妈，你要跟他们走吗？我可是你的亲生儿子，你不让我照顾，让一个外人照顾吗？”

此言不知触动了她哪一根弦，她突然情绪激动地摇头，攥住了陈浩然的手，欲跟他走。

陈浩然松了一口气，真挚地道：“这就对了，外人哪有我照顾得好呢？我不打扰两位警官了，得带家母回去休息。”

他一边揽着郑美怡的腰，一边往私家车的方向走。

夕阳下，他俩的影子被拉得好长。

郑美怡回头，眼中有泪，莹莹发光。

艾黎咬唇，不甘地握紧手掌，目送他们离开。

陈浩然究竟是想照顾母亲，还是囚禁她？这还真说不准。

她只知道这些天的调查行动惊扰到陈浩然，打草惊蛇了。

他们本来想从郑美怡这里问出点什么，可看来此行是白费力气，只能打道回府了。

艾黎坐上车，将脸贴在车窗上，窗外的万壑千岩卷入风中，幻化成浮动的绿影。

夜有点深了，她望着远处的黄色路灯与天上不知名的明亮野星，出了神。

突然，艾黎自言自语：“如果是不需要的东西，你会丢掉吗？”

陈鹤川听她没头没脑的问话，迟疑地哼了声：“嗯？”

“如果郑美怡走了，她的东西，会被疗养院里的人丢掉吗？总不能什么破烂都一并带走吧……”

“你是指，她还有很多个人用品留在疗养院里，赵医生看这些东西不需要了，会自行丢掉？我总觉得郑美怡这次跟着她儿子回去，就再也回不来了。她的贴身物件留着也没用，不如丢掉。”

“我就是这么一说，当不得真。”

陈鹤川探手，摸小猫小狗似的揉了揉她的脑袋：“灵光一闪说出来的话最为关键，我家小姑娘帮大忙了。”

“呸，谁是你家的了？！”

“怎么不是？再过段时间，你都是陈太太了。”

“陈鹤川！”

“虽然喊我老公更悦耳，不过直呼其名也不错，显得亲昵、不客套。”

“……”艾黎没招了，只能装聋作哑。

不过几分钟，陈鹤川便绕回去，将车停在山路旁边，两人隐匿在疗养院附近，守株待兔。

大概是两个小时后，有人从疗养院里走出来。

赵医生提着一袋东西，丢入后备厢里，然后开车下山。很显然，他晚上都不是在疗养院里过夜，得长途跋涉回家。

艾黎朝陈鹤川使了个眼色，两人坐回车里，小心跟上。

夜路不好开车，得开晃人眼睛的大灯照亮。可是这样醒目的车灯会暴露行踪，所以陈鹤川等对方开远了，才根据之前记住的方向缓慢跟着。

很快，赵医生的车驶进了灯火通明的小村落。

两侧有稀稀疏疏的路灯，减弱了车灯的光亮，时不时也有别的车来回行驶，陈鹤川这才敢开照明车灯加速跟踪。

约莫四十分钟后，赵医生将车停在公寓外的停车线内。他打开后备厢，将那一袋东西丢入一侧的公共垃圾箱里，锁车上楼睡觉。

等人走远，艾黎捡到宝贝似的冲往垃圾箱，将那一袋东西提出来，丢入车内。

“快走快走，拿到战利品了。”她像个得逞的小孩，得意地抬起下巴。

陈鹤川哑然失笑，听她的吩咐，急忙逃离此地。

两个人寻了一家旅店，开了房间，将那袋垃圾搬到地上。

黑色袋子里什么都有，不止郑美怡的东西，还有些废物。他们翻检半天，都是些没用的衣物，不免泄气。

就在这时，艾黎突然从衣服的夹层里摸到一张卡片。她用剪刀剪开衣物，从中拿出一张照片，喃喃地问："这是什么？"

那是一张合照，二十出头的年轻姑娘挽着什么人，笑靥如花。另一个男人的样貌有点眼熟。艾黎想了一会儿，突然抓狂地翻找资料。

十分钟后，她终于从文件里找出一张证件照，焦急地问陈鹤川："很像对不对？就是他对不对？"

陈鹤川点了点头。

艾黎指着的人，是温言。

照片上的温言和证件上四十岁的样子相差无几。

那站在温言旁边的女人……她是谁？

艾黎翻过照片，后面写着一个名字："孙妍。"

陈鹤川说："郑美怡猜到我们会翻找她遗留的东西，所以在陈浩然下手之前，给我们留下了线索。她的意思，恐怕是想让我们去找这个女人。"

"为什么去找她？"

"那就只有郑美怡知道了。"

得去查查温言生前都做了什么，绝不能坐以待毙。

那是十五六年前的事，现在查，还有用吗？艾黎迟疑地想。

这个问题在心底百转千回，可就是没一个准确的答案。

陈鹤川联系到温言从前的公司员工，问起孙妍这个人，还真有人知晓。孙妍是温言的秘书，不过工作一年就辞职了，再也没上过班。说到这个，对方还小心提了一句，她好像看到温言老板和孙妍同进同出，可能是被老板包养了，所以才不上班。她看过电视里"金主"包养女人，都是每个月付包养费的。不过她那时候不敢和别人说，毕竟孙妍在公司里仗着自己是貌美花瓶就嚣张跋扈，要是知道背地里被人多嘴多舌使绊子，肯定要闹着温言给她点颜色看看。那个员工肩上还背着房贷呢，不想被炒鱿鱼，只能忍气吞声，时间一久，也就把这事儿给忘了。

艾黎问她在哪看到过孙妍，对方说："我十几年前的家住花拱门公寓，孙妍就住我隔壁那一栋公寓。那时候我老板是已婚状态，这算是婚内出轨吧。多一事不如少一事，我就没怎么关注。后来我搬家换工作，买了房子，就不太了解了。不过我想，也没人会在一个地方住上十几年吧。"

问不出什么有用的消息，对方只是隐晦地提了一下孙妍和温言的出轨事实。

临走前，艾黎仍不死心，又问了一句："关于孙妍的其他事情，你真的一点都想不起来了吗？"

员工皱眉，思索了很久，如梦初醒般惊呼了一声："想起一个无聊的事情，不过我想，应该没什么联系。"

"什么事？"

对方再三犹豫，才说出口："我辞职后，就在家收拾东西准备搬走。运行李的那天，我看到了孙妍。出于客套，我和她打了声招呼，可她眼高于顶，根本不屑回应，理都不理我就走了。也就是这时，我看到她包里掉下一张卡片，正好落在我脚边。"

"什么卡片？"

"那是张初美整形美容医院的宣传卡，我内心嘀咕，她也是怕自己年老色衰被温老板嫌弃，这才常去保养皮肤，做美容吧？所以说，这碗青春饭是吃不长久的，根本没人羡慕她。"

艾黎舌尖绕着"初美整形美容医院"这几个字眼，如醍醐灌顶，一下子清醒过来。

她催促陈鹤川："带我去找这个初美医院！现在，快去！"

陈鹤川一向相信艾黎的判断，不疑有他，当下便开车奔赴医院。

初美整形美容院经营得好，如今扩大了规模，又懂利用现代营销手段，聘请了不少国内知名整形医师，成了当代年轻人微整常选的网红医院。

艾黎刚到医院，扬言要找在这里任职十几年的医师，起初没人搭理，直到陈鹤川出示证件，这才有人领他们去领导办公室详谈。

好巧不巧，办公室里的王主任便是初美的元老级医师，就职时间最长，新旧事情都了解一些，问她最为妥当。

艾黎气喘吁吁，拿着手里的合照，迫不及待地问她："主任，十几年前，这个病人是不是来医院找过你们？她叫孙妍。"

王主任对这个女人有印象，看了照片一眼，便露出诧异的神色，犹豫不决地说："我记得她，不过……"

"不过什么？"

"我们有保密协议的，不能透露病人的信息。"

陈鹤川笑道："我这里有调查文件，这是警方审讯要求，不算违反规则，希望王主任配合，不要耽误我们办公。"

话都说到这份上了，王主任还能怎么办？她只得点头答应，慢悠悠地说："这名女士曾在医院里做过一次大型整容手术，而且每五年都会过来一次。"

"过来做什么？"

"做……老龄演化的手术。通俗地说，就是她那层皮囊在时间上理应变老，她就借用医学技术将自己也整得老一点。"

艾黎蹙眉："一般人不都求青春永驻吗，她偏偏要往老了整？"

王主任嘀咕："是啊，我也想不通，她只是个二十来岁的姑娘家吧，非要整成三十多岁的中年女人，我们也只能根据照片尽力而为，百分百一样是不可能的。"

"中年女人？她要你们照葫芦画瓢，整成另外一个人？"艾黎舔了舔下唇，浑身上下凉飕飕的，彻骨冰寒。

她从口袋里掏出一张照片，颤巍巍地问："她要整的，是不是这个人？”

王主任看了一眼照片，大惊失色，连连点头，坚定地说：“是她！”

艾黎颓然坐到椅子上，默不作声。她白净的下颚微抬，露出漂亮的锁骨，皮肤很白，是一种近乎病态的苍白。

她觉得冷，浑身上下都打着摆子。等了很久，她才唇齿发冷地说：“我知道这是怎么一回事了。”

艾黎给出的照片，是郑美怡。

也就是说，孙妍在十几年前就整成了郑美怡的样子，顶替她生活。

可能，故事是这样的吧？

她想起家政阿姨说过的一句话：“陈浩然出国留学的时候，太太就突然不能说话了。”

在陈浩然出国留学期间，郑美怡出了什么事情，温言急需一个人顶替她。所以温言找孙妍整成郑美怡的样子，谁都想不到她被调包了。

外貌可以改变，声音却不能。为了不让人发现，孙妍只能忍气吞声，装一辈子哑巴。

这个代价究竟换来多少钱财利益，这就两说。

可那时候，她是假哑巴，后来又为何成了舌头受损的真哑巴呢？

这里头，还有一些不为人知的故事。

还有很多矛盾处和真相没查明，不过单凭王主任的口供，陈浩然已经有了故意伤人的嫌疑。

之后找到“郑美怡”，将她的指纹与孙妍的指纹比对，一旦符合，即为本人。届时，尘埃落定，他们就有办法采取行动，找陈浩然好好谈谈了。

第九集

又是一个风雪天，冬日里的故事没完没了，新的旧的，真的假的，只要世上有因有果的事，一通全来。

警方派下检验“郑美怡”指纹与牙科数据的文件，联系了陈浩然，不由分说提取了“郑美怡”的指纹，拿走了印满她牙口轮廓的咬合模具。

大概半个月后，有了结果，“郑美怡”的指纹与牙科数据和孙妍的数据一样，还从牙科数据中确定了她的年龄，比真的郑美怡小上十几岁，是个中年女人。

艾黎约了陈浩然和“郑美怡”见面，这起案件还未定性为犯罪，没有拘留权，却有传召审讯权。

陈鹤川不想把气氛搞得那么紧张，于是一行人约在一间私家菜餐厅，会面性质是强制性的，不来也得来。

陈鹤川像照顾老朋友一样，点了几道家常菜，还有一个鱼汤砂锅。

不一会儿，服务员便端来了用砂锅装的鱼汤，汤汁橘红，豆腐起孔，咕咚冒泡，热气腾腾。砂锅这种陶瓷炊具最合适炖菜，把豆腐、金针菇、大块鱼，以及各色香料丢进去加水煮，砂锅导热均匀，汤底一般能炖得浓稠鲜甜。

陈鹤川尝了一口鱼汤，用舌尖分析五味。鱼汤偏甜，鱼肉口感软滑而不腻，应该是加了糖，可此糖非彼糖，不是市面上甜味重的砂糖，应该是炖汤途中丢了一大块雪梨，跟着汤汁慢慢炖，香梨的果香融入那咸辣的鱼块里，平添了几分不同寻常的风味。陈鹤川心里懂了个七七八八，猜到了煮法。他从厨房老师傅这里偷师，为的就是之后给艾黎在家里煮菜。

菜来了，人还没到。

艾黎翘起嘴角，坐在位置上显得兴奋。她说："这次陈浩然总没有借口说事了，现在证据就摆在面前，他伤郑美怡……不，孙妍，还囚禁她的事情板上钉钉，他是罪犯，只要咬死了这一点，想减轻刑罚就得说出白芷的事情！"

陈鹤川但笑不语，没有附和，很不给面子。

大约过了二十分钟，"郑美怡"和陈浩然姗姗来迟。

艾黎把检验报告递给陈浩然，说："你应该早就知道了这事吧？她不是你的母亲郑美怡，她是孙妍！就是你把她给……"

她话还未说完，就听到陈浩然反应极大地站起身，惊恐地望着"郑美怡"，说："你是谁？！你不是我妈？！孙妍？孙妍是谁？！"

艾黎愣了一秒，不懂陈浩然在说什么。

难道他不是早就知道"郑美怡"是孙妍假扮的吗？所以割掉她的舌头，报复她和继父出轨的事情，把她囚禁起来？！

现在，他怎么撇得一清二楚，装出初次知道的样子，在这里诡辩？！

艾黎一头雾水，下意识地望向陈鹤川，跟他求助。可他根本就没任何反应，眉目清冷，风轻云淡地盯着陈浩然，一点都不惊讶。难道，他早猜到陈浩然会是这样的反应？！

艾黎不死心，咬牙切齿地说："你在撒谎！你明明早就知道她是孙妍，不然也不会让赵医生编造出她患病的事情，拒绝我们探望！

你的确是在囚禁她！”

陈浩然反驳：“艾小姐，药可以乱吃，话不可以乱说。赵医生对于这方面的病没什么经验，见她平日里反应奇怪，误诊也是正常的。再说了，她也从未和我说过，她是孙妍，不是我妈！不信你问她，这一切都是她自导自演的！说起受害者，我也是其中之一！被她骗了的人可不止你一个，还包括我！你们也不想想看，谁会怀疑自己的亲生母亲！”

“怎么这样啊！”艾黎没辙了。

她看向“郑美怡”，希望这个关键人在众目睽睽之下能将真相说出来，将犯人绳之以法。

这时，“郑美怡”垂眉敛目，从怀里掏出一张自白书，折叠的纸上写了一句话：“这是我想说的事情，我全部写在这张纸上了。我……只是受够了这样的人生，所以才向你们呼救，想让你们查出我的身份，让一切尘归尘，土归土。”

艾黎忖度片刻，捻住这张自白书，摊开，然后轻轻念了起来。

这是以孙妍视角写的故事，一开头，她就承认了自己的身份。她不过是披着郑美怡皮囊的罪恶女人，是为了钱财与私欲，独占温言的第三者。

那是十六七年前的事，具体时间记不太清楚了。那时的孙妍刚刚大学毕业，还是个朝气蓬勃的姑娘家。孙妍的家境不好，父母在她幼年时接连出事，相继去世，是远房姑姑将她拉扯到这么大。等供她读完高中，也不提供大学学费了，全靠她做兼职以及奖学金熬过学业危机。倒怨不得她姑姑，肯给她一处栖身之所，肯在她羽翼未丰的时刻拉她一把，已经仁至义尽，没道理养着她一辈子，又不是母女关系。

许是因为这些事情，孙妍格外缺爱，只要有人表白，她就肯答应。她喜欢身边有亲近的男友照顾的朦胧暖意，真假无所谓。

孙妍识人不清、遇人不淑，在大学毕业那一年，本该结婚的男友急迫分手。他说自家父母看不起孙妍的家境与出身，认为她配不上本地“土著”的儿子，遂给他介绍了一个门当户对的本地姑娘，婚期定在两个月后。

孙妍不是矫情的人，扇了男朋友一巴掌，转身就走。

打完人，她才发现，手疼，心更疼。

可惜，祸不单行，一个月后，她发现自己的月经迟迟没来。

孙妍抱着侥幸心理，用验孕棒测了一下尿液，两条横杆，显示怀孕。

完了，这下剪不断，理还乱。她总不能拿着这个东西赶到婚宴上，逼前男友和自己奉子成婚吧？那是个渣男，她万一生不了儿子，继承不了他家“皇位”，岂不是会被公婆欺负死？孙妍躺在床上唉声叹气，如果没分手，这孩子来得或许真是个好时候。

怎么想都该打掉的孩子，不知为何触到了她微乎其微的母性。她觉得，这世上有一个和她血脉相连的孩子也不错，就这样鬼使神差，她拖了又拖，独自在医院里把孩子生了下来。

小孩是个姑娘家，孙妍给她取了个名字，孙洛。《洛神赋》的“洛”，示意女儿长大后一定会貌美如花，可想了想，又怕红颜祸水，这样的皮囊会害了她。毕竟她没有爸爸，一个人不好生存。

那时候的孙妍二十四岁了，之前工作积攒的积蓄全部花完了，她急需一份工作养家糊口。

孙妍四处投简历，寻工作。她为了不引人怀疑，特地将年幼的女儿托付给保姆，每周看望一次，带去幼儿用品与保姆的工资。

她没有精力也没有能力照顾小孩，只能靠赚钱来维持一大一小的生活。

就在那种窘迫的时候，孙妍遇到了温言。

温言是个成熟的成功男人，这类男性有一个通病，那便是很容易被活力四射的少女所吸引。就这样，不知是孙妍有意为之还是巧合，他俩相遇了，并且坠入爱河。

孙妍需要钱，她不会拒绝温言，更何况，对方还是她的顶头上司。

温言在家中日夜被郑美怡压一头，又不敢激怒她，怕她说出当年的陈年旧事，于是怨怼日积月累，视自己的家为烈火地狱。家花哪有野花香，自然是外头的温香软玉更为舒适，让他放松。

孙妍得到了钱，以及老男人的宠爱。

她把钱都花在了孙洛身上，看着孩子一日日茁壮长大，心里别提多舒坦。可看着孩子知事，她又深感畏惧：万一有一天，孙洛知道自己没有爸爸，知道妈妈一直做小三换钱，她会怎么办？

孙妍突然有点害怕看见女儿了，毕竟在她的眼里，母亲应该是最温柔圣洁的存在，至高无上。

她不配当孙洛的母亲，至少不能以小三的身份。她是不是还得给女儿找个爸爸？

这个念头一起，立马吓到了孙妍。她想都不敢想，提都不敢提。

有一次，她和温言欢爱后，躺在床上有一搭没一搭聊天。她想到女儿香香软软的小脸蛋，听着温言对家中太太话里话外的抱怨，脱口而出："要不，你和她离婚吧？"

温言眯起眼睛，看了一眼怀中温柔可人的小姑娘，说："怎么？你想和我日日夜夜待一块儿？"

"讨厌！"孙妍娇嗔，一双浓墨招子滴溜溜地转，像只老谋深算的小狐狸。

她话既然已经说出口了，断断没有收回来的道理，于是接着说："我就是想着吧，你不喜欢你太太，正好离婚了，娶我呀！"

"我倒是想，只是……"

"只是什么？"

"我和她有一些事，不能离婚。"

"有什么事呀，说得好像结婚时立了生死状一样。"

"就是生死状。"温言讳莫如深，不肯多提。

就这样，孙妍还是时不时会和温言说起离婚的事儿，循序渐进，为了达到目的。

后来，温言敌不过她，还是将那个可怕的故事说出了口。

他和郑美怡对一名客户见死不救，还人为帮对方按下了一份合同的手印。因为夫妻俩背着同一桩命案，所以只能是绑在同一根绳子上的蚂蚱，用婚姻当作合作条件。

孙妍吓了一跳，喃喃自语：“人就这么一辈子，总不能一直被威胁，处处受限制，就这样过吧？”

对啊，总不能痛苦一辈子吧？

温言眸色变深，心底深处，一个罪孽又邪恶的想法油然而生。

之后的事情，就变得格外简单了。

不知是有意还是巧合，郑美怡的儿子陈浩然被安排出国留学，母亲留在国内。

而郑美怡和温言发生了口角，被他失手打死。温言惊慌失措之余，求到了孙妍的头上。

他说：“要想命案不被发现，首先不能让人知道郑美怡不见了。你帮帮我。你不是想和我结婚吗？我有个法子。”

孙妍想要的是钱，只要温言肯给她钱，那么帮个忙又有什么大不了的？

而且温言连人都敢杀，会放过她吗？

后来的事情，猜也能猜到了。

温言趁着陈浩然在国外的时候，把郑美怡的尸体处理了，再花钱让孙妍整容，整成与郑美怡相近的模样。考虑到每个人声音都不一样，那便说是有病变成了哑巴吧！这样一来，一切都完美了。对外来说，郑美怡又没失踪，谁会猜到她只是个冒牌货呢？

如果某天突然有人指着你的鼻尖，问：“你是假的！你是谁？！”正常人都会觉得对方莫名其妙，甚至是有病。人是很容易被欺骗的生物，特别是在有了先入为主的观念之后，很难察觉到环境以及人事变更的端倪。

一两年后，陈浩然回国了。

起初，他接受了母亲变成哑巴的事实，一直很沉静。

一段时间后，不知是不是母子连心，他的行为举止渐渐变得古怪，甚至会冒犯“郑美怡”这个母亲。

孙妍心中大骇，面上却不显。

陈浩然和她交谈时，有意无意将杯子里煮沸的开水打翻，淋到她的手背上。滚烫的沸水灼伤她的皮肤，烫得她一个激灵，喉咙有嘶哑之声涌出。

这时，温言从门外跑进来，关切地帮她冲凉水，带她去隔音较好的浴室。

水龙头开着，水声哗啦啦，掩盖住温言充斥怒气的喘息声。

他压低声音，咬牙切齿地说：“你刚才险些喊出来，让他听到！”

孙妍害怕地说：“他没听到……”

“听到了！”

“真的没有……”

“不要狡辩！”温言突然吼她，带着雷霆之怒。

孙妍愣在原地，看到温言野兽一般暴戾的一面，如坠冰窖。

这是个连人都敢杀的男人，他会杀了她的。

就这样想着，她惊慌失措地逃出了浴室。孙妍不敢见温言，也不敢见陈浩然，前有狼后有虎，进退两难。

某天夜里，家中失窃，她被人用药迷晕过去，再醒来时，她人已经待在了医院，舌头以及声带受损，从假的哑巴变成了真哑巴。

警方说，是家中遭贼，可能是小偷怕她说出他的行踪，所以用了这样残忍的伤人手段。

可是只有孙妍知道，这个世上唯一一个想让她变成哑巴的男人，就是温言。

只有她变成了哑巴，孙洛的前途又捏在温言手里，这个男人才肯放心，才肯高枕无忧过日子。

孙妍在心里想，如果她问温言这些事是不是他干的，他会承认吗？会愧疚吗？

想一想，好像不会。

就连杀死前妻，他都觉得错不在自己，是世事无常，天道残忍。

孙妍越想越心惊，她鬼迷心窍，居然和一个杀人犯同床共枕多年？！

没办法了，她得想个法子逃出去，逃离升天，不然会被困死在这里的！

孙妍想到了陈浩然，那个对亲生母亲言听计从的男孩。

她开始伪装成患有心理疾病的样子，有抑郁症、焦虑症、狂躁症，什么都有。

孙妍求着陈浩然带她离开，装得逼真，儿子和父亲都看不出真假，被逼无奈之下，只能将她送入疗养院。

所有人都在同情她，可怜她，没想到她会得这样的病。

只有孙妍在心中窃喜，她终于有法子逃出温家了。外面的任意一处地方，对她来说都是天堂。

故事写到这里，戛然而止。人生还有很多细节，不方便一一道明。

只要找到结果，就能追溯过程。过去与未来一直都是息息相关、命脉相连的关系。

假的郑美怡，也就是孙妍，她把所有的过错都揽到了自己的身上，将陈浩然完完全全摘了出来。

这番话可信吗？有理有据，毫无矛盾处。

艾黎仍不死心，咬牙切齿地问："可你向我们呼救了，不对吗？"

孙妍张了张嘴，想说，又不能说。她拿出笔，在纸上写："我只是害怕，毕竟我骗了陈浩然这么多年，假扮他的母亲，从中牟利。如果让他知道我是孙妍，也曾间接害过他的母亲。他……他肯定不会放过我的！"

陈鹤川顺着她的话慢条斯理往下接："所以，你看到了我们，两个毫不相干的外人，想借机脱离这样的窘境，因为这是你唯一可以离开疗养院的机会。你知道温言死了，没人知晓秘密，也没有人能对你造成威胁。所以，你想逃跑，拿回属于自己的人生，对吗？"

孙妍坚定地点了点头，眼睛里闪动着平日没有出现过的光彩。

艾黎咬住下唇，问："真的只是这样吗？"

如果真的是这样，她抓不到陈浩然的把柄，又怎么有办法让他说出白芷的行踪呢？如果找不到白芷，赵泽阳怎么办？白白死去，不得善终吗？

不行，得想个办法。

孙妍写："是真的！我相信警察，我不相信他！求求你们……救救我。"

陈鹤川抿了一口温热的大麦茶，一声不吭。天冷，茶水早已丧失了温度，渐渐不冒热气了。

五分钟后，他意有所指地说："他是与你相处这么久的人，我们不过是初见几面的陌生人，你的信任未免来得太快了。既然不相信他，那就小心他做他爸做过的事情。你确定没受任何蛊惑或者威胁吗？你说的都是真话吗？如果是假的，过了这村就没这店了，下次可找不到像我们这样帮你的警察了。你好好考虑清楚再回答我。对了，你就不怕，你的女儿孙洛从虎口落入狼口吗？"

陈鹤川这番话不知是使诈还是说正经的，言下之意是，孙妍可能被陈浩然威胁了，像温言一样，用孙洛的生死来拿捏她一个口不能言的软弱女人。

孙妍垂着头，不敢看陈鹤川。

过了很久，她手掌发颤，沾了茶水在桌上慢悠悠地写："我没有说谎，陈浩然确实不知情，他是冤枉的。"

陈浩然痛苦不堪，抱着头，问她："我妈被埋在哪里了？！你说啊！她的尸骨在哪？！"

孙妍给了个陌生村落的名字与大概下土的位置，想来这些都是温言告诉她的。

陈浩然拿起外套就往屋外赶，有其他警员驱车跟上帮忙，很显然是为了验证这一杀人事实。

屋内就剩下孙妍、艾黎与陈鹤川。

艾黎没辙了，叹了一口气，说："你女儿孙洛在哪儿？没有你的庇护，她活得好吗？"

孙妍写："温言将她安排得很好，让下属以援助学生的名义，每个月都给她寄钱。今年她成年了，读大学了，之前安排的律师已经把余下的钱打入她成年时办的银行账户里，这笔钱是我用人生换来的，够她吃喝大半辈子了。"

相对无话，艾黎和陈鹤川离开了，孙妍被送回了陈家。

第二天，陈鹤川接到了师弟打来的电话，大意是：已经找到郑美怡的尸骨了，经由法医验证，确定了死因。这个女人是被刀具刺入胸骨，失血而死，骨头上还有被刀划过的痕迹。法医还从郑美怡生前衣物里提取了毛发，和骸骨一起进行 DNA 对比，验证那就是郑美怡本人。她被埋在乡下，还立了个无名碑。墓碑前有干花供奉，打扫得一尘不染。这些供品可能是温言早些年送的。看上去他虽然失手杀了妻子，但对妻子还不错，把墓碑打扫得干干净净。

如果真的这么念旧情，还会刻意杀害她吗？

艾黎不懂，本能觉得有鬼。

孙妍说的话没什么逻辑性的错误，即使有疑点，也找不到推翻它的证据，线索早在漫长的岁月中消失殆尽。

这是罪犯的自白书，艾黎无权去反驳别人的心里话。

回家路上，一向聒噪的艾黎难得安静一回，惹得陈鹤川侧目。

陈鹤川问："不甘心？"

艾黎摇了摇头，一分钟后，又点了点头。

陈鹤川笑起来："常有的事。毕竟我们都是人，查案子难免带入私人情绪。我从前也有过直觉某人是凶手，不相信他的不在场证明，死活要继续查下去的情况。可是艾黎，你要知道，无论那些人的犯罪嫌疑多重，多像罪犯，我们做警察的，都只能依靠证据行事，遵循社会法则。”

她不甘地反驳：“就算因此放过一个杀人凶手？放过一个反社会暴徒？放虎归山？”

“所以啊，这就是警察存在的必要。我们是连接法治社会与黑暗面的媒介，只有通过我们，才能合理惩戒所有恶人。若是连我们都被私人情欲掌控，为所欲为，那又有谁能保护这个世界呢？”

他说的是官话，却不无道理。

想要将坏人绳之以法，只能通过确凿的证据，单凭个人情绪来断案，便会乱套。

加油，艾黎，去验证所有疑点吧！

她深吸一口气，睁开眼，说：“我想继续往下查查，我知道我固执又任性，明明已经证明陈浩然是清白的人了。”

陈鹤川笑，低低说：“好，我陪你。作为我的小姑娘，你有权怀疑这个世界，而我，奉陪到底。”

这夜，两人到家时，月光昏暗。

艾黎饥肠辘辘，等待陈鹤川煮饺子。

黑陶锅里清水沸腾，上上下下浮着白瓷般滑腻的饺子。馅儿是猪肉洋葱，饺子皮被沸水催开了小口，冒出浓郁的肉香。

陈鹤川将其捞到碗里，他记得艾黎一顿能吃十二个，特地数好了放她碗里。

艾黎吹着勺子里的饺子，轻轻咬一口，汤水便溢出来，里头的肉馅软滑，肉汁香醇。这饺子是陈鹤川自己包的，有个独家窍门，便是在肉馅儿里混一点淀粉，这样便能很好地将馅粘在一块儿，饺子被水煮开，那淀粉便化成了最好的汤料。

咬一口，满嘴香，艾黎吃得满足，嘴角沾上了汤水。

陈鹤川凑近，突然吻上她油光发亮的唇，浅尝辄止。

艾黎被他吻得发愣，他继而抿唇一笑，说：“我只是帮你尝尝饺子的味道，看看手艺有没有长进。这次包饺子时，我特地加了点新的调味粉。”

她被亲得七荤八素，此时大脑空白，下意识脱口说道：“那……有比上次好吃一些吗？”

陈鹤川促狭地说：“我不知道，可能得再尝一下。”

闻言，艾黎连连后退，捂住了嘴。

这丫头！

陈鹤川翘起嘴角，喉咙深处传来一声笑，极其短促，如玉击瓷般悦耳，十分好听。

艾黎一阵心悸，急忙捂住胸口，压抑着自己的小心脏。怎么回事？她怎么被陈鹤川的几声笑撩到不知所措？糟了，这是要沦陷的节奏啊！

第十集

几天后，有一名不速之客登门造访。

艾黎见到她，惊得下巴都要落地了。来人居然是赵泽阳的遗孀钱莉。来人戴着浅灰色的贝雷帽，穿着一袭香草绣纹的宝蓝色假皮草大衣，戴着一双黑绒手套，手掌交握，挎着挂满璀璨钻链的口金包，颇有气质。她垂眉敛目，款款而来。

见了艾黎，钱莉那双保养得当的桃花眼微微眯起，说出的话娇柔低缓，如春风拂面：“你就是艾黎小姐吧？”

艾黎认识她，但不知该如何打招呼。

她是个上不得台面的人物，和母亲一样，都是不能被曝光于世的。

赵泽阳生前来看望她，都是先照顾好自己的家庭后，特地再抽时间来跟她相处。对赵泽阳而言，明媒正娶的钱莉才是心目中第一位置的人，连带着对方所生的孩子都水涨船高，地位高贵。

而她，是私生女。他们俩血脉相连，所以无法丢弃，不能割舍。然而这样的艾黎，却不是赵泽阳的心尖血、心头肉，不必宠之入骨。

社会伦常是见不得婚外恋情与出轨事件存在的，所以艾黎这个人本就不该出生。

可对于她来说，赵泽阳的身份，是父亲。无关生母的行径卑劣与否，他就是她的爸爸，是她今生最亲的人。

艾黎都懂，正因为懂，她才觉得难堪。见了钱莉，她连手都不知道该怎么摆，自惭形秽。

钱莉站在门口，客套而疏离地说："这里怪冷的，我有些事想对艾黎小姐说，不如请我进去坐坐？"

艾黎如梦初醒般点了点头，接人进来，在沙发上坐定。

她把脊背挺得笔直，如坐针毡。

钱莉看了一眼容易沾上霜雪的黑绒手套，细细抚去上头的水珠，慢条斯理地说："我找艾黎小姐，是有些话想说。"

艾黎抿唇，小心翼翼地道："您说吧。"

"我希望……你不要再查我前夫的事情了。"

艾黎难以置信地瞪大眼睛，咬牙问："为什么？"

赵泽阳不是畏罪自杀，就快要查出杀死他的凶手了，这不是一件值得高兴的事吗？

作为他生前最爱的人，枕边朝夕相见的人，不该期待沉冤昭雪的时刻吗？

为什么让她不要查下去？

钱莉苦笑："人都死了，何必再给活着的人添麻烦呢？他生前背着我养了你，死后还让人大肆报道私生女查他枉死真相的事，让我的脸面往哪里搁呢？我好不容易有了新的家庭，还有属于我和现任丈夫的结晶，那些记者唯恐天下不乱，堵在我门口问他生前出轨的事，是想逼死我吗？算我求求你，别往下查了。就算查出来又怎样？他还能活过来不成？你这是把刀往我心口上扎！你让和他夫妻多年的我情何以堪？！"

艾黎呆若木鸡，不知该如何面对钱莉。

的确，她是私生女，是赵泽阳和其他女人所生的孩子。

如果可以，她也想当正经人家的女儿啊！她也想父母健在，家庭和睦，从小娇生惯养长大，不受任何轻视与白眼啊！

她记事起，先是跟了母亲，再转手到赵泽阳这里。她记忆中唯一一点温暖与甜蜜，都是这个见不得光的父亲给的，叫她如何割舍，如何丢弃？！

就因为她是私生女，所以她连活下去的权利都没有吗？连为自己生父申冤的资格都没有吗？

艾黎的眼眶发热，不知是被戳中了哪一道软肋，险些被逼出眼泪。她深深吸了一口气，哽咽着，和钱莉说："你只享受自己的人生，不在意亡夫，巴不得没他的消息，我不一样！我只是一个想父亲的女儿，我得查下去，得知道他是怎么死的，希望你不要阻止我，也不要提过分的要求！"

钱莉褪去温婉贤淑的伪装，嘴角抿得死紧，神情狰狞，说："你不要得寸进尺！要知道，你就是野女人养的孩子，你是你母亲背着我，勾引我前夫生下来的野种！她不就是想利用你，缠着赵泽阳不放吗？！明明是小三的女儿，喊什么父女情深？恶心！你怎么有脸出现，怎么有脸以赵泽阳女儿的身份出现？！如果我是你，早觉得丢脸，嚷嚷着要跳河自尽了！"

艾黎哑口无言，瞪着眼睛，不甘而倔强地站直身子，仿佛只要她不动弹，她说的话便有理有据，无人能反驳。

陈鹤川许是听到动静了，此时匆匆赶来。

他看了一眼客厅里对峙的两个女人，不动声色走到艾黎身后，搭着她的肩膀，对钱莉彬彬有礼地道："我想，钱女士是误会了。"

钱莉冷笑一声："我误会？我误会什么了？"

"我的父亲陈奕因赵泽阳一案被人谋害，我痛彻心扉，是我要查我父亲的死因，并非艾黎。她只是我请来的刑事顾问，是我助理。查这桩案子，是她分内的工作，她并不是因私欲才接手。因此，是你骂错了，请你向她道歉！"

他装得一副敬重长辈的样子，说出的话却咄咄逼人。

钱莉失了脸面，抻着脖子不肯低头，强硬地说："你是不知道，她是赵泽阳的私生女，是小三和……"

"她不能决定自己的出身，却有资格决定自己的人生。"陈鹤川打断了她的话，目露赫然怒意，继续说，"我不允许任何人在我面前诋毁我的未婚妻。钱女士，你这么不讲道理，请滚出我家！"

钱莉脸色铁青，还欲再说。

陈鹤川已用手拉开门，做出邀请的手势，冷然道："请您滚出去。"

一丝冷风灌入屋子，钱莉被吹醒，打了个激灵。她这才反应过来，自己一直在别人的地盘耀武扬威，脸颊一下子涨得通红。

她手里扔出一份报纸，讷讷开口："反正你自己看看吧！八卦报纸上都写得清清楚楚，就是私生女查案！"

说完了，她灰头土脸逃也似的溜走了。

艾黎看了一眼报纸，咬唇，对陈鹤川说："有人把我们的消息散布出去了，想让我们知难而退。"

陈鹤川目露精光，微微一笑："自然，再这样查下去，幕后凶手就要被揪出来了，他定然慌了手脚。没准，这个人还会像对付我爸那样除掉我俩，毕竟他手上沾了这么多人命和赃款，一旦被抓便是死路一条，总得自保。还得谢谢钱女士，给我们通风报信。"

艾黎不语，颓然坐到沙发上。她小小的身躯柔若无骨，陷入厚重的沙发软垫中。

她闷闷地说："我小时候，几乎每天都在等赵泽阳回家。我知道他工作忙，也有自己的家庭，不能频繁来看我。那时年龄小，也很怕黑，我一整晚开着灯，总觉得角落里有什么人在看着我。我想，如果有大人陪在我的身边就好了，那什么样的妖魔鬼怪我都不会怕了。"

陈鹤川靠近她，手伸向她的腿，将她捞到了怀里，温声软语地说："难怪你刚来陈家的时候，夜里总在我门边徘徊。我以为你是恋兄癖，原来是怕黑？"

艾黎脸颊发烫，嘀咕："谁恋兄？要脸吗？"

"好好，不是恋兄，我的艾黎小姐怎么会恋兄呢？明明是恋夫癖。"他讨好地蹭了蹭艾黎冰冷的鼻尖，后者不好意思地躲。

艾黎嘀咕道："你这人……怎么尽说调戏人的话！"

陈鹤川低低地笑："要不是对你，我还不说这些。怎么？你不爱听？不爱听的话，我就和其他人说了……可怜我绞尽脑汁想出几句甜言蜜语，还要被自家夫人嫌弃。"

"我哪嫌弃了！"

"啧，还说我？我就嘴上喊一句夫人，你上杆子接话，还不是喜欢我，爱在心，口难开？"

"你这人！"艾黎没辙了，这厮道行太高了。

不过被他这一逗弄，她原本郁结的心情舒畅不少，心里或多或少也渗出一点蜜水，甜津津的，驱散所有黑暗面。

艾黎靠在陈鹤川怀里，想起其他事，嘀咕道："我总觉得陈浩然的事情没那么简单。"

陈鹤川探出手指，漫不经心地绕她鬓边长发，淡然道："那你是怎么想的？"

"温言杀了人，做贼心虚，还找孙妍来假扮。他巴不得没人看见，没人知道这件事，又怎么会埋得这样好，摆上贡品，还立个无名碑？就因为他那几乎为零的愧疚心？要是真的愧疚，就该自首去，何必假惺惺！"

"所以，你的意思是？"

"我觉得里头有鬼！"

"那就查查温言的下落。"

"他已经死了。"

"死前的事情，怎么不能查？"

陈浩然不是装无辜吗？不是声称自己不知情吗？假如温言的死

和他有关，那这一切又会变成什么样呢？陈浩然心里对温言有恨，才会害人。恨从何处来？自然是知道他母亲死亡的真相！一旦查明这一点，不就能推翻他口中完美无瑕的证词了？他是知情人士，所以才会报复温言、囚禁孙妍，这一切都是他的圈套！

艾黎懂了，跃跃欲试。这几日，她开始着手调查温言的案子。

温言死的时候不到五十岁，是在一间风景秀美的深山医院出的事。他被贴身照顾的护工无意间推倒，人跟着轮椅滚下楼梯，头骨受创，不治身亡。这是一起过失致人死亡的案件，有录像录下护工与温言发生争执的全过程。护士被判处两年有期徒刑，现已出狱。

艾黎看完资料，颓然躺到床上，生无可恋：“啊……白忙活了，他还真的是无辜的，这起案子和他没关系。”

陈鹤川在一侧用小刀削厚实的柚子皮，剥得差不多了，取经去络，取出红心柚颗粒饱满的果肉，递到艾黎唇边。见她把果肉含进嘴里，他这才笑说：“你要是还不死心，那就去见见这个护工。”

“能见到吗？”

“毕竟是留了案底的人，还是命案，他离开监狱后去了哪里，警方都会知道一些，方便监管。”

“那此事就拜托陈兄了，大恩大德没齿难忘。”艾黎嬉皮笑脸地作揖。

陈鹤川俯身，捏住她的下巴，居高临下，调侃：“哦？我不要你报恩，只要你……贿赂贿赂我。”

他呼出的气息滚烫，像一张疏而不漏的网，将她包裹其中。艾黎眼观鼻，鼻观心，知道他话里话外的暧昧意思。她的身体仿佛有火在燎，一下子脊背发麻，如有电流随着脊骨游走，弥漫四肢百骸。她想挣扎，想抵抗，浑身却使不上劲儿来，似要溺死在这个温暖的怀抱里。

怎么办呢？要讨好他吗？

艾黎耳尖发烫，死死咬住了下唇，阻止那些甜言蜜语从口中说出，才不要让这个男人得逞呢！

她轻轻哼了一声，讷讷地开口：“贿赂还是……不要了吧。”

陈鹤川突然低头，埋在她的肩窝处。半晌后，他低低地笑出声，不知想到了什么有趣的事。

艾黎闷闷地说：“你笑什么啊？”

“笑你傻。”陈鹤川这样说，语带无尽疼爱与宠溺。他的眸子很清亮，像是冬日高原上最野的星星，他就这样看着她，目光柔情似水。

艾黎的心在那一瞬仿佛被虏获，再也讨不回来了。

“我和我师弟说一声，让他帮忙查一下护工的去向。”陈鹤川轻轻拍了一下她的头，起身去阳台打电话。

艾黎应了一声，周围专属男性的浅淡草木味一消散，她的大脑终于清醒，从茫然的状态中抽离。

她这是怎么了？何时被一个男人迷得神魂颠倒过？一见到陈鹤川呀，她这颗心怎么都静不下来。

刚才，只要陈鹤川想，他便能低头吻上她吧？

他为什么不亲下来呢？他不是要讨好处吗？

思及此，艾黎的脸又发烫了。她……她是在盼望陈鹤川的吻吗？该死，着了他的道了！

艾黎微微启唇，细细吸气，待微凉的空气涌入肺腔，她的心跳方才恢复正常。

下午，陈鹤川的师弟将护工一案的审理资料、审讯笔录，以及监控录像的拷贝带寄给他。

他们将录像带放入机子，画面是黑白的，右下角显示时间。大概是下午三点多的时候，那名护工和温言在楼梯口发生争吵，随之愈演愈烈，护工松开握着轮椅手柄的手，和温言理论。就在这时，轮椅失控，翻下楼梯，酿成惨案。

艾黎问：“旁边有电梯，她为什么非得推轮椅走楼梯下去？啊，不对啊，轮椅根本不能走楼梯吧？”

陈鹤川翻了翻手里的笔录，说：“据说是他们在等电梯下降，楼道窄，怕里面的人出来会撞到，这才后退至楼梯口，等待电梯门打开。”

“哦。”这样一说，也没什么不合理的地方。

可惜那个年代，医院里只装了无声监控，否则听听他们在说什么也好啊。

这样嘀咕着，艾黎又看了一遍视频。

突然，她意识到了一件事，拽了陈鹤川，说：“你有没有发现，这个监控根本拍不到电梯门口。它的镜头斜对着楼梯口，只要护工和温言稍微后移一步，或者在电梯口等，就会进入死角，不会被拍到。”

艾黎连忙翻找护工的资料，发现她在医院里工作了四五年，并非新人。

一个对医院知根知底的女人，会不知道楼道里各个监控的位置吗？如果是艾黎自己去新公司上班，可能头一个星期就把公司各个地方的监控摸透了。这样一来，只要避开摄像头，想怎么偷懒就怎么偷懒。

如果这个护工真的抱着杀心，以女性细腻心思以及缜密的布局，肯定会刻意避开摄像头，来个死无对证。这人偏偏要反其道而行之，是有别的缘故吗？

还是说，她本来就做好了要留下证据的打算，生怕警方不相信？

艾黎忖度着此事，唇瓣抿得死紧。

陈鹤川说得对，要找那护工好好聊一聊。

今夜雨连绵，潮湿的日子比起寻常要冷上几分。那雨淅淅沥沥，没完没了地下，吵了一整夜。隔天清晨，雨水浇没了缭绕崇山峻岭的雾霭，天地如洗，焕然一新。

曙光刚现，艾黎就跟着陈鹤川去见那好不容易才找到人的护工赵乌蓝。

艾黎原本以为赵乌蓝是一名形容枯槁、面色憔悴的女人，哪知她的长相极美，眼角眉梢带些可人意，瞧着不过二十六七岁。她的身材丰腴，可谓是珠圆玉润，恰到好处。

单看精致相貌，谁都猜不到她是入过狱的人。

她看过陈鹤川递上来的警员证，目光流露出一点警惕，不卑不亢地问："你们来找我做什么？我现在是有家庭的人，而且那些事情也过去了，不想再有人对我多嘴多舌，议论我的人生。"

艾黎明眸微闪，勾起嘴角微微一笑，意味深长地说："既然你这么介意自己过去的事情，这么害怕人提及，又怎么会那般不小心，偏偏在摄像头底下伤人呢？难道你在医院工作了这么久，不知道推他下去的全过程都会被监控拍到吗？你肯定知道，你不但知道，还有意为之。你既然这么不想坐牢，这么害怕别人提起这件事，又为什么要伤人呢？为什么不处理得干净一点？"

"你想说什么？"赵乌蓝斜睨她一眼，眼尾带点儿风情与凌厉，不是任人拿捏的主儿。

"我想说，十年前，是不是有人指使你去伤温言，让你杀他？"

"胡说八道！"她骂了一声，虚掩上门，露出的半张脸带点趾高气扬的傲慢神色，说，"我现在可是良民，陈年旧事早已入土，你们要是没搜查证或者审讯资格，恕我不配合审问程序；有什么话，也可以去君夜律所找我律师详谈。就这样，不送，再见。"

话音刚落，门就被关上了，两人吃了个闭门羹。

艾黎摸了摸鼻子，啼笑皆非。她几乎是下意识找了能刺激赵乌蓝的话，激怒赵乌蓝，连她都觉得自己有点过分。

她怕陈鹤川责怪，轻轻吸了一口气，小心翼翼地问："陈鹤川，你觉得……我们还能见着赵乌蓝的面吗？"

陈鹤川无奈道："我想，很悬。"

"那我是不是做错了？"

"倒也没错？"

“那是指我做得挺对？”

“对的话……真没看出来。”

“唉！”艾黎泄气，肩膀瞬间垮了下去，带了点懊恼与悔意，可怜兮兮。

这只猫崽子啊……总要让他来收拾残局吗？

陈鹤川忍俊不禁，说：“就算你不话里带刺，她也什么都不会说的，倒不如引她生疑，故意拿这种似是而非的话刺激她。”

艾黎点头，深以为然。

片刻后，陈鹤川说：“带你见一位朋友，我拜托他帮我查了一些资料。”

“资料？”她微讶，不知是惊奇习惯孤身一人行于黑暗的陈鹤川也有朋友，还是他调查的速度如此之快。

还没诧异多久，陈鹤川已一路驱车来到一间深山的洋房。已经是深夜，车灯照亮的地方悬浮着细细碎碎的霜粒子，人仿佛置身浓厚雾气中，分辨不出真实还是虚幻。

那栋洋房白墙红瓦，窗边点着一盏暖灯，有男人站在窗口，居高临下睥睨他们。他的目光犀利而冷淡，像是早有准备，等待不速之客，谈不上友善。

没多时，楼下门开了，入目是一名扎着利落马尾的貌美女人，三十来岁的年纪，脊背挺拔，犹如松柏，像名资深军人。

艾黎思忖着，听得陈鹤川唤了句：“叶殊师姐，深夜到访，实在冒昧。”

被喊师姐，说明叶殊也是刑警。

叶殊笑了笑，说：“你要的东西，我让我先生准备好了。他就在楼上，只是深夜不爱会客，你拿了就走吧，免得被他呛。”

陈鹤川淡淡一笑，不置可否。

唯有艾黎惊诧，楼上的人居然这般大牌吗？这也算是朋友？她不免心里打鼓，略略好奇了起来。

两人刚踩上台阶，就见一名身量颀长的男人行色匆匆而来。

他挑起眉头，不满地道："满身红尘俗世的味道，衬衫上还有四十多岁女人惯有的浓烈香水味，你们两个小时前都见了什么人？可不要带这种味道进我爱巢，玷污我和叶殊行亲密之事的场所。"

"纪零！"叶殊忍无可忍，呵斥一声。

纪零紧蹙的眉头舒展了些，嘟囔一句："你还是喊我先生时比较动听，老公也行。"

叶殊三两步上前，拿了纪零怀中的资料，递给艾黎，说："抱歉，今天不是招待你们的好时候。我先生就这个性格，晚上有入睡气，谁在他睡觉前三个小时打扰他，就能被刺得浑身不自在。"

艾黎干笑："还好、还好。"

拿到了想要的东西，陈鹤川等人便道别离去。

回到车里，艾黎如释重负，问："那人是谁？"

"纪零，调香师，业内有名的刑侦顾问，号称世上最灵敏的鼻子。"他笑了笑，说，"不过不必多接触，这人没人情味。"

"那种人也会有太太吗？不可思议。"

"缘分，就好比我对你一见钟情，也是缘分，说不清道不明。"

"……"那就别说了吧。她暗暗嘀咕。

聊了几句，她才想起怀中黄皮纸袋里的资料。

艾黎拿出来看，原来是些关于赵乌蓝的调查。资料里显示，她在服刑期间突然多了一名多年不曾联系的远房亲戚，他给赵乌蓝那因丧偶而精神失常的母亲提供良好的医疗资源与生活费，替她尽孝，这些都是她此前做护工怎么也掏不出的大额钱财。

丧偶？

艾黎脑中灵光一闪，再往下翻看，突然头皮发麻。

赵乌蓝的父亲死于心脏病发作，就在千羽会所内！那天晚上，她的父亲和一名温姓男子洽谈合作，因心脏衰竭不治身亡。

这温姓男子，说的可不就是温言？！

若是艾黎不知道温言和郑美怡之前做的龌龊事，她会联想到赵乌蓝蓄意谋杀吗？不会，所以当年没有人知道赵乌蓝有杀人动机，判她过失伤人，确实合理！

艾黎一下子想到了那个阴沉的男人陈浩然，难道说，将温言送到赵乌蓝手中，也是他刻意为之？

赵乌蓝作为家属，一早便怀疑父亲的死是温言见死不救，再看父亲死前签署的合同，怎么想怎么觉得怀疑。

她是被温言害得家道中落，流离失所，自然要报仇雪恨。

陈浩然必定是知道了温言所犯下的事，所以才寻到赵乌蓝，要她演绎一出天衣无缝的戏。只要她顶罪，伤了人，不出两年便能出狱。届时，他给她一定的钱财作为补偿，保她衣食无忧，她会不会答应呢？

既能复仇，又能安排好母亲，一举两得的美事，何乐而不为？也就是在这个时候，赵乌蓝下定决心，答应这个企图杀害继父的男人的吧？

被自己的儿子害死，这是多么可悲可笑的事情。这等滋味，她定要让温言尝一尝。

艾黎等不了，必须再见赵乌蓝一面。

她用手掌敲响了赵家的门，敲了半天，终于把这个龟缩家中的女人逼出来。

赵乌蓝不耐烦地喊："小心我报警！"

她似乎想到陈鹤川就是警察，自嘲一笑，又改口："到底有什么事？不是说了，找我律师就行！"

艾黎咬了咬下唇，说："有事，真的有事，就聊这一次，之后绝不找你！"

赵乌蓝狐疑地看她一眼，不知这个女人葫芦里卖的什么药。

行吧，就最后一次。赵乌蓝换了衣服，背着丈夫和两人约着去楼下咖啡厅小坐。

一入包厢，她便开门见山，问："到底有什么事？"

艾黎眸光坚毅，笃定地说：“你被陈浩然当枪使了！”

“嗯？”赵乌蓝没反驳她认识陈浩然，也没承认她和他有关系，就这么淡定地看着两人，置身事外，仿佛他们在说别人的故事。

“害死你父亲的人，不止温言，还有郑美怡！千羽会所的老板曾告诉过我，你父亲心脏病发作的那天晚上，待在屋内的人除了温言，还有郑美怡。老板看到郑美怡将塑料手套和染着红印泥的纸巾丢弃，郑美怡为什么背地里丢掉这些呢？想来也是为了防止警方怀疑，是做贼心虚。他们两个狼狈为奸，极有可能是害死你父亲的凶手！而你，被陈浩然引导，替他背锅，害死温言，白白丢失了两年的人生。”

赵乌蓝的眸中有水光涌动，她愣怔许久，苦笑：“现在说这些做什么？我现在有丈夫，有美满的家庭，不是挺好的吗？”

是啊，现在说这些有用吗？

她出狱了，服刑期间已经赎罪了，现在说这些事情，还有用吗？

过去的伤痛便让它过去吧，经受法律的洗礼，人还得朝前看。

艾黎多说无益，跟着陈鹤川浑浑噩噩地走出包厢。

她几乎是下意识点开陈浩然的手机号码，那头“嘟嘟”两声响，很快有人接起：“艾黎小姐？找我有事吗？”

对方一副风轻云淡的语气，仿佛不惧任何风雨。

他早就料到自己会无功而返了吧？！

当初的温酒是不是也料到会有这样的结局，拿陈浩然全无办法，又愧对父亲，夹在兄长与父亲之间左右为难而选择自杀的呢？

她的舌头僵硬，讷讷开口，声音犹如机器：“我们查出赵乌蓝的父亲了，他是你父亲害死的。你父亲想要让她父亲签署合同，见他心脏病发作，和你母亲一起握住他的手，按到红色印泥里，再签下合同。他们这样做，导致错过了最佳治疗时间，酿成惨剧。郑美怡和你的继父温言是杀人凶手。你就是知道郑美怡是温言害死的，所以才会对温言心怀恨意，将温言交到赵乌蓝手中，再给赵乌蓝钱财补偿，让她假意过失伤人，杀害温言。与其让警方没完没了地查下去，发现她的身世，倒不如让监控录下一切，证实是过失杀人，能从轻发落，这是你向赵乌蓝提议的！你并不是孙妍口中所说的毫不知情，你一早便知道郑美怡的死，所以才知道她的藏尸处，将人重新埋葬，拾掇妥当，又囚禁了孙妍，为母亲复仇。”

那头听完这些，突然低低笑起来，笑声肆意而狂妄，说：“诚如你所说，我回国后，发现我的母亲有异样，用开水试探她，烫得她尖叫。我从她口中得知了温言杀我母亲的真相，找出我母亲藏尸处。再出于报复的心思，除去她的舌头，让她成了真的哑巴。最后，我联合肯为我卖命的赵乌蓝，杀死我的继父。”

“对，就是这样。”

“你有什么证据呢？没有证据，又如何证明这一切呢？艾黎小姐，你是不是太天真了？单凭千羽会所老板那模糊不清的记忆吗？十年前的事情，她真的能记得那么清楚吗？赵乌蓝的事情早就解决了，十年过去了，你们没有权力再追查此事。这么多年过去，那个千羽会所的老板对于这么多年前发生的事情早记忆模糊了吧。她是不是受贿于你，所以才被你授意说出那些话呢？我爸的死只是一个意外，而我妈的事情，我毫不知情，白养了孙妍这个小三这么多年，仅此而已！”

冬日的风果然残忍凛冽，呼啸而来，犹如呜咽的哭声。

艾黎张了张嘴，似想讽刺他，又想讽刺自己。她像一只被戳到短处的刺猬，浑身竖起尖刺：“你的弟弟温酒，你还记得吗？他当初是不是也听了你这番话，情绪崩溃，爬上天台，和你说了再见，然后纵身跃下呢？他是不是也如我现在这般绝望，不肯相信自己哥哥就是杀父仇人呢？你为什么要逼得自己兄弟反目？听谢之雪说，温酒年幼的时候总是哥哥长哥哥短地叫你，整天粘着你、护着你吧？他也是人高马大的男人，关系亲昵到有机会拿你的外套，却不忍对你下杀手，而是选择了自杀。你愧疚吗？你回头看过他吗？你这个懦夫，敢向他道歉吗？！”

“你闭嘴！你懂什么？！我和你没话说，不必拿这些话激我！”

“陈浩然，你记住！不是只有你有父母，温言对于温酒而言，也是血脉相连的父亲！”

“嘟嘟……”那头挂断了电话，四周陷入死一般的静谧。

艾黎眼眶红红的，像是一只双目赤红的小白兔。

陈鹤川瞧得心疼，对她张开怀抱，温声说：“过来，让我抱抱你。”

此时此刻，也只有他肯全无芥蒂揽她入怀了。

艾黎扑到陈鹤川温暖的怀抱中，像个孩子似的哭出了声。

第十一集

艾黎撕心裂肺哭了一场后，就变成了小哑巴。

她被陈鹤川裹在既长又厚的土黄色羊毛毯中，壁炉的火光跃动，烧得人眼猩红。她就这样看着跳跃的火光，直到手里机械地接过陈鹤川递来的红枣姜汤。

陈鹤川说："天冷，脸上都是眼泪，被风吹着受寒了，喝点烫的暖暖身子。"

艾黎不肯喝，径自发呆。这是她第一次失败，之前的案件调查虽然困难，可好歹都有结果，哪像这次，白忙活一场，还惹恼了陈浩然，打草惊蛇。

什么坏处都得到了，偏偏没见着好处的影儿，得不偿失。

陈鹤川一边翻阅书籍，一边等她想通。

他时不时插上一嘴："你要知道，并不是所有努力都能获得好结果。很多事情，并不是你想，就能做到。"

艾黎喝了几口姜汤，回魂了，有力气和他龇牙咧嘴地辩论："那就不该努力，反正没有好结局，多伤心呀！"

"你若是不做，永远都不可能成功，倒不如赌一赌。赌上了，是你的运气；赌不上，是命，得认。”

“不甘心啊。”

“这世上，有几个人是甘心做事的？”

艾黎叹了一口气，问：“那我该怎么办？”

“凉拌。”

“说正经的！”

“别往下查了，我们耗不起这个时间。”

艾黎目瞪口呆，问：“我们查了这么久，就这么算了？”

“温酒可能比我们查得更久，可他选择了自杀，这说明什么呢？说明这是一个死局，十年的时间，足够陈浩然消除一切痕迹，所以他才有恃无恐地祭拜温酒，赤裸裸展现他的愧疚之意。我们该负责的不是这些事，我们要查白芷的去向，要抓住这个女人，然后逼萧逸告诉我们赵泽阳死因的线索，这才是我们分内工作，不要本末倒置。”

“可温酒……白死了！”

“他是自杀，不是他杀，这不是一起谋杀案，轮不到我们来管！”

艾黎突然哑巴了，泄气了，像被扎了孔的气球，失去了所有赖以生存的空气，仅剩皮囊，服服帖帖摊在沙发上。

这个世上，坏人不一定早死，好人也不一定长生。

陈鹤川拧了拧眉心，说：“我把现在查到的资料都发给了谢之雪，其余的事情，让她继续查吧。叶殊师姐说，赵乌蓝的母亲被远房亲戚接济，有了好大一笔钱看病。假设这笔钱是陈浩然给的，你有没有想过，他一个没有继承家业的继子，哪来的这笔钱？”

艾黎如梦初醒：“我记得，温言死之前，陈浩然就从生父那里分到了家产，不用再受温家的经济控制。他迫切地想要分到遗产，是不是就是为了害死温言？陈鹤川，我想继续查，我想查查看赵乌蓝的那个远房亲戚，想知道他是出于好心给赵乌蓝的母亲治病还是听从人的命令。我不甘心让陈浩然逍遥法外，恶人就该下地狱，好人就要长命百岁。我傻，认死理，你帮帮我。”

陈鹤川看着这样执拗的艾黎，有些动容。他抿唇，思忖许久，点了点头：“你想查，我陪你查吧。”

夜幕降临，不远处灯光璀璨，车水马龙，川流不息。繁华的都市，鲜少有灰暗时刻。

艾黎拢住了羽绒服，昂首阔步，朝前走去。纪零给她的资料里有赵乌蓝那个远房亲戚赵椏山的相关信息，正好为她所用。当年也有辖区警察怀疑赵乌蓝的伤人动机，曾关注过她家的动静。可惜她父亲是正常死亡，没人关注。他死前和温言密谈过的事被瞒得密不透风，没几个人知道，警察自然也想不到这层联系。

这一夜，艾黎和陈鹤川聊了很久，说了她与赵泽阳的故事。那是她见不得光的父亲，是照亮她人生夜路的月亮，虽没有太阳明亮，也没有日光温暖，甚至是冰冷残酷，毫无人情味的。然而父亲就是父亲，于她而言，是雏鸟困乏时能飞入的山林，是孤独之鲸迷路时能回的海湾，是她对于家的所有念想。

长途车上，陈鹤川主动问起：“赵泽阳才养了你几年，你就对他感恩戴德，那我呢？我也养育过你多年，你对我是什么感觉？”

艾黎愣了一秒，腹诽：他是指，他们俩青梅竹马一起长大吧？

她思忖一会儿，侧头望向窗外。天色很暗，冬日冰寒，不远处的山峦已被夜色笼罩，山尖尖略有苍白积雪，像是圣代上那一层炼乳。天尽头不是如墨的黑色帷幕，而是捎带了点紫红的云层，隐隐透着光。车窗倒映出陈鹤川那冷峻的脸，他的眉骨很硬朗，眉峰高耸，眼窝很深。暖光装点他的剑眉星目，五官立体明晰，令人印象深刻。

小时候，她不喜欢陈鹤川。

她总觉得陈鹤川这样的人，腹中有坏点子，能忍敢做，不好招惹。

她事事都在他的掌控中，无论发生什么，总会第一时间被这个男人知晓，毫无秘密可言。

青春期的少女，总是叛逆的前锋选手。面对如此强大的对手，她先是奋力抵抗，继而百般厌恶。

艾黎对陈鹤川，可不一直都是这样？

她摸了摸薄如馄饨面皮的脸颊，颇为不好意思道：“我从前……挺讨厌你的。”

“一直都很讨厌吗？就没有一刻，对我有一丝好感？”闻言，陈鹤川并不失落。他的指尖在膝上轻轻敲击，发出窸窸窣窣的声响。

艾黎茫然无措，不知道该怎么说。

她那时候虽然害怕陈鹤川，倒也不是很讨厌他。

艾黎本能知道这个男人对外阴狠，却不会对她做出什么实质性的暴行，否则她也不会离开陈家后，还透露自己的行踪了。

他是她口头上的哥哥，为兄者护妹，人之常情。她逃跑，不过是不想要他的恩赐与关怀，不要他像护着亲妹妹一样给她便利。

艾黎想到了很久以前，每当陈鹤川生日，她会在他房门口逗留一秒，紧握住拳头，按捺自己上前祝贺的想法。不能和他说生日快乐，这是一种示好的方式。

艾黎又想到了高中学业紧张的时候，陈鹤川总找借口说自己寻到了些高中课堂笔记，留着也没用，丢她看看。艾黎接过书一打开，所有书籍都是她偏弱的科目，书里记满了字迹清秀的笔记。再看一眼出版日期，根本不是陈鹤川上高中时期用过的书，是近年出版的。他分明是担心她的学业，特地通宵达旦赶出了这些教学辅导书，教她学习。

她仔细想了想，从前有那么多微末小事，她都承了陈鹤川的情。说她讨厌他，实在是说不上。女孩讨厌和喜欢也就是一念之差，说不准的。

艾黎嘀咕：“可能也没那么讨厌，就是不知道该怎么面对你，所以一躲再躲。”

陈鹤川凑近了，挨着她乌黑发亮的头发，细细嗅了一口，暧昧地问：“那你知道，当初我见你总躲着我，有多伤心吗？心里有多难受吗？”

“我怎么知道……”

“你既然不知道我有多伤心，摸摸我心口，不就知道了？”他这话说得面不红心不跳，扣住艾黎的手腕就往他的毛衣领口上按——那一处的胸膛裸露在外，肌理油光水滑，线条流畅，皮肤滚烫。静置几秒，还能感受到皮囊之下隆隆如火山喷发的心跳声。

艾黎脸都涨红了，蜷缩起手指，挣扎着抽离。

陈鹤川不肯，脸皮比城墙还厚，随便艾黎怎么瞪他都不松手。

这厮哪是想让她看看他的伤心处啊！他分明……分明是想伺机调戏她！

陈鹤川从喉间发出短促的一声笑，既轻又沙哑，极有磁性。

艾黎听着他低低的笑声，心猿意马，有点意动，一时间忘记挣脱手腕。片刻后，她又窘迫于自己太好被蛊惑，被陈鹤川勾引，感到羞涩，奋力拽回手腕。

陈鹤川总算肯松手了，艾黎忙不迭将左臂护到怀中，防止他的恶行再犯。

车到站了，这里是北都，和南都所在的方向截然相反，相隔千山万水。

他们来此地是为了寻赵椏山，那个赵乌蓝母亲的远房弟弟，早就出了五服。十年前的赵椏山二十二岁，现如今才三十二岁。他年龄小，又不是长辈，怎么想到救济同辈的可怜姐姐了？他年纪轻轻，不过大学刚毕业，又如何掏得起那么大笔的医药费？这些都是显而易见的疑点，似装着水的塑料薄膜，脆弱得不堪一击，只要一碰，秘密便会从中源源不断流出来。艾黎迫切地需要那根刺破薄膜的针。

一入北都，陈鹤川便拿着赵椏山与赵乌蓝母亲的合照，四处打听。

北都很小，祖上几乎都沾亲带故，对门邻里都有可能是远亲，随便一问，便有了结果。赵椏山还居住此地，开了间饭馆，生意不错。

他们伪装成寻常客人登门拜访，赵椏山围着白净的围裙，正在厨房忙活。旁边的客人亲切地称呼他“阿山”，围炉喝酒吃肉，气氛温馨。

陈鹤川要了一杯度数低的梅子酒，小声对赵椏山说：“老板，你认识一个叫陈浩然的人吗？”

赵椏山一下子变得警惕，低语：“你是哪位？”

“我是赵乌蓝的朋友，想来问你一些事情。”

“不好意思，我不认识陈浩然。”赵椏山垂头，冷淡地说。

“是吗？”不知那话是真是假，陈鹤川点了菜，和他耗着时间，吃到饭馆关门。

第一天没收获，艾黎两人隔日还来吃，就这样从早坐到晚，一直监视赵椏山。一连七天，对方实在忍不住了，问：“你是谁？有事吗？别像贼一样监视着我！”

陈鹤川听得好笑，虚虚斜他一眼，反问：“监视？我不过是像个常客，天天来你家饭馆吃饭罢了，又怎么叫监视呢？你注意我，只是因为做贼心虚吧？”

赵椏山哑口无言，回厨房做菜。

艾黎也纳闷：“这样天天盯着他做菜，有用吗？”

“有用。”陈鹤川笃定道。

“啊？有什么用？我怎么看不出来？”

“他有事瞒着我们，不然不会怕我们天天来饭馆吃饭。假如你是餐厅老板，一名客人和你打听一个人，你说了不认识后，他天天来店里吃饭，你只会庆幸多了一名能让你赚钱的常客，而不会劈头盖脸质问他来饭馆的目的。很明显，这个人心里有鬼。”

“即便知道他有鬼，又能怎样？”

“有鬼就说明底下有秘密，和陈浩然有关，否则他也不会听到这个人的名字就乱了阵脚。”

说得在理，艾黎连连点头。

要寻到赵椏山和陈浩然的关联，也就是十年前他们究竟有没有见过面，那笔钱究竟是不是陈浩然转交给赵椏山，让他以亲戚身份救济赵乌蓝母亲的。

艾黎上网搜赵椏山的名字，带上关键词北都，一无所获。

她百无聊赖地翻了翻赵椏山的资料，上面对于他的简介只写了一句：北都大学毕业生。

读过大学啊……

她若有所思，掰开手指，估摸着数了数，那是距今十年前的事情。

要不要去北都大学看看？

翌日清晨，艾黎和陈鹤川驱车前往北都大学。北都大学是本地知名的重点大学，位置并不在北都镇内，而是在市内。

陈鹤川出示证件后，很快便有工作人员领他们到秘书处等待负责接待的主任。

来的人姓白，唤他白老师。见面无非是客套和闲聊，你来我往打半天机锋才切入话题。

陈鹤川算着赵椏山的年龄，对白老师说："我想了解一下2008年以及2009年的毕业生名单，麻烦您调出来给我看看。"

2008年和2009年用的已经是电子档案，学生信息应该都有保存在电脑内。

白老师怕此事牵涉太大，不敢贸然行动，反问："请问，您是想找什么人吗？"

陈鹤川也不想让他难做，斟酌了会儿，说："也不需要全部学生的名单，白老师就帮我查一查赵椏山这个人吧。"

"好，您稍等。"白老师出了趟门，大概两个小时后，带着一份打印件回来。

他一边翻动文件，一边说："因为年代太久远了，多的信息找不到，我手上只有这些。"

艾黎道了谢，接过那些资料。她抬眸，却见白老师深深看她一眼，欲言又止。

“怎么了？白老师有什么话想说吗？”她不解地问。

“其实，我当时是这个班的辅导员。班上曾经出了一起不大不小的事情，和赵椏山有关。”

陈鹤川饶有兴致道：“哦？愿闻其详。”

“就是他们毕业那年，寒假的时候，留校学生不多，赵椏山半夜避开宿管阿姨，偷偷摸摸潜入女寝，不知是偷窥还是侵犯自己班的女同学。那女孩被吓得够呛，当下逃出来，还报了警，说他是性侵未遂。可赵椏山不承认，他说两个人是男女朋友关系，是那名女同学发短信喊他去女寝，并且告诉他，室友都外出实习，寝室就她一个人。为了防止短信被人看见，她还特地帮他删除了，所以没留下任何证据。”

这种时候，你是相信无辜女孩的眼泪，还是陌生男人的辩解？

艾黎忍不住问：“后来呢？”

“本来他性侵的事情证据确凿，要报案留案底的。我校是百年老校，不太可能自毁名声，不会隐瞒犯罪事件。然而事情发酵了两天，那女孩不知道怎么了，又承认自己和赵椏山是地下恋人关系，不过是发生争执，这才一时气愤想诬陷他。大家虽然疑心是赵椏山的家庭对那女孩施压，逼迫她改口，但在当事人都愿意和解息事宁人的情况下，其他人便什么都没说。校方批评女孩的行为，再做些公关措施，这事也就压下了。”白老师不无庆幸地说，“幸好这事不是发生在现在，否则我校形象被那些好事者一搅和，肯定大打折扣。”

这么巧吗？这件事正好发生在十年前？女孩起初要指证赵椏山，后来又为什么改口呢？是一场闹剧，还是事出有因？如果背地里帮助赵椏山的人是陈浩然，这算不算一个“逼赵椏山协助他给赵乌蓝母亲打款”的把柄？

艾黎问：“那女孩是谁？能给我她的资料吗？”

“你们找她有事？”

“只要事关赵椏山，我们都想查。不如，你把这个班的同学信息都给我一份，我一个个联系吧。对了，他们肯定有预留自己的手机号码吧？”

白老师呆了一秒，嗫嚅：“有是有，可这是不是不太好？”

“有什么不好的？警方提出的要求，白老师总不会拒绝吧？”艾黎笑眯眯地搬出了陈鹤川的名头，后者无奈地摇摇头。

白老师咬牙，照做。当务之急是赶走这两尊大佛，与其纠缠不清，不如任其予取予求，这样至少能打发个干净，再也不见。

艾黎捧着一大摞文件，心里凉飕飕的窟窿仿佛一下子被成堆的坚果填满。她啊，是这个冬天最幸福的小仓鼠。

陈鹤川见她一副小人得志的嘴脸，无可奈何，问：“案件有了进展，你就这么开心？”

“开心啊，怎么不开心？一想到陈浩然吃瘪的样子，我心里就痛快。”

陈鹤川嘴角噙笑，心道：日后可不能随意得罪她，这可是睚眦必报的姑娘。

回宾馆后，艾黎根据十年前的预留号码，逐一给赵椏山的同学打电话。

毕竟年代久远，有些手机号码已经废弃许久，有些还能接通。抽奖似的，排除了没用的号码，从有效的手机号里，一个个联系同学。十年，时光变迁，爬到社会高位的人凤毛麟角，更多的是踏上平凡之路，临摹父辈淳朴平安的人生轨迹。

艾黎把同学们的名字用字母简写标明，重要的话则由陈鹤川执笔记录入册，再用录音笔辅助录制证词。

A同学：“赵椏山？林珑？哦，他们两个啊，就是那对打闹的情侣？这个事情我没关注那么多欸，我大四就开始在自家公司实习，很少返校的。”

B同学：“林珑，我记得呀。她睡我上铺，她人缘不太好吧，反正和我关系很一般。其实我没见她和赵椏山谈过恋爱，我不知道的。”

C同学：“你说林珑？毕业季的时候，我和她在同一个公司上班呢。我记得她呀，她好像有男朋友了吧。哦，你说赵椏山？她男朋友不是赵椏山呀！我明明看见她和其他男人约会。我其实是觉得赵椏山真的有性侵行为，女孩子嘛，家里人要脸，肯定会让她息事宁人咯。他们如果真是男女朋友关系，那她就是劈腿，也不是什么好人，不过是仗着脸好看为所欲为的花瓶。”

…………

艾黎听出了猫腻，着重询问C同学细节。

对方加了艾黎的微信，和她闲聊：“林珑的男朋友长什么样？”

C同学：“我不认识，反正不是我校的学生，他有点像那个……《恶作剧之吻》演入江直树的那个演员柏原崇。我就见过林珑和她男朋友两三次吧，都是在实习公司附近的餐馆吃饭。她男朋友长得很帅，没想到这么帅的人，遇到了她这种劈腿的女人。”

艾黎：“你对她男朋友有过想法？”

C同学：“我没有啦，就是不甘心。那时候女孩子不都有这样的通病吗？见到帅的男生，就会议论他女朋友的通病，这就是青春。说起来，林珑那个事情应该连她之前的男朋友都知道了吧？自从林珑说和赵椏山是男女朋友关系后，她男朋友再没来找过她了，可能是知道她水性杨花，所以分手了。”

艾黎如梦初醒，问：“如果你现在看到林珑男朋友的照片，还能记起来吗？”

C同学：“可以，我对他印象很深刻。”

艾黎抿唇，给C同学发了一张陈浩然的证件照，问：“你见过这个男人吗？”

等了很久，那边才回复：“啊！这不就是林珑男朋友吗？我可能记得不太清楚，但应该是他！”

艾黎本以为林珑的案件可能只是一个巧合，或许真的是她做错了，哪承想，林珑和陈浩然真的有关系，而且关系匪浅！

这一切，是不是陈浩然的诡计？

他通过林珑，勾引赵椏山，创造出一个把柄，然后逼赵椏山去救济远房的亲戚？

那么，林珑又为何答应他呢？只是因为男女朋友关系？应该不止这么简单。

艾黎深吸一口气，慢条斯理地问："你知道林珑现在去哪儿了吗？"

C同学："抱歉，我不知道。她在毕业后就辞职离开那家公司了，后来几年的大学同学会也没参加过，赵椏山也没参加。有传言说，林珑出车祸死了，我们还挺唏嘘的。也有人说，她出国了，在美国拿到了绿卡，待国外不回来了。"

艾黎："班里有其他人和她关系比较好的吗？"

C同学："没有，她长得挺漂亮，总是独来独往。对了，她好像是外地人，家里挺穷的，据说大学学费还是助学金分期付款才交上的。大一的时候，还有同学说看到她在夜店里兼职，也不知道真假。"

也就是说，大学时期，所有人对于家境贫寒的林珑都恶意满满。

在这样荆棘丛生的学院地狱里，究竟会塑造出怎样的女人呢？

艾黎突然想多了解了解她。

第十二集

等陈鹤川与艾黎回到赵椏山的饭馆已是深夜，赵椏山正收拾东西，准备打烊。

漫天星辰，陈鹤川与艾黎披星戴月而来，将赵椏山堵在了门口。

他见来者不善，刚想叫喊，就被陈鹤川一份警察证堵住了口舌。

“警察找我……有事吗？”赵椏山缩了缩脖颈，颇为不自在。

陈鹤川却淡笑，说：“赵老板家热过的梅子酒味道最好。”

言下之意是：回店里，温一壶酒，我们几人促膝长谈。

赵椏山咬了咬牙，也不想在店门口惹人怀疑，撩帘进店，待他们都进了门，这就小心翼翼阖门，只点了厨房里的一盏白炽灯，豆大的亮光。

陈鹤川环顾四周，看他在灶上煨着梅子酒，轻声说：“我听人讲，老行家的厨房是不随意让人进的，就怕是内行人偷偷来取经，偷了秘制酱料的秘方。”

赵椏山不欲多言：“是有这种说法。不过，警官，今天别说这事了，您能直接说清楚，你们蹲了我这么久，究竟有什么事吗？”

“我们是来偷你的‘秘方’的。”陈鹤川意有所指地说。

艾黎不喜欢打哑谜，不像陈鹤川一样喜欢玩心理战术，借以迷惑赵椏山。她直接开门见山，说：“我们去调查了你大学的事情，你在大学最后一年，曾出过性侵同班女生林珑的事件。对方开始斩钉截铁说是你侵犯她，过了两日又改口，其中有什么猫腻，你自己心里清楚吧？”

赵椏山看到聊天证据，听了许久不曾见面的同学们的录音，一下子乱了阵脚，险些打翻滚烫的梅子酒。

还是陈鹤川三步并作两步上前，抬手抓住了酒盅的瓷手柄，这才扶稳了梅子酒。他神情略带一点抱怨，道：“落过地的梅子酒，可就不好喝了。”

赵椏山负隅顽抗，说：“我听不懂你在说什么！”

“我们是通过另外一起案子，寻到你头上的。十年前，你曾经给赵乌蓝的母亲打过钱吧？几乎每个月都汇款，合计的总款不少。那时，你只是大学刚刚毕业的学生，哪来那么多钱？又怎么会突然想起救济远房亲戚？还是在赵乌蓝因过失杀人入狱的当口，悉心照顾她的老母亲，让她安安心心接受改造？你有没有想过其中的猫腻？你会不会被人当棋子用了？赵乌蓝杀的人，可是林珑男朋友的父亲啊，怎么这么巧，林珑刚讹上你，她男朋友的继父就死了？然后你就插手这桩案子，给赵乌蓝的母亲打钱，让她安心？赵椏山，你就是个猪脑子，你也该想出其中的蹊跷了吧？”

赵椏山被骂了还没反应，听完这些话，汗如雨下，脊背发寒。

他也想知道啊，怎么就变成这样了？

艾黎步步紧逼，仍是笑道：“你好好想一想吧，现在警察都盯上你了。你如果只是被林珑威胁，当年的你害怕留案底不好找工作才妥协，那的确没办法。可现在是十年后了呀，你做生意，开饭馆，自力更生，什么都不需要怕的。你老老实实说出真相，协助警方破案，有功劳在身，又是被欺骗的受害人，我们不会为难你的。你何必为了他们，而保密呢？他们是有命案在身，和你不一样的。如果等到我们查出林珑的事，你就是包庇罪，是共犯，那时候才要严惩！你没理由为了一些外人，毁了你一生！”

艾黎拿出了陈浩然的照片，让赵桠山瞧个清楚：“是不是他逼你干的这些事？我们都查到这个份上了，事情早晚会水落石出。你好好掂量吧，早点说，只有好处没有坏处的。”

赵桠山见到陈浩然的照片，有一瞬的恍惚。他咬了咬牙，发了狠似的说：“对，现在我是生意人，我也不怵他。就是他逼我的，都是他逼的！他让我担惊受怕这么多年，也该结束了！我说，我全都说！”

“好样的。”

赵桠山关了饭馆，和他们回家，仔仔细细翻了一通，拿出自己的存折，摘要里写得清清楚楚有关转入和转出的钱。在十年前，有一大笔钱转入他的存折，之后每个月，存折都显示转出两万到别人的账户，现如今余额不足一万。他手里还有转入赵母户头的银行票据，根据日期排序，没有遗漏任意一张。

赵桠山存着这些，是为了等待有朝一日能够把事情说清楚吗？

陈鹤川道：“银行的会计凭证能保存十年到十五年，如果他是转账到你存折账户，即使是匿名转账，银行也能查。他花钱买凶的证据确凿，跑是跑不了了。”

艾黎问：“十年前，究竟发生了什么事？”

赵桠山说：“十年前，我读大四，寒假前夕，同学们在校外小聚。成年人喝点酒，实属寻常。我喝多了，吐了满地。那个叫林珑的女同学和我搭讪，说对我有好感，给我买了止吐药。当天晚上，还给我发短信，说女寝室没有室友，她有要紧的话想和我说，希望我能避开看守寝室的阿姨去一趟。我以为是‘那种情况’的暗示，少年人血气方刚就过去了。到了寝室，她说怕被人发现，删了我的短信以及聊天记录，还有她的。我刚想做些什么，她就疯了似的跑出寝室，大呼小叫说我想侵犯她。后来的事情，你们应该也知道了。没几天，你照片上画着的那个男人找上我，希望我答应他一件事，之后他会帮我摆平林珑。我才读完大学，害怕留案底，没法工作，被逼无奈只能答应了。我怀疑他是想借我的账户洗钱，就留着这些东西，想着有朝一日自证，咬死了是他指使的。可过了十年都没人来追责，我以为事情已经过去了。”

接下来的事情，就很好解释了。林珑不知为了什么，肯帮陈浩然搞这样一出大戏。陈浩然目的达成，拿钱和赵乌蓝交易，各取所需。赵母安排妥当，杀父仇人也给了赵乌蓝，剩下的，就等着赵乌蓝听从安排下手了。赵乌蓝怕警方怀疑上陈浩然，所以明目张胆在监控下行事，留下过失杀人的罪证，实质上是谋杀！

艾黎怕夜长梦多，当天晚上是在赵桠山家守着他睡的。陈鹤川看她上下眼皮子打架，无奈道："你睡吧，我看着人。存折和票据都在我身上，跑不了。"

"好，那我睡一下。"她乖巧地伏在陈鹤川的膝盖上，没几分钟便陷入梦乡。

第二天，事情办得顺利。银行确定转账人是陈浩然，艾黎和陈鹤川拿到了他花钱买凶的关键罪证。毕竟再怎么善良，也不可能花费钱财去养杀父仇人的母亲，特别是明面上，他还告了赵乌蓝。

所以，结论只有一个：他和赵乌蓝联手谋杀温言。

陈浩然为什么要杀继父？他的杀人动机必定是他知道了母亲的死因。由此可以判断出，他知道郑美怡和温言结婚的秘密，所以找上了赵乌蓝，请她为父报仇。后来，陈浩然出于报复囚禁了披着郑美怡皮囊的孙妍，而温言死于他和赵乌蓝联手策划的一场谋杀。

警方逮捕了陈浩然，见到罪证，他倒是毫无抵抗，说出的事实与推断结果一致，此事便告一段落。

原来，孙妍说谎了。

陈浩然早就察觉母亲的不对劲，疑心她是另外一个人，哑巴也是装的。于是，他故意把开水淋到孙妍的手背上，烫得她一个激灵，尖叫出声。

孙妍惊恐地捂住了嘴，望着眼前的少年，仿佛在看一个怪物。

阳光下的陈浩然发间隐隐有光，脊背微弓，瘦骨嶙峋，仿佛一只嗜血的野兽。他就这样看着她，微微一笑，问：“你是谁？你不是我妈。”

不是疑问句，是肯定句。

她的假面早就被他揭穿了。

之后，孙妍的舌头受损，成了真的哑巴。她看着病房内一脸担忧的一对父子，突然感到彻骨阴寒。究竟是谁害她变成这样的？是伺机报复的小子，还是本性暴戾的老子？

不、不，或是他们联手！

孙妍想逃跑，她装病，企图逃离这个硝烟弥漫的战场。

父子俩都应允，送她去疗养院，把一切往事都封入她的口中。

再之后？

之后温言死了，她被囚禁在疗养院里，叫天天不应，叫地地不灵，早晚也会死。

可她的女儿怎么办？她得看看自己的女儿啊！没有了温言的庇护，她的女儿会不会死路一条？

这些事，在她看见陈鹤川和艾黎的那一刻发生了变化。

只要依赖这些外人，她一定能逃出生天！

记忆和现实终于接轨，由一条纽带连接在了一块儿，绘制成平凡的人生之路。

此时此刻，一切事情尘埃落定。

艾黎松了一口气，却见一侧的陈鹤川缓缓拧起眉头。

她不解，凑上去问：“怎么了？”

陈鹤川将一张证件照复印件递给她，再把萧逸给的那张合照丢到她的怀中，郑重地说：“你自己看吧。”

艾黎心中不安，接过两张照片，一对比，突然目瞪口呆。

林珑的照片和假的白芷，不，应该是和披着他人皮囊的真白芷逐渐重叠在一块儿，变成一模一样的秀丽美人。

天哪！这究竟是怎么回事？！

和白芷互换人生的人，居然就是林珑？！

而此时此刻，林珑已死，白芷偷走了她的人生！

艾黎的胸口沉甸甸的，手背起了一层鸡皮疙瘩。她的胃隐隐作痛，胃酸忽上忽下涌动。她突然捂住嘴，扶着洗碗池吐了，不知是压力太大，还是受到了惊吓，她没由来地吐了个昏天黑地。

林珑是陈浩然找上的帮手，怎么和白芷有联系？

白芷不是一直在逃跑，害怕被陈浩然和他哥抓回去吗？这是巧合吗？还是阴谋？

艾黎想到陈浩然认罪时阴冷的笑容，通体发寒。他还有秘密吧？他在嘲笑她吗？笑她的自不量力。

你感受过绝望吗？你感受过那种被人扼住咽喉的感觉吗？幸亏歹人没捏紧，她尚有一丝喘息机会，奢望在这个红尘俗世里活得更久。可现实仍旧残酷冰冷，不会因为人的热血柔肠变暖分毫。

艾黎就要在这样的世界里负隅顽抗，博取一线生机。

艾黎呕吐后脱水昏迷，因为她的体质太差，又遭受巨大惊吓而引起了身体不适。

医生给她挂了点滴，是葡萄糖，用来补充能量。

恍惚间，艾黎又看到了十三岁那年，赵泽阳给她买的生日蛋糕。

那是一个草莓蛋糕，纯白的植物奶油，上面平铺一层鲜红草莓，加上几片青翠的绿叶作为点缀，十分清新。

艾黎却全无食欲。她对草莓过敏，这一点却从未对赵泽阳说过。以她的身份，不能任性撒娇，也不能提要求。她不想丧失微乎其微的父爱，不敢犯下任意一点小过错。

她笑盈盈的，内心喜悦，因为她的爸爸记得她的生日，还给她庆贺生日。这是艾黎世上最亲的人，她的家人。

后来，赵泽阳走了。

艾黎感到不安，这点不安随着时间的流逝，逐渐转变成绝望。

她看着草莓蛋糕，意识到：它已经不是一个蛋糕了，它是赵泽阳生前留给她的遗物，吃了就没有了。

所以，她不能吃，饿死都不能吃。

亲情与关爱比她的命还重要，是唯一能验证她存在于世的证据。

脑中浮想联翩，她又看到了其他人，是个身材高大的男人，抑或是少年，总之比她年长，有一双纤细温暖的手。那双手骨节分明，五指纤长，捻物时姿态优雅。

这样好看的一双手，居然把她那双冻得通红、满是冻疮的小手裹到掌心里，细细地搓，缓缓焐热她的肌肤。

他是何等温柔的人啊！

艾黎抬眸，逐渐看清了男人的样子。

他有天底下最美丽的皮囊，眉眼狭长，一颦一笑，风华绝代。他叫陈鹤川，今后是她的异姓哥哥，是护她、宠她的人。

自赵泽阳死后，艾黎终于又找到了家人。

她甜甜地笑着，小梨窝若隐若现。她慢慢睁开了眼，入目便是握住她手掌的陈鹤川，她嘴角噙笑，低低唤了一声：“陈哥哥。”

她没喝水，嗓音哑不成调。陈鹤川还是听到了，轻轻吻了她的眉心，回应：“你醒了？下次先照顾好自己的身体，不能总丢下我，一个人昏倒。你要是出了事，我该怎么办？”

“知道了，我不会有事的。”她挣扎起身，说，“我想见陈浩然。”

“问林珑的事？”

“嗯。”

“明天陪你去，好吗？今晚好好休息，不要操心这些。”陈鹤川劝道。

“好。”艾黎很听话，重新躺回床上。

陈鹤川给她煮了点小米粥，粥里混着切碎的海参与瘦肉。怕她嫌味道寡淡，他特地淋了一勺煲了好久的鸡汤上去，还用勺子小心翼翼撇走了油脂。

他盛了一小勺，放到唇边轻轻吹着，浓稠的粥面被吹皱，泛着一圈圈涟漪。他用唇瓣试了一下温度，感觉差不多凉了，这才递到艾黎嘴边，哄小孩似的说："吃一口粥，好消化一点。"

大病初愈不合适吃大荤来滋补，得先吃好克化的流食，慢慢进补。

艾黎懂这个道理，樱桃小嘴微启，含住了汤匙。

这粥确实炖得好，软糯可口，稀稠适中，又有鸡汤的鲜味，不至于素到让人丧失食欲。

陈鹤川是猜到她宁愿不吃也不会吃白粥吗？这才炖了一锅鸡汤，浇到粥面上添味儿？这种感觉，分明就是——小孩嫌药苦，大人拿了蜜饯哄骗他喝完！

她被他当成小孩了啊，还是自家的小孩。

艾黎有点脸红，偷偷瞟了陈鹤川一眼。他镇定自若地喂她粥，擦拭她嘴角的汤水。他的动作熟稔，仿佛做过成千上万次。

艾黎记得她大学室友说过，如果想检测一个男人对她的真心，只需看看他如何照顾生病时憔悴不堪的自己。若是那个男人没有半点嫌弃，反而关怀备至，那就是良人。

要这样说，陈鹤川岂不是完美通过测试，获得满分了？

陈鹤川嘴角噙笑："偷看我这么多眼，想什么呢？"

艾黎没料到自己会被抓个现行，不假思索地道："没什么啊！"

"分明是看我入了迷，心里小鹿乱撞。"

"胡说。"

"我有没有胡说，你自己心里清楚。反驳这么快，一定是做贼心虚。"

"……"那她也不能不反驳呀！

艾黎泄愤似的咬住汤勺，和陈鹤川玩拉锯战。

陈鹤川无可奈何，说："松口！不然我就亲你了。"

艾黎悻悻然松了嘴，把头别向一侧。她怎么总被这厮压制？是时候想个法子化被动为主动，反客为主了！

昨夜到今日，不过弹指一挥间。医院过了一夜，艾黎便出院找陈浩然。

陈浩然被传唤到审讯室内，面对陈鹤川端正坐着，眼底毫无惧意，艾黎则在室外观察。

陈鹤川执笔记录审问过程，清润的声音在逼仄狭窄的室内响起，冷冷问："陈浩然，你和林珑谈过恋爱吧？"

陈浩然古怪地看他一眼，勾唇，反唇相讥："没有哦，我不和那种只有一点姿色的女人谈恋爱。"

"林珑的同学说，她曾看过你和她同进同出，分明是在谈恋爱，是男女朋友关系。"

"哦？吃几顿饭就是谈恋爱吗？那我和你讲过几句话了，现在是男女朋友关系？"

陈鹤川闻言，一记眼刀飞来，说："陈先生，不配合审讯的后果可是很严重的。"

"我只是开个玩笑，这么当真做什么？"陈浩然耸耸肩，满不在乎。

陈鹤川不和他多做纠缠，问："我此前给你说过白芷的事情，艾黎也给你看过她整容后的照片。你当时为什么不告诉我们，她和林珑互换身份？你明明认识林珑……你究竟瞒着什么事？"

陈浩然笑了，求饶："我能瞒着你们什么事？我有告诉你们关于白芷事情的义务吗？我肯把她逃跑的事情告诉你们，都已经是开恩了吧？至于林珑，你们不说，我还真的记不起这个女人，更别说提起她了。"

陈鹤川看他是不见棺材不落泪，从一侧拿出录音笔，播放未删减过的原版录音，里面传来陈浩然的声音，着重说了一句话："哥，现在怎么办？警方查上白家那丫头，好像知道了点什么。白丫头死了这么多年，就算知道黑脊鸟的去处，我们也无从得知啊。”

陈鹤川问：“黑脊鸟是什么？你们抓白芷，好像不只是为了惩罚她伪造遗嘱，还为了拿回什么东西吧？让我猜一猜，是这个吗？”

陈鹤川递来一张黑脊鸟方尊的黑白出土照片，摆在桌上。

陈浩然见了，笑容消失，脸上阴晴不定。

“是它吗？你们一直在找它吧？白芷是不是知道黑脊鸟方尊藏在哪里，所以你们为了钱才去追查她的行踪？可是，我想不通，为什么白芷会和你认识的林珑互换身份？这真的只是一个巧合吗？”

陈浩然慢条斯理地回答：“我不知道你在说什么，我也不清楚什么是黑脊鸟方尊。至于白芷和林珑互换身份，这真的只是一个巧合，我也在好奇这件事。实话和你说，在你给我照片的那一瞬间，我也很惊讶。她千不该万不该，偏偏选上和我有交集的林珑，这是在挑衅我。她想告诉我，她完全不怕我。摆脱我们的追杀，在我们眼皮底子下行事，她游刃有余。”

陈鹤川拿捏不准他这番话是真是假，只淡淡问：“你之前说抓到过她一次，是在哪里抓到的？”

“在她的老家，也就是南都隔壁镇子，她高中好友南秋那里。她那时候还不到二十，在南都也没熟人，跑不远。我们在她老家随便找找就找到了，可惜那天晚上，她打晕了我的兄弟，连夜跑走，这次学乖了，知道逃远了，再也不回去了。我们想找她，无从下手，直到两三年后，听到她自杀的消息，这才放弃追查，转而把注意力集中在我爸生前最亲近的张律师身上，看看能不能找到他。”

“你们真的只是为了让他们认罪？我并不觉得你和你哥是什么好人。”

“不然呢？我可是很记仇的男人。不因为这个，难道因为你那无厘头的文物宝藏？拜托，现在是现实社会，不是古代盗墓玄幻小说，不存在挖宝换钱这种设定。”陈浩然嘲了他们一番，旁的线索恐怕是问不出来了。

艾黎听陈鹤川转述的话，还是觉得哪里古怪，但说不上来。

可就现在的情况来看，她只能先找到白芷再做打算。

要不去调查一下林珑吧？艾黎总得知道，她和白芷之间的联系。

第十三集

林珑是什么时候和白芷互换人生的？

十二三年前，陈浩然和他哥回南都处心积虑争夺遗产，白芷便是那个时候出逃的。再然后，八年前，林珑披着白芷的皮囊自杀……也就是说，她们两个在那四年间达成了互换身份的协议！

风雪交加的那些年，究竟发生什么事了？

白芷是孤女，孑然一身，即使花几个月整容休养也没人在意。可林珑呢？她总有家人，难道没人发现她的异常吗？

这些谜团像是雪球，一个接一个地滚动，发出沙沙的声音，不容人忽视。待发觉时，它已垒成雪墙，将人困住，让人无处可逃。

必须逐个击破，逃出生天，先从林珑下手吧，总得迈出第一步。

白老师给的资料很全，想找林珑的信息易如反掌。她是在北都周边一个偏僻村落出生的姑娘。那地方很近，开车三个小时就能到。

村庄落后，山路崎岖。车内颠簸，艾黎感觉很不好。

她想起林珑的大学同学们说：林珑是个外乡人，家里挺穷的。

艾黎趴在干净的车窗玻璃上，往外眺望——即便是冬天，山林仍郁郁葱葱，山脊高耸崎岖，一起一伏，让人既敬又畏。山底下，是一片白墙黑瓦的老房子，被崇山峻岭困在其中，是宝地，也是险地，给人的感觉不太好，狭窄且阴暗。待久了，绿油油的世界便有些沉闷，像是被山压着。

想必，林珑也渴望逃出大山吧？

所有寒门子弟都想走出大山，去繁华都市生活，不是为了自己的锦绣前途，只是出于从众心理，想逃离阴冷的深山，在大城市聚众而居。

两人下了车，迎面便看见一名坐台阶抽烟的大爷。

艾黎上前去问："和您打听个人，这附近住过一个叫林珑的姑娘吗？"

大爷眯起眼，瓮声瓮气道："林家姑娘啊？知道知道。她不住这儿了，早搬到县城去了。"

艾黎望了眼绛紫色的晚霞，擦了把汗，道："那她家里人呢？"

他古怪地瞥了眼艾黎，嘟囔："你不是她朋友吧？"

"怎么了？"

"她家里人都没了，她小时候跟着她姑长大的。"

"那她姑呢？"

"搬走了。"

"搬哪儿去了？"

大爷敲了敲烟枪，把燃尽的黑色烟丝倒出来，搓成团，又挤进去。他一边忙活，一边口齿清晰地答："那我就不知道了，可能是搬到县城里，跟着林珑享福去了呗。林珑可是村里唯一一个大学生，那妮子从小就读书厉害，一顶一地好。县城的重点高中来我们村里招学生，一个村就一个名额，林珑在村里初中考了第一啊，第二名是她姑的女儿陈瑶。说起来，我们还以为她姑会让陈瑶去报名，叫林珑把名额给陈瑶，哪知道，还是林珑去上了学。"

"不是只有一个名额吗？林珑考了第一，当然是她去上啊。"

大爷瞥她一眼："说得轻巧！只要林珑不去，那县城里保送的名额可不就是陈瑶的了？那天，她姑在车间上班，陈瑶腿摔了，不能出门，所以才让林珑瞅着机会去报了名，占了座儿。不然就她姑那个性子，早自己去学校嚷嚷着代替女儿报名，把林珑堵家里了。”

“她姑不喜欢她？”

“谁会喜欢别人家的孩子？亲哥的女儿，吃一顿喝一顿行，养一辈子，谁肯啊？后来据说林珑使诈，前一天晚上说好了把名额让给陈瑶，结果隔天，陈瑶就摔了腿，她自个儿跑去报名了。这妮子也可怜，回来就被一顿毒打，可她咬死了唇，愣是没求饶。”

“那个叫陈瑶的，也跟着林珑姑去县城了？”

“没，陈瑶高中的时候和外镇职高的混混玩，被搞大肚子后就跑了，至今没回家。林珑姑本来在村里做工做得好好的，听到林珑高考考了个文科第一名，读了好大学，就去县城里找她了。村里人都夸林珑姑命好，养个侄女儿比亲女儿还有出息。”

艾黎心里犯嘀咕：小时候都没对林珑好，长大去找她，就改性子了？

艾黎问：“她姑叫什么名字？”

“嗯……想起来了，林静夏。”

“还有林珑的高中，麻烦告诉我一下。”

“湘山高中，我们这里最好的重点高中。”

“行，谢谢您了，大爷，那我们走了啊。”

“好，这山路陡，姑娘家可慢点来，做事别慌。”

艾黎摸出点头绪来，在本子上记下林静夏这个名字，几个谐音都标记了上去，不确定名字到底是哪个。她在导航上搜湘山高中的地址，很快便有了信息。

这一次调查的事情没那么难，他们去了湘山高中，拿到班主任保留的毕业班同学录，从中选定几个林珑生前的好友，有的电话停机，有的能联系。

最后，艾黎只找到了林珑高三时期的同桌，也是她最好的朋友阿笙。

阿笙见到警察，很惊讶，问："林珑出什么事了吗？我和她好多年没联系了，都不知道她怎么样了。我和她读的大学是不同省的，年年碰不到面。明明说好大学毕业就聚一聚，可一直都没机会。后来她换了手机号，就像是人间蒸发似的，杳无音信，我也联系不到她了。"

艾黎拿出记事本，照着上面那个名字，生疏地问："你认识她姑姑林静夏吗？"

"林静夏？我不知道。不过我见过她姑姑，就在高三毕业晚会那一晚。"

"那一晚？"

阿笙点了点头，慢条斯理地说："那天晚上，我们班在大排档订了座位，打算庆祝高考成绩。林珑本来和我玩得好好的，突然脸色发白，和我说要出去一趟。我担心她，跟着去看，然后看到她在巷口和一个女人纠缠争执，那个女人还抢了她的钱。我看她蹲在那里哭，怕得不得了，便冲过去找她。见女人跑了，我还问她要不要报警。林珑说不用，那个女人是她姑姑。说实在话，我还没见过亲姑姑抢小辈钱的！那些钱，都是林珑高考后打工赚来的大学生活费！她成绩好，大学有扶贫计划，特地免除了一部分学费，所以她的经济压力不是很大。后来我一想，她好像的确没和我说过她家里的事情，我们高中又是住校，平时都见不到家人。"

艾黎迟疑地问："也就是说，她和她姑姑关系很不好？"

"至少我觉得不太好，和这样的亲戚怎么可能好得起来。"

"她没钱的话，读大学怎么办？"

"这个问题，我也问过她。她说就算晚上去打工，也要读完大学。她得有个好工作，得有钱，才能拥有自己的人生。我想……她是穷怕了吧。"

艾黎大概懂了林珑一心一意要逃离家乡的心情，对于她来说，林静夏就是个噩梦，随时随地会侵蚀她的噩梦。她和白芷一样，都有不得不离开故乡的理由，都觉得自己的人生凄凉，悲惨至极。

即使换一种人生又怎样？没人能比她更惨了。

艾黎突然想到，如果那时候陈浩然给她钱，让她陷害赵桠山，她会不会做？如果要帮白芷隐瞒自己悲惨的人生，和白芷换一张脸，换一个身份，她会不会同意？

能控制林珑的条件太多了，任意一点，她都会答应。

人一旦困苦到某个境界，只要能改变现状，就会完全丧失道德底线，这就是人性。

可是，为什么白芷认识林珑呢？为什么偏偏要和她换呢？

陈浩然认识她可以理解，因为他想要掌控赵桠山，借以来和赵乌蓝达成协议。

可白芷呢？她没有理由认识这个女人的，完全没有契机。

就在这时，陈鹤川突然接到了一个电话，那头传来师弟惊喜的声音："师兄，你前些日子让我们走私科室留意的黑脊鸟方尊有消息了！有人想把这货物转手卖到海外去，被另一辖区潜伏多时的兄弟盯上了。一抓人，一搜货，好家伙，居然就是你说那黑脊鸟方尊！"

真的有这件文物，它不是假的！陈浩然果然狼子野心！他抓白芷和张律师是为了发财！

陈鹤川说："你把走私犯留局子里，我们赶去问几个问题，手上这桩案子和他有关。"

"行，你赶快啊！我们都上报领导了，不然别的辖区警得来抢人！今年的任务量有着落了，总算在冬末完成了。"

话音刚落，艾黎跟着陈鹤川往车上跑。

没过多久，两人赶到师弟的派出所里，艾黎情绪有点激动，揪住眼前西装革履的男人，大声问："你是不是姓张？！"

她没忘记，和白芷一起出逃的那个律师姓张，他也是可能知道黑脊鸟方尊去向的人。

“我不姓张啊。”男人不是作奸犯科的那种刑事罪犯，潜意识里还是怕警察的。他见艾黎动静这么大，一下子慌了神，手足无措。

艾黎松开他，颓然垮下肩膀。她不甘心啊，忿忿然：“那这方尊是一个女人卖给你的吗？姓白的女人！”

她也只能想到白芷了，肯定是白芷卖给他的。白芷又不傻，文物能换钱，还不得倒手？难道摆家里，等着陈浩然抢吗？

哪知，男人结结巴巴反驳：“不，不是。它……它是十年前，姓陈的先生卖给我的。我公司倒闭了，所以才想把它转手，拿来填补债务。”

“陈？”艾黎目瞪口呆，“你刚才说，卖家姓陈？！”

“对……我记得他手下喊他陈老板。”

“年轻的还是老的？”瞧艾黎都问了些什么问题，那时候陈镇长不都死了吗？

“年轻的。”

艾黎深吸一口气，拿着陈浩然的照片，戳他脸上，质问：“是他吗？”

男人瞠目结舌，半晌后才开口：“是……是他。”

嘶……艾黎脑壳疼。

怎么回事啊？怎么就是陈浩然了？

十年前卖的黑脊鸟方尊，也就是说，陈浩然十年前就拿到了黑脊鸟方尊啊？

这究竟是怎么了？疯了吗？

她抱住头，十指不住地绞着头发，抓狂地想，一口口倒吸冷气。

不行，她得去问问陈浩然。

她双目猩红，揪着这名男人：“你跟我走！”

当陈鹤川把这个男人带到陈浩然面前，陈浩然倏忽笑了，那笑容让人如沐春风：“我还真是服了你了，能查到这地步。”

陈鹤川目光冰冷，命令他：“说吧，证据确凿，该说了！”

接下来，就让陈浩然收尾这个故事吧。

大概是十二年前发生的事情，陈浩然和他同父异母的哥哥回陈家争夺遗产。

事情和他之前说的差不多，白芷这小姑娘被张律师当傀儡利用，张律师先让入了户口的白芷继承遗产，然后再转到他名下。

然而陈浩然和他哥也不是吃素的，两下识破了诡计。树倒猢狲散，张律师和白芷害怕被抓到牢里，只能逃亡。

陈浩然和他哥得知陈镇长生前将一件文物黑脊鸟方尊占为己有，白芷等人知晓它的下落，于是穷追不舍。

陈浩然找到白芷是在一个下雨天，那天的雨很大，时下时停。小姑娘在雨水里瑟瑟发抖，突然不逃了，双目赤红地盯着他，眼角的水光不知是雨还是泪。

陈浩然鬼迷心窍，难得起了一点善意，突然把外套披在她肩上，把她抱回屋里。

他一边低声咒骂，一边呵斥："你死定了，我哥可不会轻易放过你！叫你骗人！"

越骂越像哄人，说着说着，他自己倒笑了，低头一看，湿漉漉的白芷像一只被人遗弃的小狗，揪住他的衣领，可怜兮兮倒在他的怀里。她的脸颊发红，好似发烧了，又像睡着了，一动不动。

她总不会这样死了吧？

死了好，一了百了，什么痛苦都不用承受。

他要不是想拿一笔钱摆脱温言，不让自己受到继父的经济控制，他也不想蹚这趟浑水。他要钱，拿钱可以杀人，可以替母亲报仇。他好不容易从孙妍口中得知母亲的埋尸处，将母亲的尸骨挖出来，好好安葬，立了无名碑，他可不能放弃复仇的机会。

回到房间，陈浩然给白芷喂了药，又褪下她湿到透明的衣裤，把皮肤细腻的小丫头包裹入毯子里，一丁点皮肤都不暴露。

救她？为什么想起救她了？

陈浩然自认不是什么好人，他也不想当好人。人善总是被人欺，他想当欺负人的坏人。只有坏人，才不会失去想要的东西，好比温言。

等白芷醒了，她又跃跃欲试，想逃跑，半道上被陈浩然抓了回来。

他警告她："别逃了，你逃不了的。我哥这个人见钱眼开，只要他想拿到的钱，他就得拿到。不但要拿到，还要杀人灭口以绝后患。说句实话，我都不知道他拿到黑脊鸟方尊以后，会不会把我也杀了。"

白芷垂眸，不语。

"我和你做一个交易吧？"

"什么？"小姑娘的声音很好听，又软又糯。她由于生病，嗓子很哑，撩得人心浮动。

"你把黑脊鸟方尊给我，我让你活下来。"

"没用的。你说过，你哥拿到方尊后会杀了我，还会杀了你。"

"你是担心我被杀吗？"

"鬼才会担心！"她不假思索地反驳，可反驳太快，又露了马脚，反倒惹人遐想。

陈浩然笑起来，说："那就不让他拿到方尊呗！我也有办法，让他不再找你。不过你得听我的话，听我安排，藏上一年。"

鬼使神差地，白芷居然相信了他。她告诉陈浩然黑脊鸟方尊的下落。她看着他从门里出去，害怕他再也不回来，把她一个人孤零零丢在这里，让她自生自灭。

就这样，过了一天，陈浩然没有爽约，回来了。

他把黑脊鸟方尊卖了，告诉他哥，还是没有找到白芷，她可能逃到了外省，让他哥继续派人盯着。这黑脊鸟方尊价值五千万，有价无市，可不能错过。

之后，陈浩然照顾白芷，把她藏在稳妥的地方，像是对待珍宝一般，小心翼翼替她遮掩。

陈浩然手里有了钱，根据孙妍说的把柄，联系到了赵乌蓝，和她进行了交易——他会把赵乌蓝的杀父仇人交到她手上，还会照顾她的母亲，只要她装作过失杀人，不出几年便能出狱。那时候，她什么都有了，不过是区区案底又如何？太赚了。

赵乌蓝心动了，可与此同时，她又有顾虑："如果我入狱期间，有陌生人给我母亲打钱，那不就引起警方怀疑了？"

陈浩然说："我会找一名你母亲的远房亲戚，收买他行事，让他闭嘴，你好好干我吩咐的事情就好。"

就这样，他找上了赵椏山，观察他身边的人，最后将目标锁定在林珑身上。这是一个为了钱，什么都能干的姑娘，她是一名亡命之徒。

他先是给了林珑钱，让她诬陷赵椏山。

等赵椏山没了主意，乖乖被他牵着鼻子走后，他再次把注意力放到了林珑身上。

他没有忘记，他还承诺白芷，要给她一个全新的人生。

那就这样吧，互换人生吧。

林珑什么都不知道，可她不想要自己的身份，不想要被姑姑这条吸血蚂蟥纠缠到死，所以她同意了。

怎么会有这么傻的姑娘？居然肯来替换她的人生？

林珑不疑有他，两人整容换脸，更新身份证，约好每十年见面，互相按身份证手印，对于警察，就说整容呗，也没法律规定不能整容呀！

事情到这里，还没结束。

陈浩然给白芷提了个建议，说："你要想我哥完全发现不了你，那就除掉她吧。"

杀了她吗？杀了那个披着白芷皮的林珑，这样对于外人来说，白芷就真正死去了。

妙哉妙哉，再也没人能发现她了。

于是，白芷照做，计划成功。

她拿着林珑的身份逃到了天涯海角，再也不被人找到了。

…………

艾黎听完了这些荒诞的故事，问：“现在我知道白芷整容成林珑的样子，也靠着林珑的身份在这个世上生活，那我岂不是能轻而易举找到她？只要她光明正大工作，只要她存在于人类社会。”

陈浩然笑了：“是啊，所以我才会说出这些事情。我们都逃不掉的。”

陈鹤川利用公安局内网，调查白芷的行踪。只要她有用林珑的身份证开房或办理电话卡以及纳个人所得税，有朝一日就一定会被警方追捕到。

就在陈鹤川打算调动警力找人的前夕，发生了一件令所有人意想不到的事情：萧逸自首了。

他说明自己杀死林珑的缘故，声称：八年前，他察觉到假的白芷，也就是林珑，她参与高层挪用公款的行动。那时候萧逸与其地下恋，厌烦了她，所以狠下杀手，戴着手套将她推下楼，没留下指纹，并且用挪用公款案风波遮掩，营造她畏罪自杀的假象。

这一切，都是他蓄谋已久，处心积虑的犯罪。他遭受良心谴责许久，终于决定自首。

艾黎不相信，她觉得萧逸是在为白芷洗脱罪名。因为她唯一犯下的罪行，就是利用萧逸杀了林珑。假如萧逸为其顶罪，说明杀人动机，那她则能逃离法网，不被抓到。

警方没有理由兴师动众找一个无辜的人。所以白芷可以藏起来，藏得很好。

艾黎皱眉，说：“你知道你在说什么吗？我不相信，萧逸。你之前分明不是这样说的，你说都是那个女人，也就是真的白芷让你……”

萧逸打断她的话，抬头，粲然一笑：“那是我骗了你，实际上，白芷是无辜的人。对了，你不是要知道你父亲死因的线索吗？我告诉你，不需要你找到白芷，我也会告诉你。”

是啊，他说过，只有艾黎找到白芷，他就会告诉她线索。

可现在，不需要找人了，他肯说了。那艾黎辛苦这么多天，为的又是什么呢？荒唐至极。

艾黎不知道萧逸为何转变，她只知道，或许这是萧逸和白芷之间的某个约定。

毕竟真的白芷在合照后给萧逸留了线索，如果她真的不想被人找到，那她一定不会留下任何痕迹。

她爱萧逸吗？爱他，但是怕被找到，所以要逃跑吗？

萧逸害人入狱，服刑期满后出狱，白芷身上也没了罪孽，他们是不是就能光明正大在一起，无须躲藏了呢？

所以，他才会为她顶罪？

是这样吗？还是说，这一切真的是萧逸犯下的罪，艾黎一开始就被他骗了？

她想不通，也不想再纠结了。

接下来的事情，就让其他辖区的警察接手吧。这是属于萧逸和白芷的故事，总有人会为自己种下的恶果赎罪。

萧逸说："那段时间，公司调查挪用公款事件，挪用公款的犯罪嫌疑人锁定'白芷'。我利用这个当口，推她坠楼，伪造她自杀的假象。公司里没有人知道我和她是情人，所以不会怀疑到我身上。我如往常一般回公司里上班，一次下班时，我看到总经理郑连生找财务经理赵泽阳密谈，我听了几句，似乎是有关挪用公款案顶罪的事情。总经理郑连生就是挪用公司公款的罪魁祸首，他怕被董事们发现，涉事的'白芷'又因高压自杀了，他一下子慌了手脚，怕被经侦局的人查出来，这才找了赵经理谈话。这种事情，反正与我无关，我总不能自找麻烦，刚想走，却见此事被技术部的陈奕经理看到了。总经理急忙让赵泽阳离开，待他走后，却把陈奕留了下来。后来的事情，我就不知道了。不过之前你们查出陈奕之死，不是说他给病重的情人汇过一笔钱吗？我想，可能那就是总经理郑连生给的封口费。后来，赵泽阳经理死了，顶了‘白芷’挪用公款嫌疑的缺儿，犯罪风波结案。这里头的猫腻，我想你应该也猜到了。”

他兀自笑着，嘴上说着有关赵泽阳的事情，眼睛却望向窗外。有光从外面透进来，暖色的阳光，生机盎然。

艾黎皱起眉头，沉声问：“你的意思是，郑连生才是挪用公款的那个人？他怕董事会发现这些事情，撤销他公司经理人的职位，所以找了替罪羔羊？找了‘白芷’不够，还让我爸也去死？”

赵泽阳是公司财务经理，是财务管理工作的总负责人，平时实行财务单独核算，公款被盗，第一时间肯定得找他。出纳员“白芷”不肯认账，为表清白选择自杀，自然要推出一个顶罪人。这时候，如果赵泽阳肯站出来顶罪，公款追不回来，大不了判刑坐牢，只要他肯揽下所有罪行，幕后指使的关联就被一刀切断，就能保住老巢了。陈奕可能也是因为被钱收买，这才打电话骗赵泽阳出门，让郑连生送他去死。所以，当年艾黎才会看到陈奕给赵泽阳打了电话，才会以为陈鹤川的父亲是杀父仇人。

“没错，‘白芷’负责公司运费结余请款单的申报，以及购买公司必需品。赵泽阳一般月底才会核对这些账目，大多数都让手下的出纳员自行处理，很放得开手，出了问题才单人问责。总经理对于赵泽阳交上来的账目睁一只眼闭一只眼，并不细算，私底下又给了‘白芷’许多过期、残缺的发票和收据，用来冲账，并且不标明具体用途，借以遮掩挪用公款的事实。这样一来二去，自然没人发现端倪。”

艾黎难以置信，问：“‘白芷’怎么会答应？”

“总经理郑连生说了，这只是一时的借用公款，为他朋友融资，近期便会还上。到时候在董事们发现公款失踪前神不知鬼不觉填补上款项，不但‘白芷’没有损失，郑连生还欠了她人情，之后会对她多加关照。想要爬到高处，哪能不冒险？所以，她心动了，答应帮忙做手脚。谁知道董事会的人突然问起这笔购买公司物资的公款用途，派人查账目。财务部门的人发现公款支出与物资收购数量不符，说明不了公款去向，高管便报了案，请公安经侦科的人来查。财务经理赵泽阳找上了‘白芷’，她咬死了没说出真相。她不是蠢蛋，知道说出真相非但讨不了好处，还可能被郑连生打压，在这一行混不下去。当务之急，只有拖延时间，等待郑连生吐出公款，交上款项。不过那天晚上，我就下手了，‘白芷’死了。几乎所有人都以为她是被赵泽阳逼迫顶罪，没人怀疑到我的身上。”

“你说的都是真的？”

“这些东西，你们翻一翻当年的卷宗就知道了。当年用来给‘白芷’定罪的，可不就是那些用途不明的残缺发票？我想，郑连生找上赵泽阳也是有理由的。当初要不是他一口咬定公款支出正常，赵泽阳怎么会粗心大意，不详细核对账目？只要赵泽阳说出这个疑点，董事会的人便会盯上郑连生。你想想，如果是你，你会怎么办？”

艾黎懂了，她郑重其事地说：“我会求赵泽阳顶罪，先把事情压下来，再私底下承诺他好处。不然等他提出这个疑点以后，有心人一查，这事肯定过不去。”

“如果赵泽阳不肯呢？”

“那我就只能……”艾黎瞪大眼睛，瞠目结舌，说，“杀了他。”

赵泽阳是“白芷”的直系上司，最有可能威胁她挪用公款，为自己牟取私利。公款去向不明，只要他死了，死无对证，这事没有新的线索，就此了结。

萧逸倏忽一笑，风轻云淡道：“这只是我的猜测，毕竟死无对证，赃款又流到海外，谁都不知道底下发生了什么。对了，赵泽阳自杀后，还有小道消息说他欠了高额债款，那笔公款便是被他拿去还了地下高利贷，这才找不到钱了。具体怎样，谁都不知道。我只是说了我知道的事情，你可以找郑连生问一问。”

艾黎问他：“为什么之前不说这些事情？”

“我为什么要说？只要我不说，这就是完美犯罪，有挪用公款一案做遮掩，没人会怀疑到我头上。”

是啊，她问了什么蠢问题。

要不是死到临头，萧逸会自首吗？

当年说出这些事，他还要不要工作了？

所以，郑连生是凶手？他为了钱财，害死了赵泽阳？

第十四集

查了这么久的事情，终于在冬末落幕，只剩下收尾工作。

艾黎的心起起伏伏，也不知该松一口气，还是怅然。她留恋地抚摸着记录口供的本子，突然想起她的妈妈。

她好久没想过她妈妈了，那是比赵泽阳还要久远的家庭记忆。许是出于对她丢下自己一人在世上挣扎的怨恨，艾黎很刻意地不去思念她。

母亲的爱，相较于父亲，更为纯粹，不掺杂质。

她还记得吗？母亲的脸已经模糊不堪，记忆里也仅有一双病态惨白的手抚摸她的脖颈和肩膀。

艾黎原本不懂爱，也不会爱。在亲人相继去世的情况下，她才逐渐了解亲情的难能可贵。

她突然……好想妈妈啊。

艾黎小时候的邻居是意大利的华侨，逢年过节回国一趟，要是带了含花生仁的白巧克力，还会分她一块。

妈妈总舍不得吃，掰开一小块喂到她的嘴里。

她觉得甜，举着巧克力递到母亲唇边。

温柔的女人总是笑吟吟地看着她，夸她孝顺，说吃不来巧克力的怪味儿。

大人怎么会有这么多的怪癖？年幼的艾黎这样想着。

现在大了，她才知道：妈妈哪是不爱吃，而是不舍得吃。妈妈啊，想把最好的东西留给她。

不知怎的，她的手背一片濡湿。艾黎茫然地擦拭眼角，原来是落泪了。她瞧不清东西，两眼含着一汪水，视线被阻碍，雾蒙蒙的。

艾黎探出手，想擦，有人先她一步，用拇指揩去了她豆大的泪珠。

陈鹤川笑话她："都是大姑娘了，怎么还天天哭？"

艾黎撇嘴："喜欢我的时候喊我小姑娘，没劲了就喊大姑娘，你们这些男人，都不牢靠。"

"我牢靠不牢靠，你可以再验证一下。"

又想哄她！

艾黎扑哧笑出声，再掉眼泪未免矫情了。她吸了吸鼻子，把仅剩的泪意逼回泪腺。

陈鹤川见她笑了，眉目间的焦急之色才散了点儿。

两人工作一整天，想起吃饭，已经是深夜了。

陈鹤川找了一家正宗意大利餐厅，带艾黎吃西餐。平时都是吃米饭，搭配家常小菜，他都还没学过年轻人那样，带着心上人吃烛光晚餐。

陈鹤川点了油炸海鲜，以及海鲜意大利面，又叫了一份套餐，前菜是用盐与醋腌制的各色海味，小小一碟。冬日里海鲜肉薄，不厚实。海产丰饶时季，家家户户用锅灶随意烹煮肥美的鱼虾，以量取胜；而海产淡季，海味难求时期，鱼肉被巧夺天工的刀法施以洗礼，多了分物以稀为贵的意思。

陈鹤川往那白瓷菜碟淋上 Aceto Balsamico（意大利香醋），经过十二年时间制作的黑醋，与寻常白醋不同，别有一番风味。白肉拌了黑酱汁，味浓色深，浅浅一层黑色覆盖在莹白色的生鱼肉上，莹莹发光，瞧得人垂涎欲滴。

艾黎尝了一口，鱼肉没有添加佐料，略显寡淡，但咽下后，回甘犹存，鲜味十足。不得不说，西餐也有自己独特的风格，与中餐差别很大。

她一面好奇，一面吃着刚上的海鲜面。

艾黎没留神，嘴角沾上了番茄肉酱的红色酱汁。陈鹤川看得好笑，突然凑近了，轻轻吻上她的唇。

艾黎被他突如其来的吻吓了一跳，急忙后退，却被他用宽厚的后掌抵住了腰肢。

“呜……”她的眼睛湿漉漉的，眨巴眨巴，眼睫又细又密，像两把黑羽小扇。

陈鹤川退开，用纸巾擦拭她的嘴角，慢条斯理地道：“你这里沾了点酱汁。”

“就算沾了……你也没必要舔啊！”艾黎兀自发难，一说完，又窘迫地缩了缩脑袋。幸好这里是双人包厢，没外人，也没被服务员看到，否则真的很羞耻！

“我想舔，你又能拿我怎么样？”

“……”好像她的确不能把他怎么样！该死，怎么总是被这人占上风！

西餐初次食用略感新鲜，等吃多了，又觉得不符合她的口味。

艾黎吃了八成饱，等出了餐厅，陈鹤川问她：“要不要去吃一点别的？”

她脸颊发烫，羞窘地问：“被你看出来了？”

陈鹤川轻声笑道：“你不爱吃这些，又碍于情面不好意思提……这种时候，你的嘴角都会上翘，营造一种愉悦的气氛，让我不起疑心。可事出反常必有妖，我不是傻子，你这种把戏，我一看便知。谁让我是陪你长大的人，你骗不了我的。”

知她者，莫过于陈鹤川。

艾黎垂头丧气，嘟囔：“我其实不太喜欢吃只加点精盐的海鲜。”

陈鹤川宠溺地帮她捋了捋鬓边的发丝，重整那些被风吹乱的柔发。他思忖片刻，说：“那我带你吃点别的海鲜，国人口味的。”

“啊？”艾黎傻乎乎地盯着他。

陈鹤川突然俯身，两手一左一右，手臂伸到她的腿关节与腋下，抱起她就跑。

冬天的夜风格外冷，吹得衣衫猎猎作响。

艾黎天旋地转，见脚离了地面，一阵惊呼，急忙搂住了陈鹤川的脖颈。男人后脖子的冷硬短发很扎人，刺得她手掌发麻。挨得这样近，鼻尖萦绕浓烈的男性气息，让她感到面红心跳，万般不适。

陈鹤川郑重其事搂着她，像是搂着自己的新娘一般。

跑了十来分钟，总算抵达目的地。

这是一家烧烤摊，老板是个中年胖子，一看到陈鹤川就吐了嘴里牙签，笑道：“哟，稀客啊，陈小弟！”

“刘洋师兄！”陈鹤川唤了他一句，把艾黎放地上。

“这位是？”刘洋起火，把油锅摆上灶。

“我女朋友艾黎。”陈鹤川大方介绍。

艾黎颇不自然地笑：“刘师兄好。”

她跟着陈鹤川喊师兄，辈分一致。刘洋也是警察吗？真瞧不出来。

陈鹤川说：“带她来讨点醉蟹吃，我记得你上个月腌了一坛，该启封了吧？”

“嘿，我说你小子怎么有闲情雅致来我这个摊子逛，原来是拿我家东西借花献佛，讨好你的小女朋友。你等会儿，我去给你夹螃蟹。锅里油热了，你要炸什么吃，自个儿放，老规矩，芝麻酱料都给你调好了，自己拿就行。”刘洋显然和陈鹤川很熟，当下就撇了人，径自钻后院去了。

陈鹤川问艾黎要吃什么。

艾黎点了几串鱼豆腐、香肠、糖年糕，还有莲藕片。

陈鹤川把东西在盘子里逐一码好，待油热便丢下锅，食物与油相遇，噼里啪啦一阵响，没两下便被一团白沫覆盖，锅里咕咚咕咚冒着泡。

没想到他还爱吃这些容易上火的食物，艾黎倒很稀奇。

印象里的陈鹤川在饮食方面一直很节制，懂养生，也懂照顾人。他对吃喝很讲究，又有洁癖，给人的感觉和路边粗制滥造的小吃格格不入，像是不食人间烟火的男人。

陈鹤川把莲藕片刷上芝麻酱料，递给艾黎："尝尝看。"

艾黎咬了一口，啧啧称奇。莲藕的酥脆与酱汁的鲜甜完美融合，再加上喷香的芝麻，美味至极，刚入口便让味蕾爆炸。

她一连吃了两串，刘洋才撩帘而来。他带了一壶杨梅酒，以及一碟醉蟹，摆在艾黎面前，说："小姑娘，来来，尝尝我的手艺。陈小弟，还愣着做什么？！还不快拿蟹八件给女朋友卸肉？！怎么当男朋友的？！"

陈鹤川无奈："行。"

他揽了艾黎入座，拿小锤子凿蟹脚，用钩子挑出蟹肉，摆到艾黎的碗里。

艾黎不跟刘洋客气，见醉蟹已经腌到发黑，一剥开蟹壳，那蟹黄膏的汁水便汩汩流了出来，她忙用嘴接，小小嘬了一口，满嘴酱香，异常满足。

她吃得正开心，却见刘洋小心翼翼打量她。

难道是自己吃相难看？艾黎脸颊涨红，急忙用纸巾擦了擦嘴角。

刘洋知道姑娘家脸皮薄，急忙解释："不不，你继续吃，我就是好奇啊！"

"好奇什么？"艾黎问。

刘洋但笑不语，片刻后问陈鹤川："这就是你几年前朝思暮想的那姑娘？"

陈鹤川闻言，一阵咳嗽，尴尬得不知该怎么接话。

艾黎哪里见过陈鹤川吃瘪的样子，急忙问："刘师兄，你说的这话是什么意思？他难道跟你提过我？"

刘洋挤眉弄眼，调侃："是啊！几年前，我还和他在警局共事，他有事没事就来我家开的这家烧烤店喝酒，问他什么，他也不说。等喝醉了，他就一个人自言自语，问我，要是他喜欢的姑娘总躲着他，该怎么办？我就问他有没有想过那个姑娘为什么躲着他，他和我说，因为那姑娘把他当哥哥。说完这句，他就撒酒疯，梗着脖子喝酒，嘴里念，他可不要当她哥哥，他想当她男人。等他酒醒了，再问他之前说的话，这人死活都不承认了。"

艾黎听到这话，觉得又好气又好笑——气的是陈鹤川嘴上没把门，怎么什么话都往外说；笑的是，平日里瞧起来无所不能的陈鹤川，也有拿她没办法的时候啊！

艾黎颇为得意，也有点解恨，得意扬扬的样子收到了陈鹤川的一记白眼。

陈鹤川咬牙切齿，弹了一下她的额头，附耳威胁道："少笑话我，不然小心我变本加厉地欺负回来。"

"哦。"她缩了缩脖子，认㞞。

刘洋不说笑了，严肃道："你来找我，是有什么事吗？"

陈鹤川点了点头，说："是为了郑连生的事，我们找到了他八年前挪用公款的证人，可是时隔八年的证词，来得会不会太迟了，还有效吗？"

"只要证人确定证言的准确性，还是有效的。只是证人有了，没有证据，可能会以证据不足，证明力不足而引起争议，无法逮捕郑连生。不过，我这里还查到一些事情，关于你亲妹妹的事。她死于摩天轮倒塌事故，那摩天轮在运行中旋杆断裂，载人部位掉落地面，导致人员伤亡。这事被游乐园技术操作的员工揽下，声称是操作不当，员工偷懒，没有定期检查并申请维护，导致摩天轮旋杆在日晒雨淋中发生断裂。事发之后，游乐园提供了建筑质量合格的检验报告，可经过警方调查，发现这份检验报告是造假的。有关部门通过检查发现，摩天轮的钢铁旋杆里掺了假矿粉。”

陈鹤川默不作声，手握成拳。

他听刘洋慢慢说，讲后续的事情：“经过一番调查，我们查出摩天轮设备的钢铁原材料出自竹山钢铁集团，也就是郑连生作为总经理的企业。还收到了线人的举报消息，声称竹山钢铁集团为了低投入、高盈利，矿粉批量掺假。当年，警方本想和消息线人里应外合，截获一批铁粉出问题的皮车，检测矿粉品位。哪知，这批货物临时被调包，检测结果合格，与线人所说的造假情况不符。线人无缘无故失踪，而竹山钢铁集团之前出售的钢铁设备也莫名其妙地被回收销毁。虽然疑点重重，但警方找不到其余有关钢铁批量掺假的相关证据，只能以意外事故结束你妹妹陈鹤珊的摩天轮案。”

艾黎突然有一个大胆的设想，问：“陈叔是哪一年入职竹山集团的？他入职竹山钢铁，真的不是有意为之吗？他是不是也知道小女儿事故的事，所以入职竹山集团复仇？他之所以收手，有没有可能是情人正好重病，郑连生用钱收买他，逼迫他不要再查掺假的案子，作为交换条件，让他再帮个小忙，骗我爸出门，其余由郑连生安排？”

“我不知道。”陈鹤川难得茫然，眸光闪烁不定，不知该说些什么。

“陈叔之所以被郑连生灭口，难道仅仅因为他参与谋杀赵泽阳的事件，怕他说出真相吗？可是没有证据，这些证言没有说服力，不足为惧。我想，他是在害怕其他东西。譬如，你父亲手上有什么关键的证据，可以说明当年害死陈鹤珊的那场事故并非意外，而是摩天轮设备出现了明显的质量问题！”

陈奕在竹山钢铁集团工作，究竟是为陈鹤珊报仇呢，还是仅仅是巧合？女儿出事的那架摩天轮设备恰巧出自自己就职的钢铁厂，他难道不是为了查明女儿死因而特地跑到竹山钢铁集团工作？不论是哪个原因，知道女儿因钢铁质量问题而发生意外，最痛心的人一定是他。他会怎么做呢？会不会为女儿搜集公司铁粉或其他东西掺假的证据，交给警察，还陈鹤珊一个公道？

陈鹤川抿紧下唇，欲言又止。他的唇瓣抿得死紧，变得铁青，全无血色。

他说：“去我爸的生前遗物里翻找看看，没准有什么罪证没被人销毁。”

过了良久，他叹了一口气，呼出的白气消散在茫茫夜色里。

阔别多年，艾黎重回陈家。

屋里的警示封条早已撤除，由于死过人，也专门找清洁公司打扫过，把遗物放回原位，一切井然有序。

艾黎抚着楼梯扶手，每走两步便停下步伐，思忖这里发生过的故事。

小时候，陈鹤川待她不赖，虽然有时候阴阳怪气，让她这种做贼心虚的人心里害怕，可总体还称得上是好哥哥。

她的房间是陈家二楼靠南面的屋子，和陈鹤川的房间隔得不远。她推门，这门板仿佛有千斤重，怎么都打不开。

是她害怕吧？一旦推开门，往事便接踵而来，她会想到陈奕因她而死，是她害得陈鹤川家破人亡。

可他不怪她，不认为这是她的错。这一切，都是郑连生的罪孽。

只要不触及陈年旧事，不回忆当年过往，艾黎的心脏就不会被撕扯开，鲜血淋漓地展示于人。

她蓦地深吸一口气，一鼓作气推开门。

屋内一尘不染，她高中时期的宝贝都在，写完的卷子被收拢在书柜里，叠成一摞，用麻绳扎紧。她看过的言情小说被挤压在书柜的角落，有抽动的痕迹，想来是陈鹤川翻阅过。

她鬼使神差地拿出一本，一目十行看了起来，临到尾页，发现一行字迹清秀的小字，是陈鹤川拿钢笔写的。他毒舌地评价：“有闲情看闲书，不如再做几张卷子，英语试卷的错误率太高了些。以及，我不觉得这种小说男主有多帅。”

这是嫉妒吗？还是吃醋？

艾黎乐不可支，又小心翼翼地把这本写了小秘密的小说塞回不起眼的角落里。

这就是青春吧？她和陈鹤川无忧无虑度过的四季，记忆中的春夏秋冬。

她脚步轻快，踢踢踏踏下了楼，发现陈鹤川左顾右盼，正在找她。

“怎么了？陈鹤川。”她大气都不敢出，小心翼翼问了一句。

陈鹤川抬手招她过去，目光凛然，道：“我发现了一点东西。”

“什么东西？”艾黎知道他脸色不对，半点都不敢含糊，小跑过去，坐到他身侧。

陈鹤川登录了他父亲的邮箱账号，在草稿箱里找到了一封邮件，里面写了一句话：“我和鹤川的秘密。”

“会不会是密码？”艾黎问。

陈鹤川如梦初醒，说：“我和我父亲的秘密，就是陈鹤珊的忌日。那天，我们会放下所有手上的工作，一起去看她。”

陈鹤川嘴上说话，手间动作不停。他在电脑里寻找隐藏文件，反复推敲父亲给他留下的文字谜题。哪知，他真的在本地磁盘的windows系统文档角落寻到了加密文件。陈鹤川输入亲妹的死亡日期作为密码，开始解压附件。

“叮咚！”成功了。

里面是几张照片，照片上显示郑连生的名字、电话号码，以及拍摄时间。陈奕死亡当天，郑连生联系过他，并且给他打过电话！郑连生是犯罪嫌疑人！

陈鹤川脸色铁青，一言不发，手握鼠标，机械地往下拉照片文件。照片最底下，还有一张手写信的扫描件，上面印着陈奕的签名，不太可能是造假，这个扫描件可以打印出来做笔迹鉴定，证明是否为本人。

打印机久违地开始运作，罪证一张接一张落到桌面。陈鹤川拿起那封父亲的遗书，沉默而隐忍，细细阅读。

故人有巨大的魔力，能让人遗忘所有他生前坏处，只记得好的事情，缅怀他的一切。这可能就是死亡的温柔与残酷，前尘纷扰，一了百了。

这算是死者的反击吗？艾黎自嘲一笑。人都没了，恩怨情仇都显得不重要了。

这个世上，只有活着，有命在，才能享福。

她凑到陈鹤川的旁边，温柔地将头抵在他的胸前，以亲昵的动作安抚他。

是个人都会想父母吧？尽管父母做了许多错事，让子女愤恨抑或羞愧难当。可父子哪有隔夜仇呢？能放下的就放下吧，能原谅的就原谅吧，能怀念的就怀念吧。人活于世，遵从本心，闲适为先。

艾黎跟着陈鹤川一起看那封遗书，上面写满了陈奕的愧疚情绪。仿佛透过这张纸，他在向长子忏悔，说着那些陈词滥调。

他写：

陈鹤川，启封。

当你看到这封信的时候，我可能已经出事了。如果郑连生有我想象中那样阴险恐怖，他一定会对我下手，这封信就当作罪证，来定他的罪吧。

鹤珊出事的事情，我委托刘洋警官帮我调查摩天轮的材质问题，知道了那是竹山钢铁所产的设备。如果不是因为那架设备，鹤珊也不会死。我找到了铁粉掺假的关键证据，手上有了他们不达标的铁粉样品，以及他们合作的低品位铁粉合同。我只要把这些东西交给董事会，郑连生必死无疑。可是那么巧，她偏偏出事了。我对不起你们兄妹，要不是我和她一直有联系，你母亲也不会……我知道你不和我说话，不只是鹤珊的原因，你还恨我没能好好对待你母亲。你是个聪明的孩子，我也很怕那些肮脏的私事被你看出来，所以我常年不在家，也不敢回家，还找了个女孩当替代品，补偿你。

那个孩子，想来也是不愿意的吧？我看到她，就想到鹤珊，不知怎么对了眼缘，收养了她。现在看来，可能是为了赎罪，偏偏这么巧，我犯下的罪，可以偿还给他的女儿。

我知道你想问什么事情，你想知道真相，那我就告诉你真相。

八年前，我收集罪证的事情让郑连生知道了，我本想和他拼个鱼死网破，谁知道被他抓住软肋。他知道我急需用钱，所以答应给我钱，前提是我把证据给他，由他销毁。他还有一个条件，他想害死赵泽阳，让赵泽阳顶罪，需要我也插一脚。因为他不信任我，怕我拿了钱背叛他，只有这样，我们才能成为同一根绳子上的蚂蚱。我想要钱，我失去了鹤珊，不能再失去其他人了。所以，我按照郑连生的吩咐，拿公司的事当借口，私下约出赵泽阳。我们想他闭嘴，不要把郑连生纵容白芷胡乱报账的事情说出去，让他别在人后多嘴多舌。本来谈得好好的，只要他答应顶罪，三年就能出狱，到时候他的家人妻儿，我们都会照顾好，还会给他钱。郑连生也说了，会安排他出狱后的工作，绝对会善待他的！可是赵泽阳不听，和我们发生了争执。就那么一失手，他落下楼了。我们捡走他的手机，戴着手套把它格式化，没留下指纹。

人都死了，再后悔也没有用，所以，我还是昧着良心拿了钱，救了她的命。

我知道是我自私，是我对不起你们兄妹，对不起赵泽阳。我为了情人，对鹤珊的死置若罔闻。都是爸爸的错，我不配做你们的父亲。

这些年来，我没有一天睡得安稳，一闭眼，脑中就是赵泽阳的脸。我不该为了情人的命，夺走他的命。

事已至此，早晚要还债的，我把这些事写下来，至少不能让郑连生逍遥法外。赵泽阳、白芷、鹤珊皆因他而死，此人罪大恶极，该死！

希望下辈子，我不要再做你父亲了。

陈奕

陈鹤川看完了信件，疲惫地拧了拧眉心，谈不上恨，谈不上爱，只是惆怅恍惚，心底氐惆难以纾解。

人活着都有私心，无非是为了自己的私心碾碎别人的私心。人有百般好，亦有万般恶，难论对错。

陈鹤川给负责此案的警员提供线索，警方确定郑连生是犯罪嫌疑人。关于赵泽阳的死乃是郑连生蓄意而为的证言，证人由一个变成了两个，萧逸和陈奕。

然而，当警方去核实郑连生那日的行踪，却发现他的不在场证明成立，并没有犯罪时间。

艾黎大惊失色，抿紧了唇，小心翼翼地问："有了这封信，还不能给郑连生定罪吗？"

陈鹤川苦笑："我不知道。"

"明明有通话记录，还有陈奕的遗书，怎么不能？八年前，我也见过陈奕联系赵泽阳，我也是人证啊，证明他信里说的事情是真的！"

"纵使这份遗书是我父亲的扫描件，我们又怎么能确定他所言属实呢？只有一个点重合，不代表所有言论正确。到庭审的时候，不止我，郑连生的辩护律师也会提出这个疑问，我们完全没有胜算。现在能肯定的是，他在那天联系过陈奕，是犯罪嫌疑人，当务之急，是击破他的不在场证明。"

艾黎咬牙切齿，眼里如有火在烧。

她啊，一定会让郑连生认罪伏法。

第十五集

冬天日头短，黑夜漫长。远处浮动的雾霭与夜色纠葛，编织成浓墨重彩的山水画卷，美不胜收。艾黎缩着肩膀，像一只被烫熟了的虾米，畏畏缩缩，带点颓败气质。她独自站在马路中央，感受冷风飕飕，心底抱怨这天晚上没做足准备，风衣不够厚，及不上羽绒服保暖。

陈鹤川瞧出端倪，凑近了，将她揽到怀中，捂住她的手掌揉搓："怎么不穿厚一点？我知道女为悦己者容，你想见我，所以打扮漂亮一些，可要是着了凉，我会心疼的。"

艾黎无语，这厮嘴上总没个正行儿。

她不好接这话，找了个蹩脚的话茬，问："郑连生的行踪，找到了吗？"

陈鹤川敛去笑意，严肃地回答："他没有躲藏，很坦荡地待在本地，还请了辩护律师为他出面周旋。"

"有机会见见他吗？"

"可以，我们有理由见犯罪嫌疑人。"

陈鹤川办事妥帖，说见就能见着，没几天，真的约了郑连生，找了一家会所详谈。他们没有理由强制要求郑连生到派出所小坐，得先过他辩护律师那一关。

会所富丽堂皇，俨然是招待大人物的场所。

郑连生坐在偏僻的里间包厢。他花钱清了场，别说闲杂人等，就是服务员也不多。来这里工作的人，不但要有高学历，还要懂人情世故，知察言观色。见人包场，自知两方会晤实乃正事，再好奇，也不能假借送果盘的说辞前去窥探。搞不好，还会惹来杀身之祸，最好是装聋作哑。

这样安全的地方，正合适你来我往打机锋的交谈。

艾黎如老僧入定般淡然，仔细打量对面的郑连生——他五十多岁了，穿着深色唐装，外套一件黑色羽绒服，毛领皮草半真不假，手间拄着拐杖。郑连生的两鬓华发渐生，眼角虽有细密皱纹，一双眼睛却亮得出奇，让他看起来不显老态龙钟，倒显得神采奕奕。

只看外表也知道，这是个精明的主儿，且有备而来，气势半点不输神采飞扬的年轻人。

郑连生和蔼可亲地笑："你就是赵经理的女儿？呦，奇了怪了，我和他生前共事那么多年，也没听说过他有年龄这么大的姑娘啊，这年份不对。"

艾黎闻言，攥紧膝盖上的裤子布料，十指微蜷，指腹发麻。她没料到，才开口第一句话，郑连生就给了她一个下马威。

过了良久，她艰涩道："我是我爸第一任……"

郑连生恍若梦醒，急急打断她的话，无比疑惑地问："啊？我没听说赵经理结过两次婚呀！我懂了，你是赵经理婚外所生的孩子吧？啧，现在的后辈，怎么一点都不知轻重，这种事情在我们那个年代要是做了，是得被人戳脊梁骨的。那你妈妈呢？可还健在？"

艾黎汗如雨下，支支吾吾说不出话来。她最忌惮的人，此时正阴阳怪气地对她指手画脚。郑连生以长辈的口吻，对她的出身与背景评头论足。她少了气势，说不出辩驳的话，被狠狠压制着，挨打也不懂还手。

这是一个连赵泽阳都不是对手的男人，她能怎么办？

陈鹤川护短似的将艾黎揽到一侧，警惕道：“郑老先生说这些话，仿佛不太合适吧？我们今天要问的事情很多，还是不要为旁的琐碎小事浪费宝贵的时间了。”

“是我唐突，当上峰当惯了，遇到一些不明理的小辈，总爱指点一番。哈哈哈，老毛病，倒让陈警官见笑了。按照关系来说，我还是你的伯父，你父亲和我是旧相识，是我一手提拔的下属呢。”他又聊起了陈奕，惺惺作态地抹去两滴眼泪，极为惋惜的样子，令人作呕。

艾黎冷眼旁观，只觉得这个人心理素质强大，陡然升起惧意。她有种不好的预感，这种预感细密且强烈，像是顺着千丝百结的蛛网蔓延的毒液，逐步逼向中央的猎物，慢慢渗入它的身体，麻痹它的神经。

中毒了，不痛不痒，不代表不受伤害。这只飞蛾，早晚要被黑寡妇吞食！

陈鹤川耐着性子，听郑连生唱了一出声泪俱下的好戏，随后，将证据复印件摆在桌上，递到他面前，道：“这是我父亲死之前在电脑里留下的手机通话记录照片，以及邮件保存时间的截图，还有一封他手写的遗书扫描件。遗书笔迹，经由检验科核实，确实是出自我父亲陈奕之手。这个电话号码，我们也让人核对，确定是郑老先生你的手机号。关于我父亲信里所说，你和他密谋杀害赵泽阳一事，证据确凿。我手里还有一个出纳员萧逸的口供，可以指证当年是你命令白芷挪用公款，谋取私利。”

郑连生是一只千年老狐狸，听了这话不怒反笑。他“老神在在”，并没有慌乱的神色，信手抄起那份遗书，缓慢阅读，眉头微微蹙起，反驳：“荒谬！陈警官，你可要相信我，我这是被冤枉的。哪能凭几个人说的话，就将我定罪？就凭陈奕死了，死者为大，他说的话便属实吗？要是我被你们逼得自杀了，留下一封遗书，说这些都是陈奕的阴谋，是他的报复，你们会因为我的死亡而内疚，帮助我吗？你们两个都有私心。一个是赵泽阳，是这位小姐的父亲；一个是陈奕，是你的父亲。你们都是血脉相连的亲人啊，自然怀疑到我头上，看我不顺眼！”

艾黎哑口无言，她咬紧牙关，说道：“你这是诡辩！我们都有证据，当年我分明看到陈奕如遗书里所说，在我爸死前联系过他，这一切都是你指使的！我们还查到了，陈奕在那个出纳员白芷（实际上是林珑）‘自杀’后，就拿到了好大一笔钱救自己的情妇，那是你收买他的罪证。那个情妇也能帮忙做证，证明自己确实收到过这笔钱！你给了他钱，威胁他一起杀赵泽阳，只要他也动手，他就是共犯，就是同谋，他怕坐牢，会守口如瓶。这一切，都是你精心计划的谋杀！”

郑连生朗声大笑：“小姑娘，有没有人告诉过你一句话，眼见不一定为实？我实话和你们说吧，陈奕和我有私怨。当年，他因为丧女之痛，处心积虑入职竹山钢铁集团。我们集团并未有铁粉掺假的行为，那件摩天轮设备完全是个意外。一千件成品里，还不允许我们有一件残次品吗？这都是安检程序不过关，导致有残次品上市。具体怎么回事，我倒不太清楚。总之，陈奕就记恨上我们集团，更把矛头指向了我，他认为是我为了高利润，让公司腐败至此。那时候，他的情人生病了，他走投无路，找上我，说他手里有大料，只要我同意给他一笔钱让他的爱人治病，他就放过我。我怎么可能理会这种小人？于是拒绝了。之后我才知道，他找上那个出纳员白芷，不知抓了她什么把柄，让她挪用公款，又嫁祸到我头上。至于你们所说的出纳员萧逸，想必就是这个白芷故意给他放出风声，让他将这个传言闹得沸沸扬扬。后来白芷自杀了，我第一时间找上财务经理赵泽阳，他表示不知情，并且以为是我指使白芷挪用公款。后来陈奕又找了我一趟，说只要我给他钱，他有办法帮我息事宁人。我有什么法子呢，只能答应他的要求。他拿了钱，隔天，赵泽阳就自杀了，大家以为是赵泽阳胁迫白芷犯罪，见人死了，畏罪自杀。你看，是陈奕打电话让赵泽阳出的门，和我有什么关系？明明他才是凶手。”

陈奕才是凶手？

最开始，艾黎也是这样认为的。

陈鹤川抿唇，提出矛盾处：“在我们查到当年我父亲给情人一大笔钱财时，他就被人谋杀了。杀他的人，难道不是怕他说出什么，从而灭口吗？既然你说他讹了你一大笔钱，那你会不会也对他怀恨在心，四处寻找报复的机会呢？”

郑连生无奈地说：“冤枉！我要是真想杀他，还会拖八年之久吗？”

“八年都没杀的人，突然下手，难道不是因为做贼心虚吗？他被杀的那一天，和你通过电话，难道不是你约他见的面吗？法医说了，这起谋杀案是熟人犯罪，你不就是他认识的人吗？”艾黎咄咄逼人。

“你们这是认定我是凶手？唉，现在的年轻人啊，不见棺材不落泪！”

郑连生拿出一只录音笔，按下按键，里面传来陈奕歇斯底里的叫喊声：“郑连生，你不会有好日子的！”

听完，艾黎和陈鹤川蓦地一惊，面面相觑。

这是怎么回事？是因为郑连生出言挑衅，逼得陈奕狗急跳墙说出这些话，还是真如郑连生所说，是陈奕的阴谋，特地以死威胁？

郑连生叹气：“这是当日的录音，我算是被他威胁怕了，见他给我打电话，说话不对劲，急忙录下这一句，就怕有朝一日有理说不清。哪知，还没过一天，他突然被谋杀了，警方又找上我。我算是明白了，这厮因为女儿的死，还是对我怀恨在心，这么多年意难平，想方设法陷害我呢！他啊，恐怕是看你们查出他给情人转账的事情，生怕我抖出真相，有理说不清，倒不如找人谋杀自己，演绎一出谋杀戏，嫁祸到我头上。他是罪有应得，还想拖我垫背，诬陷我是杀人凶手。哦，至于你们说的那个萧逸，我嘱咐他的律师给他带过消息了。我想，我的意思，他已经很明白了。你信不信，他会告诉你，那些证言都作不得数的，他就是听白芷随口一说，又没看到什么证据，具体是我逼白芷挪用公款，还是陈奕逼白芷挪用公款，他也完全不知情。八年前的事，记忆早就模糊了。他不过是委托艾黎小姐查案，这才那般笃定。那些不过是他随口说出的事情，当不得真。不信啊，你们去问问他。”

艾黎花容失色，一下子没了声音，喉咙喑哑。

郑连生言下之意是：他派萧逸的律师找过萧逸，那厮已经被他搞定了！

就在这时，陈鹤川接到他师弟打来的电话，听完后，面色凝重地对艾黎说：“萧逸反水了，他说自己做了伪证，他其实不太清楚当年的事情，当时只看到总经理郑连生找过赵泽阳，然后又见陈奕去寻郑连生，其余的事情，他一概不知。八年前的事情，年代太久远，他已经记不清了。而‘白芷’，也就是林珑和他说过，这些是总经理所为，也只是片面之词，没有任何证据。现在想想，就这样认定是郑连生挪用公款，太草率了。可能是个不为人知的阴谋，他只是棋子。”

艾黎揪着陈鹤川的袖子，苦苦哀求：“他之前明明不是这样说的，他在撒谎啊，你们不要相信他！”

陈鹤川深吸一口气，闭眼，复而又睁眼，对郑连生说：“郑老先生先回去吧，我们这里没什么事了，还有事情需要查，有其他疑问再来找你。”

郑连生和蔼地笑：“这才对嘛，年轻人，不要张口就说瞎话。我可不想一大把年纪了，到老了还晚节不保。哈哈哈，行了，那我走了。来个人，今晚茶水我包了，再给陈警官上一些糕点水果什么的，记我账上。再见。”

艾黎疯了似的要拦住郑连生的去向，她心里知道，这次放他走了，再见就不知是驴年马月了。

陈鹤川皱眉，暗中使劲，掐住她的腰肢，把她按到怀里。

等郑连生走出门，他才松开这个倔强的丫头，道：“你以为我不想抓他吗？”

艾黎梗着脖子，说：“他说的都是谎话！”

“可这谎话符合逻辑，没有破绽！”

“萧逸肯定是被他威胁了，所以才会那样说！”

“那你有没有想过，萧逸能被什么事物威胁？”

艾黎如梦初醒，颤声道：“白芷？”

萧逸最看重的人就是白芷，能让他改口，那只有一种可能——白芷在郑连生手上。只要萧逸说了多余的话，成了对郑连生不利的人，那白芷必死无疑。

陈鹤川打开微信里的视频，说：“我让师弟把萧逸律师探监的监控视频发给我了，我们得知道他们都说了什么，这才好抓到把柄。只要我们找到白芷，萧逸就不会被郑连生威胁，也就知道他的证词究竟是真是假，有几分可信度。”

当务之急，是查明郑连生把人藏在哪儿了。

视频里，律师是一名女性，她和萧逸寒暄与聊一些场面话。艾黎听了多次都没听出什么特别的事情，直到最后，律师突然拿出一张名片放在手心把玩，和萧逸道别。

艾黎瞧出端倪，把视频截图，放大好多倍。她盯着那张名片来回看，模模糊糊地看出，上面有一个蝎子图案，旁边还有两个数字，分别是 3 和 9。

蝎子图案？ 39 ？这是什么意思？是谜题吗？

艾黎在口供本上潦草记下这两个图案，口中念念有词。

就算是掘地三尺，她也要把白芷找出来！

回家途中，车里没开暖气，艾黎的脚趾冰冷，雪地靴大了一码，留出很大一块空隙，汇聚不了太多暖意。她觉得胸闷气短，打开窗，盯着不远处的雪松出神，那尖塔形的树冠覆上一层白茫茫的霜。这夜有雨夹雪，淅淅沥沥的雨水不但带来土地泥泞的潮味，还有些松科植物的苦涩草木味，略微呛鼻。

雨水溅入窗内，拍打她的脸颊，让她体温下降，手臂上鸡皮疙瘩耸立，触感冰凉，她却浑然不觉。

还是陈鹤川伸出手，按下关窗按钮，将冷空气隔绝在车外，把艾黎严严实实护了起来。这道车窗，便成了厚厚的屏障，将艾黎完好无损地保护在这个狭窄的空间内。

车内安静，陈鹤川临时想话题：“我买了糯米，昨晚已经浸了一整夜，待会儿蒸肉松什锦糯米饭给你吃。”

艾黎没回话。

陈鹤川兀自一笑，自言自语：“你要是想的话，我还能调一些蔬菜汁，用紫薯糊给你染色，这样比白饭好看很多。”

艾黎听懂了，勾起一丝惨淡的笑，说：“你是把我当小孩吗？还要用彩色糯米饭哄。”

“要是能哄到你就好了。”

“欸？”艾黎心悸，闻言，侧头看了陈鹤川一眼，正对上他深情款款的一双眉眼。

他停了车，突然靠近艾黎，气息温和，不具备侵略性，让人心安。

陈鹤川的指尖烫到艾黎的下巴，惊得她微微颔首，缩了缩脖子。

陈鹤川轻笑，放低了声音，暧昧地说：“我就怕我哄不了你，再让你胡思乱想，一个人伤心。”

虽是甜言蜜语，他说得却很真挚。

偏偏是这样认真的话，让艾黎手足无措，一下子慌了手脚。她啊，好像一向不擅长应对这些事情呢！该怎么恋爱呢？怎么和一个人相处，彼此爱慕呢？艾黎从小不懂爱，也不知该如何应对。她只能循着陈鹤川留的线索，笨拙地一步一个脚印跟着走。

风雪再大，也有那么一个男人走在前头，帮她遮风挡雨。在她疲惫时，他在身旁，没心没肺地逗她笑；在她伤心时，他在身旁，敞开含有羊毛内胆的风衣，将她揽入温暖的怀抱；在她高兴时，他在身旁，留心左右危险事物，让她在他的保护圈内肆意撒野。陈鹤川就是这样一个人，一直默默地守护她，以自己最为独特的方式。

艾黎眼眶突然有些发热，她低头，别扭地躲入陈鹤川的视线盲区，不让他看到。

可惜，陈鹤川不是傻子，见她动作生硬，嗓音有一线慌乱："怎么了？是我说错话，让你不开心了？"

"没有。"艾黎闷闷地回答。

"那你哭什么？"

"我没哭！"

"好，没哭。"陈鹤川解开安全带，凑过来抱她，"我们家艾黎怎么会哭呢？"

她扑哧一声笑了，羞恼地推开陈鹤川，说："快回家！我要吃糯米饭，要盖上紫薯糊的那种！要紫色的！"

陈鹤川松开她，眉宇间蕴含宠溺之色，满脸无奈，说："好，都听你的。我们回家，吃自家的饭菜。"

到家后，陈鹤川起火生灶，按下油烟机开关。天冷，用裹了纱布的蒸笼蒸糯米饭，必须格外小心，若是蒸笼热气排放不及时，很可能整个厨房都弥漫白雾与潮气。

蒸了好几个小时，糯米饭才熟透。陈鹤川铺上一层炒熟的海鲜料，又撒上一层厚实的肉松。肉松有些干，淋上一点热水，这样出锅时才会松松软软，色泽光鲜。

糯米饭已经就位，现在就等着给艾黎搞紫薯糊了。

好在陈鹤川有家中囤食的习惯，土豆、番薯，以及芋头都在冰箱里存了些，只要去拿就好了。

别的吃的还好，就是制作紫薯糊的过程稍微费劲了些，需要把生紫薯切丁，放入搅拌机里碾碎，然后兑入清水，倒锅中煮成紫色的糊。

陈鹤川见差不多了，就把糯米饭与食材搅拌均匀，打了满满一碗黄澄澄的肉松饭给艾黎，再当着她的面淋上香味清淡的紫薯糊。

陈鹤川把勺子递过去，催促她："快吃吧，饿了一整天。"

艾黎舔了舔下唇，半点都没跟他客气，舀了一大口饭塞入口中。她的嘴巴被美味的肉松饭塞满，味蕾被这等美食刺激到炸裂，整个人无比放松，就着陈鹤川现榨的豆奶，大口大口咀嚼。

其间，陈鹤川不住叮嘱："喝口豆奶，慢点吞，还有很多。想吃些点心吗？我迟些给你煮夜宵。"

他不厌其烦地照顾着艾黎，看着心尖尖上的小姑娘无忧无虑的模样，心生满足。

"等到赵泽阳的案子尘埃落定，我们就辞职，过自己的日子吧？我有一些积蓄，乡镇里也有自己的房子，到时候出租一套，自己住一套，收收租金，过点普通生活也可以的。"

艾黎注意到他话中特指的词是"我们"。

什么时候起，他们成了难舍难分的一双人了？

想了很久，艾黎终于重重点头，笑着说好。

第二天，艾黎截下的那个刺青图的来源有了线索。那个蝎子刺青的尾巴勾成半个爱心形状，是一名业内有名的刺青师独有的标记，行里人称她吴姐，她开了好几家刺青馆的分店。

艾黎又问起那个数字39是不是和吴姐有关，譬如是她代称之类的。大家都说不是，那应该是客人要求刺上去的符号，可能有什么特殊含义。

有的人失恋了会去刺青，或是热恋时文上女友的名字。每个精心选择的图案都是一个故事，标记一段人生。

萧逸因为这个刺青就自乱阵脚，甚至改了口供，说明这个刺青有特殊含义，能让他完全确认最重要的人或把柄落到了郑连生手上。

难不成，这个刺青文在了白芷私处，寻常见不到?

艾黎也只是猜测，她需要知道那个39的真正含义，也要和刺青店老板吴谨言确定，这个刺青是不是刺在了白芷的身上。如果是，那就说明白芷确实在郑连生手上，他拿着刺青图，是想借以威胁萧逸，逼萧逸做伪证。

艾黎把那张萧逸和白芷的合照妥帖地塞入包中，小心翼翼地拍了拍腰侧的包面，压得死紧，仿佛里头有不为人知的秘密，绝对不能惹人生疑。

下午，刺青馆人很少。平时不会有客人来店里乱逛，都是直接电话预约，定个文身时间，到点儿才来。

艾黎问柜台的人，吴谨言老板有没有在店里。

小姑娘点头，朝帘子里嚷了一声：“吴姐，有人找！”

“什么人？”没多久，有个短发女人撩帘出来。她穿着皮夹克，里头一件露锁骨的薄毛衣，看样子十分精练能干。

她瞥了艾黎一眼，问：“我是吴老板，你有什么事吗？”

艾黎拿出照片，问：“你见过这个女人吗？”

吴姐端详许久，沉吟一声：“她啊，我有印象。”

艾黎喜出望外，再拿出一张刺青截图，问：“她是不是来你这里搞了个刺青？就是蝎子和39，这样式的。”

“对，我记得。你看这蝎尾钩子，是我独创的。我注册了版权的，圈里没人会仿我的图案，不然我就带人去砸招牌，砸到他做不了生意为止。”吴姐聊起这事，语间颇为得意。

有她的证词，说明白芷身上确实文了蝎子和39的刺青。那么，可以确定白芷在郑连生手上，也能说明是郑连生拿刺青要挟萧逸造假了。

不过萧逸害怕白芷有闪失，不承认自己做的是伪证，艾黎也没任何办法。

除非，艾黎能救出白芷，让萧逸全无后顾之忧。

艾黎问："那你记得 39 是什么意思吗？"

吴姐说："我不知道，那时候我没问，也不太在意这个。客人这么多，能记得人脸都不错了。我们刺青师，最好别多问客人的事情，也没人喜欢被窥探隐私。我之所以能开这么多家店，不只是技术好，还有会做人，能帮客户保守秘密的缘由。"

"那你怎么记得这个女人的？一看她照片就认出来了。"

"因为她太古怪了呗。"

"古怪？"

"那时候，我和她约好了刺青的时间，要她个人信息。她不肯给，不留手机号码，也不留地址。我问她，那该怎么联系？那女人回了我一句，到时候会来的。我怕她骗人，还收取了百分之三十的预约费。"

"……"

临走前，艾黎问她："那个刺青，文在了哪儿？"

吴姐想了一会儿，笑得贱兮兮地道："文在后腰，股缝与腰窝之间，把内裤拉低了才能看到。"

艾黎了然于心。原来如此，文在了那么隐秘的地方。那就能解释，为何萧逸对"白芷在郑连生手上"这一消息深信不疑了。

第十六集

每到深夜，气温都会下降。艾黎次次见雪融冰消，觉得春日将至，总会被凛冽刺骨的冬风击破幻想。这样的严冬仍旧漫长，久到没有尽头。人生也是如此，苦难总不会消失殆尽。

从吴姐这里出来，艾黎马上给陈鹤川打了个电话，让他开车来接。

艾黎不是警察，她只能拜托陈鹤川去见萧逸一面。

陈鹤川多日不见萧逸，他瘦了好大一圈，眼窝深陷，眼角也有了细纹，许是夜里没睡好，眼圈泛起青灰色。

隔着厚实的玻璃隔层，陈鹤川凑近通话孔，说：“萧逸，看这个。”

他将手机里的刺青图摆到玻璃板上，暴露在萧逸的视线之内。

萧逸终于有了一点反应，他那双全无神采的眼睛瞥向陈鹤川，流露狐疑之色。

陈鹤川望着他空洞的黑眸，郑重地说：“我们查到这个刺青的来源，它文在白芷后腰。郑连生给你出示这个，意思是白芷在他手上，对吗？”

萧逸没作声，他不会回答，也没有理由回答。

只要他多嘴多舌任意一句话，白芷必死无疑。他没有理由冒这个险，也没有理由承认这一切。

陈鹤川明白。

于是，他说："我知道，你不会承认。因为这只是我的推测，即便知道了又怎样，我也救不了白芷。但是，请你相信警察一次，我现在就去找她，我能保护她。如果我找到她，把她保护起来了，你就要说出真相，不要再给郑连生做伪证。他是恶人，不必庇护。恶人就要受到法律的制裁。这一回，只有你能帮我们！我和你一样，都有必须保护的人，你该懂我的心情。"

萧逸垂眸，不动声色地点了点头。

这个动作幅度很小，犹如蝴蝶振翅，除了陈鹤川，没人能看出来。

这是萧逸最大的让步，间接承认了郑连生的暴行，这条路是值得走下去的。

他们，得竭尽全力找到白芷。

恍惚间，陈鹤川想起一事，问："说起来，你怎么确定白芷在郑连生手上？又怎么知道，你帮助郑连生以后，白芷会没事？你肯定有确认消息的渠道吧？能不能告诉我？"

萧逸愣了一秒，没想到他会开门见山地问。萧逸点头，并不代表他需要承认这些事实，一旦沟通这些，则有可能被录音，作为呈堂证供。

他不傻，不会入陈鹤川的套。这人未免有些得寸进尺了。

萧逸警惕地抿唇，小腹微缩，脖颈勉力往后抻，绷出一道起伏明显的青筋。人在困境常会做出原始性的防御动作，极力远离威胁性较强的事物。

他在害怕陈鹤川，他不信任警察。

陈鹤川压低声音，说："我身上没有任何录音设备，我没有想要挟你做什么。除去警察身份，我们是普通人，是能将心比心说话，能共情的受害者。你说的话，我们没有录音，也没有录像，不能作为事实证据。如果我没找到白芷，你大可不承认今天说过的话，一切都是我的臆想。你有资格否认这一切，你根本不亏。你想一想，与其相信心狠手辣的郑连生，倒不如相信警察。他是杀人犯，会违法犯罪，做任何突破人类道德底线的事，但警察不会，我们不会随意伤害他人，以救人之心济世。”

许是这番话有一定说服性，又许是萧逸救人心切，他的眉头皱成深深的“川”字，他挣扎了许久，如蚊虫嗡鸣般小声说：“律师用唇形告诉我，三天后，她会再来一次，带着郑连生的口信，她会告诉我白芷的近况，让我放心，全心全意信赖她。”

三天后吗？

陈鹤川皱眉，还有两天，律师还会再来一次。

既然是能让萧逸信服的人，说明那个人肯定近期和白芷接触过。到时候查一下这个人，是不是就能找到白芷了？

艾黎暗暗下了决心。再细微的事也好，抽丝剥茧后露出来的事物本质，没准就是破案关键。

两天后，律师如约而至。

艾黎没有埋伏在左右，怕打草惊蛇。其实旁观也没有意义，凭郑连生的警惕，两人打的肯定是哑谜，句句机锋，让人挑不出错，听不懂其中深意。

律师来叙述的事情，肯定有一些有关白芷的关键词，譬如我有个朋友怎样，现在很好，再说出点她不为外人道的关键特征，诸如此类。有心人会联想到白芷，譬如萧逸。外来人听不出其中含意，只能云里雾里被人牵着鼻子走。

倒不如，直接去堵那个律师。

艾黎挺直了近日因奔波劳累显得消瘦的脊背，强行打起精神，与陈鹤川一道跟踪离开派出所的女子。

律师很谨慎，一步三回头，生怕被人跟上。

艾黎和陈鹤川显然技高一筹，还是跟着她回到了家。

律师没防备，被门前突然出现的两尊门神吓了一跳，她拍了拍胸口，做贼心虚地嚷道：“你们是谁？”

陈鹤川眯起狭长的眼，淡漠地回答：“我们想来问你一点事，麻烦让我们进去，再关上门，掩人耳目。”

说话间，他已掏出警员证，抵在胸口让律师细细瞧。

对方叹气，让他们进了门。

艾黎问了她姓名，她叫严鹦。她和萧逸是旧时朋友，听说他入狱了，特去为人提供法律帮助。真律师假律师尚且不知，以郑连生的手段人脉，想要严鹦帮忙，替她捏造一份履历，或是寻出严鹦这么一个和萧逸有关系，且从事法律工作的人，应当不难。

陈鹤川托人找了这间公寓的房东，以公务为由查到严鹦老家。此时，已过了两天。两人没有片刻耽误，出差仿佛习以为常，刚拿到资料就马不停蹄往那处赶。

跟着陈鹤川办了多次差使，对于调查一事，艾黎熟门熟路。

严鹦的家一时半会儿没找着，倒是有其他人看他们探头探脑，问了情况。

艾黎深思几秒，把来意和盘托出。也是巧，这个人竟然是严鹦父亲生前同事。姓张，他说唤声老张即可，显得年轻。

老张找了个茶楼请他们吃茶，感慨万千，道：“幸亏你们遇上的是我，要是别人，别说打听严鹦的家了，可能连严鹦这个人都不知道！”

“怎么这么说？”艾黎惊讶问。

陈鹤川勾唇笑：“看来其中有什么内情？”

老张眯起眼睛，啜了一口热茶，说：“她啊，可怜。妈妈得病死了，爸爸也去世了，自从家破人亡后，她就被亲戚家接走，去外地了。”

艾黎：“去外地？哪里？”

“这我就不知道了。”老张摇摇头。

陈鹤川却不好奇严鹦从前的行踪，他手间茶盏轻转，滚烫的茶水在小巧玲珑的茶碗里微漾。这样把玩了一会儿，他慢条斯理地说：

“要不，你给我们讲讲她以前的故事吧。”

“行。”

那是严鹦十几岁的事情。

十多年前，她妈妈得了肝癌，由于是初期，可以做手术切除，还不算没得救。那个年头，没有医保，手术费又很贵，一台手术不能保证多高的生还率，还要十来万的费用。

十几年前的十来万，已经可以全款买一套房了，是一笔惊天巨款。

严母不想花光家中积蓄，导致日后家徒四壁。她还有丈夫和女儿，不能让自己的病拖累他们的生活，存折里的钱也是用来供严鹦读大学的。

所以，她选择等死。

严母是个温柔的女人，和严父伉俪情深，一起生活了二十来年。凡是去严父家里做过客的人都知道，他的妻子漂亮，待人温柔得体，是不可多得的好太太，让人艳羡。

大家都说严父好命，家庭幸福，事业上也顺风顺水，得了行长赏识，委以重任，不日便能高升。可惜天有不测风云，噩耗来得太突然。

严母患病了，平日里委婉地和严鹦说她怕疼，也怕手术的风险，万一下不来手术台，就见不到他们了，倒不如像现在这样，忍一忍，多则还有几年能活，少则几个月。

她还想多看看严鹦，多和自己最爱的丈夫温存。

严鹦嘴上应着，心里却明白她妈妈的苦处，她不是不知事的孩子。

家里没钱，命也轻贱。

晚上回家的路上，严鹦看见她爸就撇嘴掉眼泪，父女俩抱头痛哭。

哭完，彼此捧脸擦干眼泪，再笑着回家，不让严母担心。

那时候，严父和老张是同一个银行上班的同事，老张也不想严父这样难过，于是给他出了个招，不如拿房子抵押贷款，先把手术做了。

他家的房子估价六万，可一台手术要十来万，还差些钱。

严父跪着求主治医师，让对方先动手术，他每个月都有工资，能不能赊账慢慢还。他就在银行工作，可以用房子贷款，只是程序还没走完，一下子拿不到钱。钱可以缓缓，他家太太的肝癌却不能拖了，要是错过最佳治疗时间，就是天王老子也救不了她。

人心都是肉长的，医生看着这个肯为妻女下跪的男人，动容了。

他说尽量和领导谈谈，得到批准，就先进行手术。他尽量去说情，有他作保，没准能行。医生不敢说死，只道有百分之八十的把握成功。

严父千恩万谢，觉得一切都将过去。上帝关了一扇门，定会给人开一扇窗。

他信心十足，偷偷和严鹦还有老张说了这些事，唯独瞒着妻子一个人。他怕她固执，不肯答应。钱没了还能赚，人没了，可就永远没了。

就在严父觉得苦尽甘来的时候，银行里出了一件大事。严父手上的一个项目出现了诈骗事件，公司的总裁一夜之内携款潜逃，不归还贷款，让银行平白损失三百万，而这个无担保裸贷的项目则是行长特批的指示，让严父按照他的吩咐执行。严父曾提出这种无担保裸贷的风险，可行长一意孤行，说那家公司和银行维持了多年的贷款合作关系，随便哪一笔都超过千万，利润超过数十万。他们这次急需周转，一时间没能准备担保物件的材料。行长说了，银行应该以道义行事，多多体谅。规矩是死的，人是活的，不能因小失大，失去这个重要的合作伙伴。

然而，这个公司早就负债累累。他们隐瞒了自己财务的负面状况，得到贷款后，便遣散职员，携款潜逃。现在出了事故，没有担保物，银行无法回收这三百万。而行长翻脸不认人，认为这是严父的过失，是他没能评估调查清楚这个公司的财务状况，导致银行有这样大的损失。行长为了保住自己的位子，和集团报告时，把全部责任推给严父。

这一切就是阴谋，严父哑口无言。他保不住自己的工作，有了这样的职业黑点，这一行的公司也不会再聘用他了。

严父没有固定的经济来源，无法救自己深爱的妻子。

是他不够谨慎，毁了这个家。

许是压力太大了，他迷迷糊糊爬上天桥，一跃而下。

严父死了，严母悲痛欲绝。

从严父去世的那天起，严鹦就放弃了学业，每日在家中照顾母亲。

老张在严父葬礼期间来过一次，他看见年龄尚小的严鹦坐在蒲团上，呆呆望着父亲的遗像，不哭也不说话，像个傻子。

真是个可怜的姑娘，今后也没人能保护她了。

老张唏嘘不已，在严父去了之后，常常给她家送东西，小到吃食，大到衣物。

严鹦问起她父亲的事情，老张如实说了。

他不希望严鹦被蒙在鼓里，不想她以为严父是个抛妻弃子的懦夫。

实在是……人生太苦了。

严鹦一面笑，一面流泪。她嘴上说谢谢，那抹笑容却异常狰狞。

谁能接受这种事情呢？

时间久了就好了，人得学会看开。在这个世上活着，就是不断往前，不断抛弃，不断忘记。

再后来，严母因肝癌去世，严鹦也人间蒸发。

而那个阴险狡诈的行长却因为业绩出色，被调去银行集团本部，离开了这个小地方。问起这个行长的事情，老张摇头，他早换了行业，不太清楚行长的近况。

艾黎要了严父生前工作过的银行地址，和老张道谢后，与陈鹤川一同赶去。

时间分秒必争，他们赶在银行关门前，联系到了经理。被问起蒋信来行长的事情，经理愣怔片刻，含糊地道："据说行长在一年前去世了。"

"去世？一年前？怎么死的？"艾黎急迫地追问，一时间没注意到自己询问的口吻有些不妥当。

陈鹤川捏住她的腕骨，不动声色将她往后扯。这种紧要关头，还是由他本人出马吧。

“请你帮我联系一下银行总部，我作为警方代表，需要蒋信来的家庭住址，问些重要的事情。”陈鹤川说。

——这么巧吗？突然就死了。蒋信来和严鹦有血海深仇，那么他的死和严鹦有关系吗？瞎猜什么呢，还没结果的事情。

艾黎龇牙咧嘴地笑了笑，女人呀，总爱用直觉说话。

他们打听到了蒋信来在银行总部所在城市的地址，在素有雪国之称的雪城。

艾黎连夜收拾了衣物，让陈鹤川网购了两张动车票就走。

雪城四季寒冷，夏天像秋天，格外有特点。此时是冬末，其他地方都转暖了，有了初春迹象，偏偏雪城还是满城风雪，银装素裹。

不多穿一点不行呢，不然有可能被冻伤。

这样想着，艾黎还带上了一套情侣的厚睡衣。这套睡衣是加了羊绒的棉衣，摸起来柔软光滑，十分舒适。蓝的那套是陈鹤川的，粉色那套是她的。

咦，也不知从什么时候起，艾黎开始扮演贤妻良母的角色，包办陈鹤川所有衣物，包括贴身内裤。可能是征服欲作祟吧，她总想占有自己最亲密的人，让他的世界仅剩她一人。

咯咯，这样一想，情绪赤诚热烈，好像求爱啊。

艾黎脸颊仿佛着火，怎样都消不下这股火气。

这时，陈鹤川双手穿过她窄细的腰肢两侧，从后头紧紧搂住了她。

他把下巴搁在她圆润的肩头，笑吟吟地同她说笑，呵气如兰。

暖色的灯光映在艾黎的侧脸与脖颈，面光处莹白如玉，背光处像是笼罩着一层乌黑的雾霭。陈鹤川眸间一黯，手里圈得更紧了，仿佛想把艾黎嵌入血肉，不能分离。

艾黎被他突如其来的拥抱吓了一跳，她笑着躲闪，扭头避开他炙热的呼吸，连连说：“别朝我耳朵吹气，痒！”

她只知道避，只知道退，却不知这种毫无章法的扭动会加剧陈鹤川的欲火。

再这样下去，他还怎么饶得了她？

陈鹤川无言叹气，用唇探寻她的，轻轻吻了上去。

艾黎侧头，抻着脖子回应陈鹤川。她修长的脖颈紧绷，浮现了道细骨，像一根琴弦。

陈鹤川不停地亲她，亲了好久才松开她的唇。他下口重了，还轻咬了一口，樱桃小嘴水润润的，有些红。

艾黎伸出舌尖舔了舔嘴角，倒吸一口凉气，嗔道："你属狗的吗？！"

陈鹤川但笑不语。

是啊，他是狗，只肯为她卖力的狼狗。

他又低低地笑，凑到她单薄的耳郭旁边，慢条斯理地逗弄她："狗只有狗性，没人性，不知道会做出什么事情。你想清楚，是要再喊我几声狗，还是乖一点改口。"

陈鹤川离她好近，就贴在她的身后，脊背是神经末梢聚集处，特别敏感，一点风吹草动都能感知。他滚烫的身体几乎与她融为一体，那体温仿佛烫到她了，让她如芒在背。

有这样一匹饿狼在后穷追猛打，谁敢不求饶呢？

艾黎败下阵来，哆嗦着，小声地嘟囔："我没说你是狗。"

"嗯？"陈鹤川哼了一声，不依不饶地追问。

"好吧，是我……我瞎说的。"

她认了尿，很是丢人。可是，好汉不吃眼前亏，先躲过一次是一次。

陈鹤川松开她，顺势揉了揉她细软的长发，说："车票订好了，是明天早上四点。雪城很远，动车也要坐四五个小时。要不你跟着我出去买点零食，到时候好带在车上吃。我可不想让你看着别人吃东西流口水。"

"……"艾黎很无语，她才不会做这样的事情好吗？

家旁边就有一家花糕店，老板做的各式米粉花糕香甜可口，包装也是用黄色吸油纸叠成小豆腐块，用麻绳扎成串，古朴可爱。

艾黎凑到玻璃展柜前，指着花糕，随意点了几个。她要了粉色樱花形状的，夹心是红豆沙；还有抹茶绿汤圆形状的，夹心是绿豆沙。

老板王婆卖瓜，自卖自夸，直说这是一个小时前刚出炉的，味道最是细腻软滑，而且好克化，对肠胃好，不像一般糯米糕点那样粘牙、难消化，卡在胃里。

陈鹤川付了钱，又牵着艾黎往超市走，大手拉着小手，好像小时候那样。艾黎手间满是细细密密的汗。

以前，陈鹤川也会带她出门买零食。

他会把她独自丢在零食区，让她一个人漫无目的地游走，然后经受不住诱惑，拿很多零食。

这时，陈鹤川会突然出现，默不作声地将她挑选的所有东西搬上付账的柜台，径自付账。

艾黎很别扭，总觉得这是他费尽心思布下的人性测试。他想看看她究竟能不能忍受住诱惑，不拿美味的零食。

好丢人，她的定力不够，还是破功了。

事实真是如此吗？

可能是艾黎想多了。

陈鹤川只是从小到大都分外宠她而已，超乎寻常人的想象。

此刻，宠爱人的陈鹤川再次带艾黎来到零食区。他握住她的肩头，暧昧耳语："拿你想吃的东西，我付钱。"

艾黎嘀咕："我又不是小孩子，难道还和以前一样看见零食就撒欢？"

"对哦，我的小姑娘长成大姑娘了。"他嘴角噙笑，"那么，允许你比小时候多拿一倍的零食，这是你成年后的嘉奖。"

"……"算了，和这种人可没什么好说的。

第十七集

陈鹤川拉着行李箱，另外一只手牵着艾黎，踏上开往雪城的动车。别人可单枪匹马走天涯，他不行，出门一趟得带上全部身家——艾黎与一些日常必备品。

否则的话，他夜不能寐。

他是着了她的道了。陈鹤川眼中含笑，揉了揉艾黎的头。

艾黎斜睨了他一眼，嘟囔："我刚夹的刘海，别给我弄乱了。"

"乱了也好看。"陈鹤川道。

哪次他没说好看？反正他喜欢，什么都会说好。艾黎腹诽，没跟陈鹤川争论。

动车出发，行驶速度很快，窗外的景色变换，一路浮光掠影，瞧不真切。

等车到了临近的站，停了一小会儿。

艾黎朝窗外看，此时正在下雪。灰暗的天色中，鹅毛大雪从天而降，覆在原本已有厚重积雪的地面上，像极了生奶油蛋糕，整个世界都是甜蜜浪漫的味道。

她扶着窗沿，口鼻都凑得很近，呼出的热气在顷刻间凝在车窗上。

车里有暖气，冷热交替，车窗玻璃上形成了一层薄薄的水雾，外面的雪景瞧得更不清楚了。

她突然有些兴奋，对即将抵达的雪城充满好奇。

女人骨子里天生属于浪漫，她喜欢任何美的事物。

也许，陈鹤川也属于美的范畴内，所以她喜欢他喜欢得不得了。

车到站了，两人坐出租车到之前在网上预订的一家旅店休息。除了他们，还有很多其他来雪城旅游的游客。旅店内人声鼎沸，楼下餐厅有人聚众玩扑克牌，抑或是吃糕点、喝茶。

陈鹤川要了房间钥匙，把衣物放入房间后，带艾黎出门找餐馆。

今夜运气好，没下雪了，风不大。地上的积雪还是厚实的，艾黎踩在雪里，深一脚浅一脚，朝前蹦蹦跳跳地走。

她时不时转圈，回头看陈鹤川，笑得很甜。那顶羊毛风帽被她的大幅度动作震得要掉不掉，帽子是乳白色的，很衬她。

陈鹤川温柔地看着艾黎，任她在自己视线内撒欢。果然是自家小孩呀，纵使吵闹也不惹人嫌，看得人胸腔微热，满腔欢喜。

他上前去拉了艾黎的手，拽她入怀，说："慢点走，当心地滑。"

"哦。"艾黎玩累了，气喘吁吁地停下来。

旁边就有一家面馆，陈鹤川撩帘，带艾黎进去。

他点了两碗海鲜刀削面，还要了一小碟辣椒酱。平日里，他不给艾黎吃辛辣食物，对肠胃不好。可今天实在是太冷了，加一点辣酱也无妨。

待面上桌，艾黎急忙掰开一次性筷子来用。

陈鹤川不动声色地抢过她手里的筷子，用餐巾擦拭掉上头的木屑，以免扎到她的唇舌。

她就是个冒失鬼，每次都得他来善后。要是日后他不在她身边，她可怎么办呢？

艾黎盯着面，催促道："好了吗？我得吃面了！"

海鲜面的味道真是香，浓汤煨着溏心蛋，红艳艳的蛋黄都要流到汤里了。旁边还有五颜六色的切成片儿的海鲜，密集地排列在一侧，衬托白润如玉的刀削面。

陈鹤川递过筷子，艾黎狼吞虎咽地吃面。

他哭笑不得，连声说：“慢点，我又不抢你的。”

艾黎吃东西一直很快，三下五除二扫了半碗，她喝了一大口汤，喟叹道：“舒服。”

陈鹤川无奈地看了她一眼，慢条斯理地吃面。这里的汤面虽有出色之处，可也没艾黎说的那么夸张，什么天上有地下无的。

每次看她吃东西，他都觉得食物很香，待自己吃，感觉也就那样。算了，艾黎就是个知足常乐的性子，吃什么都说好吃。

吃饱喝足，陈鹤川叫了辆出租车。

他刚伸手，立马有车停在面前。不得不说，这就是游客众多的雪城，生意人都很懂客户需求。

两人上车，报了个地址。

司机想了想，便朝目的地开去。

车里有悠扬小调，以及莫名的花香，很是催眠，艾黎昏昏欲睡。

陈鹤川问司机：“你感冒了吗？怎么戴口罩？”

司机嘟囔一声“是”，当作回答。

陈鹤川总觉得有哪里不对劲，环顾四周。

艾黎已经枕在他肩上睡着了，就连他自己都感觉眼皮有些重，头疼欲裂。

这花香有问题！

陈鹤川觉得浑身肌肉都没劲，身体失去控制。他喊了句：“停车！我是警察！”

司机没回答他的话，突然停车，打开后座的车门。

司机往陈鹤川的脖颈上注射了一管镇静剂，将他拖下车，随后上车，一踩油门往远处驶去。

陈鹤川在昏睡前，奋力看车的车牌号码。

车牌号被挡住了，没牌号怎么上路的？这人是有备而来。

他们要带艾黎去哪儿？这是谁指使的？

他突然想到赵泽阳生前的妻子钱莉上门来挑衅艾黎的事，应该早就有人盯上他们了，这是圈套。

许是严鹦害怕被查出什么，所以先下手为强？谁知道呢？

艾黎睡着了，她做了一个很长很长的梦。她梦到她和陈鹤川结婚了，身上披着雪白的婚纱，陈鹤川西装革履，笑吟吟地朝她伸出手。

今天的陈鹤川好帅，帅得让她挪不开眼。

艾黎由衷地笑了，再次睁开眼，入鼻一股浓烈的消毒水味。

她皱眉，旁边的护士突然朝她拥来：“醒了，病人醒了！”

艾黎抬手，手背上扎着许多输液管，传来阵阵冷意。

她蹙眉，问：“这是哪里？”

护士脸色一僵，问：“艾黎小姐，你不记得了吗？”

“什么？”

“半个月前，你不听我们劝阻执意逃出医院去看海，结果跌下山路昏迷。我们一度以为你要成植物人了，谢天谢地，你终于醒了！”

艾黎听不懂她在说什么。她感到头疼欲裂，哑着嗓子问：“陈哥哥呢？”

“陈哥哥？那是谁？”

“陈鹤川。”

“没有这个人。艾黎小姐，你该不会是又做梦了吧？有人说，深度昏迷刚清醒，会有神志不清的情况，没想到你会这样严重，把现实和幻想都混淆了。你在精神病院里待了三年了，从未见过有什么陈姓家属来探望你。”

“三年？我睡着之前，就是昨天吧，还和他一起吃面。我们去了雪城，要挖严鹦的秘密。”

护士用那份档案挡住脸，扑哧笑了。

她仿佛听到了天大的笑话，乐不可支，说：“你是不是又犯病了？

之前也常有把现实和幻想混淆的情况，我还以为你都好了呢。你稍等，我去喊医生。”

就在这时，病房门前突然有披着羽绒服，内穿一件条纹病号服的女人走来。

她看见艾黎，惊喜道：“艾黎，你醒了？”

艾黎看着这个陌生的女人，问：“你认识我？”

“我是冬至啊！你不记得了吗？我们之前都住同一间病房，是最好的朋友。”

冬至？

她不记得。

艾黎摇摇头，皱眉道：“你们是什么人？我昨天还在雪城，根本不在这里。”

冬至叹气：“你和我都一起住院三年了，根本就没出去过。”

“没出去？再严重的病，也要时不时回家一趟吧？住院三年，我是穷人，可住不起的。”艾黎说。

冬至面色尴尬，不知道怎么回答。

艾黎又强调：“我昨天还在雪城，还和陈鹤川在一起。就是昨晚，睡了一觉，然后就到这里来了。那些护士发疯，说我有病，说我做梦。我没做梦，真的没有！”

她反复挣扎，握住手里的输液管，想把那些针从手背拔出来。

护士见势不妙，急忙按住她，给她注射了镇静剂。

药效渐渐发作，艾黎虽然还不至于完全昏睡过去，但也没了力气。

她咬着唇，唇瓣破皮出血，疼痛维持她的神志清醒。艾黎低低地喊冬至，让她过来。

冬至犹豫不决，咬着唇，缓缓凑近。

艾黎气喘吁吁，说：“你不是说我们认识三年吗？你最了解我了，是不是？”

“是。”女人垂眉敛目。

“那么，我最爱吃什么水果？是草莓对不对？”

有了提示，冬至连说：“对，我记得你最爱吃草莓。之前护士给我洗了一竹篮草莓，全部都被你吃了。”

艾黎微微一笑，犹如蛇蝎。她的笑容极美，眉眼间带一点天真烂漫，很能迷惑人。那件单薄的病服穿在她身上，勾勒出曼妙的身材曲线。

她就这样看着冬至，凑近她的耳郭，以只有两个人才能听到的音量，慢条斯理地开口：“错了，我从来不吃草莓，我对它过敏。”

很快，艾黎又唇瓣颤动，轻声问：“你们到底是什么人？”

冬至慌不可遏，双腿发软，肌肉颤抖。她怕极了，四处打量，生怕被人当作眼中钉。她小声说：“这里有人在看，不要说话。”

艾黎眯起眼睛，笑意一点点散去：“我知道了，乖孩子。”

没了陈鹤川庇护的艾黎又变成了一只野性十足的小凶兽，厚实柔软的肉垫中央露出尖利的爪子，獠牙一夜之间生长，足以撕破人的皮肉。她得保护自己，望有生之年，再次回到陈鹤川的身边。

艾黎乖巧地躺在床上，耳畔只有时钟秒针跳动的声音。

嘀嗒嘀嗒。

趁着还没完全昏睡过去，她在心底默数时间，推算时辰。如果这些人想骗她，没准连时间都会造假。她现在不相信任何人，唯有相信自己，才能死里逃生。

病房里的光线暗下去，原本窃窃私语的护士散了，关上房门。

艾黎在黑夜中拼尽全力才睁开眼，一瞬间，她想起冬至说过的那句话：“这里有人在看。”

是谁呢？

艾黎艰难地抬起下颚，由于麻药的效用还在，她的颌骨线条明显，紧绷成一条明朗的线。

天花板的吊灯处有一个红点，像是一颗朱砂痣，颜色猩红。

这是……监控？

还真的有人在看着她啊。

艾黎狡黠一笑，闭上眼，沉入梦境。

暮色低垂，染黑整条街。不远处，霓虹灯闪烁，花花世界。

陈鹤川的肩膀被人推搡，他的视线一片模糊，画面颤动。他费了好大的劲才苏醒，睁眼的那一刻，重回人间。

只是个梦吗?

他望向一侧，床边空荡荡的，没有人守着他，艾黎不见了。

片刻后，一双灰色军靴映入眼帘，有男人来了。

他自报家门:“我叫桑椹，雪城辖区警。你是陈警官吧?你感觉好些了吗?”

陈鹤川蹙眉，单臂支撑起身:“你怎么知道我?”

“我们接到报警，目击者说有人遭到袭击，躺在路边。他们没有你家人的联系方式，擅自搜身，搜到了你的警员证，所以联系了派出所。我们根据警号查询你的身份，你是H城辖区的刑事警察，怎么会来雪城?”

“有任务在身。”陈鹤川头昏脑涨，头皮深处阵阵痉挛，似是刀绞。麻痹药物的药效还没过，剂量有些重，恐怕得有几天后遗症。

桑椹递了杯水过去，说:“你被注射了镇静剂，我们找医务人员来检查过，并无大碍，等五个小时，药效过了就好。”

陈鹤川不客气地接过水，仰头一饮而尽，喝得急了，白水呛喉，从他的嘴角蜿蜒而下，胸襟一片濡湿。

他剧烈地咳嗽，胸腔起伏，眼睛都咳红了。

陈鹤川急不可耐地说道:“我需要雪城的警力，我的女朋友被人劫走，是一辆黑色面包车，车牌被挡住了，时间大概是晚上九点。”

他闭上眼，想了想细节，补充:“那些人有预谋，来者不善，车逃跑的方向是九溪路，那边开到尽头是哪儿?对了，现在几点?”

桑椹抿唇:“现在已经凌晨四点了，而且九溪路开出去，不到一小时就能上高速公路，是雪城外的路线。已经过去六七个小时了，恐怕很难找人。听你这样说，对方的反侦察能力极强，可能会避开交通监控换车而行，不一定能捕捉到有用信息。”

陈鹤川被怒火烧红了眼睛，他咬牙，说：“查，我女朋友艾黎涉及一桩大案，对方难保不是杀人灭口，得查下去！”

假如世上真的有神明，他只求老天开眼，不要让艾黎有任何闪失。

只要她能平安回来，他愿意减寿十年！不，二十年也行，只要艾黎平平安安！

这时，陈鹤川突然想到了另外一个问题：他和艾黎是同一时间遭到袭击，对方为什么抛下他一个人，却劫走艾黎呢？如果是为了秘密杀人灭口，那他也是秘密的知情者，为什么偏偏放过他？

不，不对，哪里有问题，不能轻举妄动。

陈鹤川的面前有这样一枚定时炸弹，草率剪断一根引线，有百分之五十的概率引爆炸弹。他要慎重，他的手里赌着爱人的命。

诱饵？

陈鹤川突然想到了这个词。

是啊，放他回来，可不就是有目的吗？

他们想用艾黎当人质，用她的生死要挟陈鹤川。

现在艾黎还有利用价值，这些人不会撕票。绝对不能逼急了这些人，不然平衡关系被破坏，艾黎必死无疑。

陈鹤川突兀开口：“不要找她了。”

桑椹不解地问：“可你的女朋友不是被绑架了吗？”

“这样宣扬出去，会要了她的命。”陈鹤川从床上挣扎着下地，披着一件羽绒服，踉踉跄跄地往门边走，虚弱一笑，目光却坚毅无比，“我别无所求，只要她活着。”

想要人质活下去，务必安抚绑架犯，不能用刀威胁他，还得主动将刀递给他，消除他的警惕。

陈鹤川平日不抽烟，此时趴在冰冷刺骨的栏杆上，久违地点了一根。他看着猩红烟头在苍茫的雾夜中明明灭灭，开始思念艾黎。

他们来雪城就是为了找到严鹦被郑连生要挟的把柄，许是之前太顺了，导致他们都忘了反派也是人，也会反击。

对方不想秘密被挖出来，会攻击他们。

所以严鹦和郑连生联手了吗？

这一切都是郑连生的计划吗？

陈鹤川抖了抖烟灰，肢体神经还不敏锐，指尖微微发颤。

他垂眸而笑，这次，恐怕是真的惹上了大人物。

他抽了一口烟，烟熏火燎里，仿佛看到了艾黎怒气冲冲的脸。小姑娘不爱闻烟味酒味，所以他都戒了。她被人抓走了，他就这么狼狈地抽烟喝酒发泄吗？

不行的，会被她看不起的。

他是顶天立地的男子汉，应该保护她。

他的眼眶有些热，他摁灭了烟头，给郑连生打电话。

“嘟嘟嘟……”过了许久，有人接起，又是那股带着戏弄的口吻：“陈警官怎么想到给我打电话了？哦，对了。雪城一行还顺利吗？早知道你和艾黎小姐要去那地方旅游，就该联系我啊！我可是有朋友在那里，熟门熟路，知根知底的，可以带你们好好玩玩。”

果然，他早就知道他们来雪城查案子了。一句没头没脑的客套话，不动声色地点出了雪城有他的人。

想必，艾黎的确在他手上。

可郑连生这只老狐狸，这样说话，像是闲话家常，没有任何威胁性。陈鹤川全无办法，也不能仅凭臆测，把暗示性很强的只言片语当作证据。

被摆了一道，他只能苦笑着承受。

陈鹤川也和他打太极：“艾黎从小跟着我长大，性子软绵，怕生，在雪城这种地方，如果能得郑老先生照顾，那再好不过。您性格宽厚，待她像亲侄女一样，定不会让她受任何委屈。”

陈鹤川放软了声音，几乎是乞求。

郑连生笑了起来，说：“放心放心，艾黎小姐为人乖巧，即使在外地，也很招人喜欢，肯定没什么生人欺负她。就是嘛，这做人呀，总不能想着天天给人添堵，你说是不是？”

他话中意思是：艾黎现在是安全的，只是希望他们不要再做能威胁到他的事情了。

陈鹤川苦笑道：“我原先就觉得这桩案子和郑老先生没多大关系，毕竟是八年前的陈年旧事了，萧逸哪能记得这么清楚。恐怕起初的说辞，也是他真的记忆错乱，瞎说的。我绝对相信郑老先生是个好人，没伤害过任何人。”

陈鹤川不想和他打哑谜，此时挑明了说话。他放下父仇，不再查萧逸的事情，让案子了结。条件是，必须把艾黎放回来。

“陈警官是个明白人啊，现在明白人可不多了。艾黎小姐吉人自有天相，等我的事情完成以后，她肯定会平安回来的。”

识时务者为俊杰，郑连生很满意陈鹤川这样上道。

郑连生这样说话，陈鹤川却不放心。

他必须亲眼看见艾黎，于是说：“我们明人不说暗话，郑老先生给我发段视频吧？我看到她活着，自然就不管这桩案子了。”

“好，明早记得开机，我会让人给你发段视频，让你放心。陈警官也记得我说的话，不要把事情嚷嚷出去，太多人知道艾黎小姐不见了，她可能就真的不见了。”

聊完了，郑连生利落地挂断电话。

陈鹤川站在台阶上感受凛冽冬风，等到曙光来临，天露鱼肚白。

他的手机有了动静，是陌生的匿名号码，给他传了一条彩信。彩信里是一小段视频，这是一间病房，天蒙蒙亮，艾黎睡在床中央，呼吸平稳，睡得正香。

陈鹤川看了许久，依恋地将脸贴上手机屏幕。

艾黎没受伤，还能安稳入睡。没事就好，她还活着就好。

半晌后，陈鹤川脸上的眷恋神色消退，取而代之的是他的冰冷目光。

虽然答应了郑连生，不报警，不再查案，但他不傻，依旧会暗地进行这些事情。

就凭那只老狐狸的心机，这些恐怕只是权宜之策。

人质逃脱后，第一件事往往是报警，艾黎也不例外。

郑连生真的会把艾黎放回来吗？他真的相信陈鹤川会将此事烂在肚子里一辈子吗？

等到萧逸的事情风平浪静，抹去郑连生的嫌疑，放回艾黎后，难保陈鹤川不会说出郑连生绑架过艾黎的事情。

所以郑连生很可能在风平浪静后，选择一个稳妥的方式杀人灭口，毁尸灭迹。又或者关押艾黎一辈子，借以来威胁陈鹤川，让他缄默终生。

陈鹤川可以选择报警，可随之换来的一定是艾黎的尸体。

代价太大了，他不敢赌。

没有艾黎的人生，让陈鹤川怎么活呢？

陈鹤川凄冷一笑："你啊，千不该万不该……惹到我的头上。"

他要偷偷找到艾黎，把主动权重新捏在自己手中，然后，再让郑连生堕入地狱，万劫不复！

艾黎还不会有事，这是郑连生的承诺。所以陈鹤川还有很多的时间，可以利用这些时间反败为胜。

就从调查严鹦和那个行长的事情下手吧，他要抓住严鹦的把柄，让她倒戈，从而控制郑连生！

第十八集

暮色四合，像一张漆黑的羊毛毯，朝人铺天盖地地涌来，笼罩得严严实实，密不透风。

许是房间太闷，艾黎似被人扼住喉口，氧气有进无出，窒息感十足。她喘不过气，很快便睁开眼，入目一片灰暗，柜台上有仪器在响。

她失望地垂眸，原来自己还在这里，不能一梦回到陈鹤川身边。

有陈鹤川陪伴的时候，她总是口是心非嫌弃他，其实对他的一举一动、一颦一笑都格外在意，他轻易就能牵动她的心。

爱情教会人知足常乐，也教会人习以为常。

艾黎手背上的针管已被人拔出，贴了医用胶带。角落的架子上挂着她的羽绒服，带毛白帽，戴头上的时候像是围了一圈狐狸毛，衬得皮肤白皙，带点儿仙气。那是陈鹤川买给她的，怎么能说他是假的？那不是臆想。

她穿上羽绒服，蹑手蹑脚地走出门。

走廊空荡荡的，值班的人都不在，这里像是一座荒废的医院。

是不是一个逃出去的好机会？艾黎这样想着，加快脚步朝前冲。

她的四肢酸胀感犹在，腿部肌肉像是灌了铅水，重到不行。挪上几步，她就大汗淋漓。

这时，前方人影攒动，护士小姐突然出现在她眼前，似笑非笑地说："艾黎小姐，你的身体还未痊愈，还需要做几项检查，不该擅自离开病房。"

艾黎假笑："我睡不着，想出来逛逛。对了，我倒有点事想问你。"

"嗯？"

"病房里，怎么有监控？"艾黎的笑容灿烂，仿佛只是在禁烟区找到了一个烟头般漫不经心。

"这个……"护士的眸子里有一瞬间的慌乱，她抿了抿唇，过了许久才说，"这是为了观察病患，万一有什么突发状况，我们也能及时赶到。"

"哦。"艾黎应了一声，讽刺地说，"其实，有铃的话，我有事也会按铃喊人来。"

"你是不是忘记了？你之前是昏迷状态。屋内装监控，也是为了照顾好你。"护士苦口婆心地说，扶着她的肩膀，带她回去。

艾黎站着不动，被推搡也纹丝不动。

护士的手间加大了力气，没想到艾黎会这样不配合，不给她台阶下。

艾黎镇定地说："我要去我以前住的房间，你不是说我以前也住在这家医院吗？我和冬至是同一个病房的室友，我要见她，我要回去。"

"还是明天再见吧？"

"不行，我就要现在。"

护士拿她没办法，泄愤似的跺了跺脚，说："那你在这里等我一下，我去和领导说一声。"

艾黎盯着天花板发呆，置若罔闻。

护士走后，她一下子蹿入身侧的值班间，搜索手机之类的东西。

她在抽屉里翻找到自己的手机，不动声色地塞到羽绒服口袋里，再乖巧地站回原位。

护士回来，见她没走，松了一口气："我带你去你的病房。"

露天走廊能看到外界风景，艾黎情不自禁捂住双臂，倍感寒冷。这里是深山老林，漫山遍野的雪松，尖尖上一点雪，像是慕斯蛋糕上厚重的奶油层。远处似乎有海，蔚蓝的一片，看不到边。

她究竟在什么地方？

护士回头，窥见艾黎吃瘪，很得意，低跟鞋踩得格外优雅有节奏。

到了房间，冬至起身来迎，态度亲昵："艾黎，你病好了？"

艾黎生硬地点头："好了。"

护士笑说："那你们聊，我走了，有事叫我。"

艾黎闷不吭声，目送她离开。五秒后，她抓住冬至的手，问："究竟怎么回事？"

冬至反握住她的手，笑意盈盈，答非所问："自从你生病，我就很担心，一直想你快些好起来。你不知道，我从小怕黑，晚上看着天花板都觉得害怕，一个人根本睡不着。"

艾黎顺着她的话，朝天花板上看，旮旯里有一个红点，那是监控。

这个房间也有人看着呢！冬至在警告她不要乱说话。

重症病房里有监控也就罢了，这里还有。那就说明，这是有人刻意为之。

这些人啊，是在囚禁她们。

冬至拉着她去了房间里的厕所，迅速打开水龙头，让哗啦啦的水声充斥整个房间。

冬至压低声音，说："这里没监控，不过有监听器。我开了水，会有响动。你有一分钟时间问问题，上厕所时间不能太长，否则会引起他们的怀疑。"

艾黎有样学样，放低了声音，说："这里是怎么回事？是监狱吗？"

“我不知道，你问我也没用。三年前，我一睡醒就到了这里。和我同时来的人想逃，结果隔天她就不见了。护士说她一个人跑出医院去看海，发生了海难，回不来了。总而言之就是死了，是被这些人谋杀的。护士警告我们不要随意离开医院看海，这一带很危险，随时会发生海难。想要活命，我们就得老实一点。”

“为什么是我们？”

“可能是得罪了什么人吧。”

“什么意思？”

“三年前，我是我们公司的当红花旦。有资历的前辈看我晋升速度太快，暗中使了好几次手脚。开始都是小打小闹，我没放在心上。再后来，我一觉醒来，就到了这里。”

“没人怀疑吗？外面的人总会发现我们不见了吧？”

“谁知道呢。”冬至的目光哀伤，“我已经快要忘记外面的事情了。”

这时，艾黎突然从羽绒服口袋里掏出手机。

她说：“我偷来了自己的东西，如果能联系外面的人……”

艾黎开机，发现这里毫无信号。这一带没被信号覆盖吗？怎么可能？那么，护士和医生如何联系别人呢？

冬至苦笑：“没用的。三年前，该用的招数我们都用过，这里没通信设备，没信号，什么都没有，我们联系不了人，也逃不出去。”

艾黎咬唇，问：“这里有村镇吗？”

“好像没有，我也没离开过医院，不知道外面是什么情况。”

“那肯定有出去的办法。”

“为什么这样说？”

“没有村镇，电话没信号，怎么购买物资？没有物资，我们吃什么？怎么维持这里的生活？如果手机联系不到外面的人，又得添加物资的话，那这里肯定有人会出去，或者肯定有人会定期送物资到医院。只要找到这个能随意出去的人，或者等到送物资的车或者船来这里，我们就有逃跑的可能。”

冬至闻言，眼睛里仿佛有火苗蹿起，燃起了希望。

她咬唇，点了点头，说："行，我们合作，逃出去。"

谁都不想像野兽一样被圈养在笼子里，即使前方荆棘丛生，也得拿命去赌一把。

冬至在这里待的时间长，能够准确地画出医院路线图，以及监控的位置。

不过她还是没有胆量逃跑，但不妨碍艾黎有想跑的心思。艾黎说好了，如果她逃跑成功，肯定带人回来灭了这一堆作恶的医生护士，把冬至救出去。

晚上，等护士送完晚餐，艾黎划拉了餐盘里的土豆，小心翼翼背着摄像头装到口袋里当干粮。

监控被冬至挡着，艾黎蹑手蹑脚地往屋外走。安全出口在另外一面，她往没有安装监控的走道跑，顺着台阶一路狂奔下楼。

有了路线图，一切都顺利得像是一场梦。她打开医院的玻璃拉门，就在这时，不远处有护士尖声高呼，喊人来追她。

艾黎震惊，拔腿就往植被繁茂的松林里跑。

她拿手机的手电筒照明，在漆黑的林间逃窜。四处都是怪异的野兽叫声，仿佛还有狼嗥，阴森可怖。

艾黎来不及害怕，一个劲朝着树木稀松的区域跑。她的心脏在胸腔里不住跳跃，似鼓擂动。

快到了，前面没有松树，应该是公路！

她笑着狂奔，想着路尽头有陈鹤川在等。

终于逃出了松林，艾黎站在沙地上目瞪口呆。

身后人声鼎沸，越来越多的人朝她汇聚而来。

艾黎望着月夜下波光粼粼的海面，陷入了绝望。

原来，逃不出去是这个意思啊。

这些人觉得她闹事，觉得她想带领医院的病患造反，会不会杀鸡儆猴，让她死于海难呢？

艾黎一阵后怕，她咬着唇，面色铁青。

后面的人越走越近，气喘吁吁地责备她。

此时，艾黎突然回头，径自演戏，讨好地笑："好啦，我看到海了，果然很漂亮，我们回去吧？"

她笑得甜美温柔，眉眼洋溢着餍足的情绪，仿佛真的是为了看海。

伸手不打笑脸人，护士们面面相觑，接下她的话："那快些回去吧，我们还以为艾黎小姐也会不听人劝，死于海难呢！毕竟这不是第一次有人遇难了，艾黎小姐今后该听话才好。"

这是威胁。艾黎笑着，指甲嵌入掌心，鲜血淋漓，刺得她心口发慌。

在夜幕的遮掩下，一群人各怀心事朝前走。

艾黎如丧考妣，如同行尸走肉。她的羽绒服大敞开着，毛领帽子没戴上，仙气全无，死气沉沉。

她顿了顿脚步，回头看了一眼海。礁石被月光点亮，显现粗粝的表面，风吹雨打多年，不见蚕食迹象。那是蔚蓝色的大海，一望无际，不知是哪个海域。

如果刚才朝海里丢一个漂流瓶，里面写满她的信息，会不会有人来找她？

艾黎自嘲一笑，摇头晃脑，甩开这些不切实际的想法。如果有人捡到这个漂流瓶，肯定把她当成疯子。

她不见了，陈鹤川一定很着急吧？

从前，艾黎和陈鹤川一块儿出门，她看宠物店的鱼看呆了，连陈鹤川的手都忘记牵，等再回过神来，对方已经不见踪迹。

艾黎那些久违的阴暗回忆涌上心头，她想起自己被母亲抛弃，后来又被赵泽阳抛弃，现在找不到陈鹤川，是不是也要被他抛弃了？

她站在原地踢石子，胡思乱想。

就在这时，陈鹤川焦急地跑回来，劈头盖脸一顿骂："你人生地不熟的，走丢了怎么办？你就不能注意一点，好好跟着我吗？十几岁的人了，一点警惕心都没有吗？手无缚鸡之力的姑娘家，人贩子一手一个拎走，你就不怕吗？”

艾黎心跳得很快，她垂眸，低低地说：“有你在，所以不怕。”

她说的是实话，难得地说了一次实话。

陈鹤川愣了片刻，小大人似的叹了一口气。

他伸出手，递给她：“走吧，回家。”

艾黎点了点头，牵起他的手，并肩朝前走。她虽然害怕陈鹤川，本质却不是很讨厌他。要不是他后来暴露出怪异的思慕情绪，艾黎或许会一直把他当成值得信赖一生的人吧？

艾黎笑了起来，望着前方昏暗的松林，不再害怕了。

陈鹤川，陈哥哥，一定会找到她的。

如果他找不到呢？艾黎思及此，又心慌意乱。

冬至都在这里被关押三年了，她会不会也要被关这么久？

如果陈鹤川找不到她，以为她死了，心灰意冷多年……他有没有可能爱上别人？

聊起她的时候，他口吻冰冷，只说是怀念故人。

陈鹤川把她忘了该怎么办？

如果真的有那么一天，他忘了她，她却逃出来了。

到时候她应该回去找陈鹤川吗？他会选择现在的爱人，还是旧情人呢？真是让人为难。

艾黎突然很沮丧，心尖酸酸的，委屈至极。她的眼眶发烫，莫名地想哭。姑娘家真是太脆弱了，想起死亡毫无惧意，想起情人出轨，倒是扑簌簌落泪，眼泪像是怎么流都流不完。她深一脚浅一脚走回医院，脚踝暴露风中，凛冽的风吹来，冰冷刺骨。

今日，雪城有雪。天空浓黑与稠紫的云雾混杂，将璀璨星河尽数遮挡。天色灰蒙蒙的，偶有雪絮飘落。

陈鹤川在旅馆待了一整天，屋里窗帘拉得严实，半点风都透不进来，谨防有人在窗外监视他的一举一动。

他在本子里画了一个大圈，圈内写：“银行行长蒋信来于一年前去世，常年居住雪城。严鹦有犯罪动机，因为蒋信来是她的杀父仇人。”

死因呢？

陈鹤川还在等他的赵师弟发来蒋信来的死亡资料，这些档案都存在派出所，人口死亡或是失踪都需要登记在册。

他放下笔，想起自己一整天没吃饭了。可他精神恹恹，胃口全无。

人是铁饭是钢，一顿不吃饿得慌。

他总不能倒下吧？陈鹤川勉力笑了笑，点了外卖。一个人吃饭，食物从简，一碟番茄炒鸡蛋、一碗白米饭便了事。

平时艾黎在家，为了她的营养均衡，陈鹤川总是做四菜一汤。

实际上，他一个大男人，工作忙起来吃得也简单随便，填饱肚子就了事。有煮饭的时间他还不如多睡一会儿，随时都要跑任务。

由此看来，家里养个女人还是有好处的，毕竟自己能吃苦，却不能委屈了姑娘家。

陈鹤川又纠缠郑连生要了一段艾黎的视频，他命令对方每天都要汇报艾黎的情况，他得随时随地确认艾黎的安危。

这个要求合情合理，对方只能答应。

陈鹤川把手机立起来，摆在罐装腌黄瓜上，一边扒饭，一边看艾黎的视频下饭。看得痴了，他未曾察觉自己连吃好几口米饭，没夹到菜。

许是太想念一个人，想到食难下咽的程度，吃饭味同嚼蜡。

视频里的艾黎也坐在病床上吃饭，她一如既往地挑食，把土豆留到最后，餐盘角落里还堆了几片胡萝卜。这妮子从小就不爱吃蔬菜，小时候吃点东西还得连哄带骗，让他难做。

陈鹤川想到了很久以前，艾黎和他不熟，连不爱吃胡萝卜这种事都不敢说出口。

她只会一顿饭上三四次厕所，每次都把碗里的胡萝卜嚼入口中，腮帮子鼓鼓囊囊，然后吐到洗手池里冲走。

这种小孩子的伎俩能瞒得过谁呢？陈鹤川早就发现了。

他忍不住跟上去，倒把小姑娘吓了一跳。

对方瞪着一双铜铃似的大眼睛，低声责问他：“为什么偷看我上厕所？！”

陈鹤川哑然失笑：“骂我之前，先把嘴里的胡萝卜吞下去。”

他会对这种乳臭未干的丫头感兴趣？想太多了。

他只是觉得她张牙舞爪的样子有趣，明明性格执拗偏激，偏偏要强迫自己装出一副乖顺的样子。她这么勉强地当他的好妹妹，他偶尔欺负一下她，她为了维持自己娇滴滴的人设，也不敢反抗。她别别扭扭的样子，甚是可爱。

艾黎听他说了胡萝卜，脸涨到通红，三下五除二吞下去，支支吾吾：“我是真的要上厕所……真的。”

她怕他不相信，重复了多次。

陈鹤川又笑了，愉悦地道：“要是真的不爱吃，就别勉强自己。我会让宋姨注意一点，不要给你夹蔬菜了。”

艾黎将信将疑，跟着陈鹤川回到了座位上。

宋姨依旧帮她夹菜，又是一筷子胡萝卜。

艾黎哭丧着脸，悄悄窥了一眼陈鹤川。对方“老神在在”，一点都没有要帮忙的样子。

这个骗子！

艾黎心灰意冷，刚打算吃下再跑次厕所，这时，凭空伸来一双筷子，夺走她碗里的胡萝卜。

陈鹤川把菜塞入口中，挑眉，对宋姨道：“太咸了，这道菜就撤了吧。”

宋姨疑惑地看了眼菜，似乎是不懂一向不管事的大少爷怎么突然挑起刺来。她唯唯诺诺地端走菜，放到厨房。

陈鹤川还想逗艾黎，眯起狭长的眼，问：“你是不是以为我骗你了？”

艾黎默不作声，脸上浮现的红晕却暴露了她心中所思所想。

这姑娘的确不信他呢。

她还真是有趣，嘴里口口声声喊哥哥，做出的事却半点没有仰慕敬重兄长的意思。

陈鹤川道：“作为我的妹妹，应该多相信我。”

艾黎迟疑片刻，看在不用吃胡萝卜的分上，认真地点了点头。

一晃这么多年过去了啊。

陈鹤川嘴角噙笑，想起艾黎，心头便涌起一阵暖意。他想，他的小姑娘一如既往稚嫩可爱，需要他时时刻刻守着她。

他再将视线转向镜头，艾黎餐盘里那颗土豆不翼而飞。才过一分钟不到，这妮子就把土豆囫囵吞枣咽下肚子去了？

陈鹤川眯起眼睛，心中起疑。

她想做什么？这妮子最怕食物残渣掉到身上了，绝不可能把土豆塞到兜里。

除非，她是迫不得已。

艾黎需要食物，而土豆能作为很好的干粮。

她是想逃跑？

陈鹤川心中警钟大响，焦虑地皱起眉头。天花板上仅仅悬了一盏暖灯，豆大的光亮照得他脸色发白。陈鹤川不苟言笑的样子很骇人，冷峻的侧脸带了三分肃杀。

他咬紧牙关，手间握拳，狠狠砸在桌面上，咣当一声巨响，指节红了一片。他的眼眶潮红，胸腔骤然起伏，心疼得要命。

要是艾黎逃跑失败，有个三长两短，他该怎么活？

那些人会因为她逃跑而迁怒于她，欺辱她，对她下手吗？

怎么不让他去死？怎么不让他替她死？

艾黎可是娇生惯养，从小被他宠大的姑娘啊！他都舍不得欺负她一下，这些人又怎么能这样关着她？

陈鹤川无能为力，只能眼睁睁地看着自己的小姑娘为了回到他的身边，拼命挣扎。

他得救她，他要把她按到怀里好好地宠爱。

就这样，陈鹤川再次拨响了郑连生的手机号。他深吸一口气，一反常态，扭转软弱无能的形象，姿态强硬道："郑老先生，请你每天给我发艾黎的视频，我要艾黎毫发无损。但凡她出一点事，我就和你同归于尽。你调查过我，应该知道我是什么样的人。我没有了家人，也没有爱人，就是一条长牙的猎犬，是亡命之徒。只要我想，我就能拽你一起下地狱。"

郑连生那头寂静无声，似乎被陈鹤川阴冷的话语震慑了。足足过了五分钟，手机才传来他笑盈盈的声音："请你放心，陈警官。我是文明人，不会对艾黎小姐怎么样的。"

电话还未挂，陈鹤川清晰听到郑连生吩咐下属："让人传句话，伤害谁都行，绝不能伤害艾黎。"

陈鹤川心满意足，结束了通话。

有他作保，艾黎能最大限度探索生路。即使她逃跑失败，那些人忌惮郑连生，也不敢伤她。

陈鹤川的占有欲极强，艾黎是他的专属物，只有在他的怀中，他才能放心。他得行动了，不能坐以待毙。

一碗饭还没吃完，陈鹤川已经站起身。他翻箱倒柜，搜出一个银白色的小型弹药箱。他从中摸出一双黑皮手套，戴在手上，掩盖指纹。这双手套轻薄，紧裹皮肤，总体长度极短，露出了三分之一的手掌。这是紧急行动时所用的特殊装备，为了防止调查时留下指纹痕迹。

离开家前，陈鹤川朝虚掩的门里看了一眼。厨房还亮着灯，好似有人等他回家。

可他心里清楚，如果这个家没有艾黎，那就不算是港湾了。

他会去找她。

没了艾黎，陈鹤川变得疯魔，不能独活。

第十九集

回到医院的这一夜，艾黎筋疲力尽，睡得很沉，几欲昏死。

她做了一个冗长的梦。梦里的天是蓝紫色的，天尽头一片黑岩。不知是霜还是雪，盖在礁石顶端，由醒目的白渐变成浓黑，与最底下那一排亮着暖灯的矮楼糅合在一起。楼前是一面湖，烟波浩渺，山清水秀。夜深了，星火明亮，湖面将那点暖色的万家灯火拉长，拽入水中。

她站在湖对面，身后是陈鹤川，还有一群人。

他们穿着厚重的羽绒服，带了烧烤架，在烤火。几个人开了瓶酒，把腌制的香肠以及鸡腿摆到炭烤架子上，玩得不亦乐乎。

哦，想起来了，这是艾黎大一那年寒假，和同学一起去雁山古城旅游。她没家可回，同学们觉得成年了不回家过年挺酷，一来二去就这样凑到了一块儿。

艾黎本来想一个人启程，不知怎么半路跟了个尾巴。等她发现时，同学们已经和陈鹤川打成了一片，听到他说也要去古城，一群人便凑了上来，陈哥前陈哥后地叫喊。陈鹤川声称自己不是第一次来这里了，可以带他们一起玩。贪慕美色的女同学一听有戏，急忙围成圈，以陈鹤川为中心，听他说雁山古城的故事，俨然把他当作了导游。

艾黎心里清楚，陈鹤川其实没来过这里。那些故事想必都是道听途说，骗骗这些涉世未深的同学。

艾黎想拆穿，可她又不想说明自己和陈鹤川的关系，于是作罢。她悻悻地闭了嘴，装作困乏的样子，歪在车里睡了。

醒时，车里只有她和陈鹤川。

艾黎惊悚地蜷缩着手脚，问："你怎么还在？"

刚刚睡醒，她的声音哑不成调，听得陈鹤川直皱眉。

陈鹤川递了一瓶矿泉水给她，说："就你这么没警惕心的样子，去外地旅游还不得给人拐跑了？"

"拐跑也不需要你管！"艾黎垂眸，又道，"我已经从陈家搬出来了，和你没有关系了。"

"一日为兄，终生为兄。再怎么说，你也是陈家长大的姑娘，我不能丢下你不管。"

艾黎如鲠在喉，没答话，闷闷喝了一口水。车厢内暖气温度高，高领毛衣贴在脖颈上，有点痒。她透不过气儿来，胸腔被一块大石堵着，上不上下不下的。

许是气氛太过诡异，她忍不住开口："你为什么跟踪我？"

陈鹤川忍俊不禁，道："你是不是太自作多情了？这只是一个巧合。"

"巧合吗？"艾黎侧头，小心翼翼地窥了一眼陈鹤川的表情。

他没有半点因撒谎而做贼心虚的样子，仿佛说的是事实。

这样的神情，让艾黎有些难堪。

她绷直了脊背，想让自己看起来不怯场，至少输人不输阵。她情不自禁地提高音量，装作底气十足地道："反正，你别靠近我。"

陈鹤川不作声，单臂撑着头，抵在车窗上，车内唯有隐隐约约的鼻息声，以及他身上若有若无的雪松香水味。

等了五分钟，艾黎怯生生地问："其他人呢？"

“去农家酒馆买食材了，我帮他们从朋友的民宿里借了个烧烤架，他们想烤肉吃。”

“哦。”艾黎想到了什么，脸上火辣辣的，舔了舔下唇，问，“你来这里，不会是为了见朋友吧？”

陈鹤川似笑非笑道：“不然呢？不是为了见我这个开民宿的朋友，难不成是为了跟踪你，见你吗？”

艾黎深吸了一口气，窘迫到想找一条地缝钻进去。

原来他说的是实话，真的是她自作多情啊。

陈鹤川见外面的人支起架子了，下车帮忙生火。

艾黎坐在车里，看着不远处的湖，以及和其他人热热闹闹聊天的陈鹤川，心里突然有点不是滋味。

她也不知道自己在想什么。本来作为陈鹤川的妹妹，她是有资格独占他的。可自从高中时期，陈鹤川和她说了那样暧昧的话后，她就变得畏首畏尾，不敢和他亲近了。

她是怕吗？怕什么呢？

爱情不长久，亲情能永恒？

怎么说起来，好像她是因为害怕失去陈鹤川，所以才千方百计躲着他呀！

…………

艾黎醒的时候，天刚蒙蒙亮。

她还在病房里，下意识喊了一句“冬至”，没人回答。她倏忽睁开眼，楼道内灯火通明。

艾黎浑身无力，起身蹒跚地走出病房。

医院走廊的拐角处，几个戴口罩的护士拥着一张滑轮担架朝手术室走去。

她突然看到了担架床上的病患——竟然是冬至！

她口不能言，盯着艾黎，眼中流露惊恐的神色。随之，她的眼角潮红，呜咽着流下了一行清泪。

手术室的门关上了，冬至被这些人带走了！

这是惩罚吗？为什么惩罚协助她的冬至，而不是冲着她来呢？艾黎百思不得其解，很崩溃。她想过救人，从未想过害人，连累无辜的人。

艾黎回了病房，爬进被窝，动作轻盈得像一只奶猫崽子，一下子蜷缩进去，被厚重的被褥裹得严严实实。

被窝仿佛是唯一可以庇护她的沙堡，虽然待在里头也要随时随地担心沙堡被汹涌的海浪冲散。

被窝外的世界不安全，到处都有危险，可是，那里有陈鹤川。

她侧躺，抱住膝盖，身体弯曲，跟虾米似的，背部脊椎突起，像一颗颗圆润光滑的珍珠，所有菱角都被咸涩的海水打磨圆滑，好似她的人生。

人生的常态并非勇往直前，更多的是无奈隐忍。

艾黎该怎么办呢？

她好想……离开这里啊。

她好想陈鹤川啊。

冬至被抓走了，连一句话都不敢说，身不由己。

接下来，会不会轮到她呢？

艾黎呜咽出声，压抑着嗓音，若有若无。

被子里暖意汇聚，仿佛能融化她心底的寒冰。很多人、很多事走马灯一样在她脑海里萦绕，转着圈圈。

她其实很喜欢陈鹤川吧？

她总能想到早上醒来陈鹤川在厨房忙里忙外的情形。

那时候，艾黎贪睡，早饭不用自己管，一睁眼就能看到桌上琳琅满目的早点，全是陈鹤川亲手做的：浓稠滚烫的现煮豆浆，蓬松软绵的鲜肉包子。她爱刺陈鹤川，挑剔这个不好吃，那个不美味，但是又全部吃光了。

陈鹤川每见她这样，哑然失笑。他摇了摇头，问：“明明爱吃，嘴上却逞强。口味如此，你作为这舌头的主人，是不是心里也爱我爱得死去活来，嘴上却逞能，半点口风都不肯漏给我？”

艾黎的小心脏猛地一跳，没由来地嗔怪道：“瞎说什么呢？”

陈鹤川但笑不语。

过了许久，他宠溺地揉她的头发：“你呀你。”

你什么你呢？艾黎在心底嘀咕，愤愤不平。可她没有躲开陈鹤川的手，像是一只想要主人抚摸的猫崽子。

或许从那个时候就能看出来，她对陈鹤川有好感了。

从前，她是身在福中不知福吗？那时候，陈鹤川陪在身边，她初生牛犊不怕虎，敢拼敢闯，从未怕过什么。她并不是胆子大，而是因为陈鹤川在一侧守护她吧？

她好想再见他一面，喊喊他的名字，打他一顿，怪他怎么还不来找她。

这场游戏还没输呢，她还没惩罚陈鹤川，怎么能缴枪投降呢？她啊，就算跳海游到对岸，就算在海里溺亡，她也要去见陈鹤川！

艾黎擦干眼角的泪，剧烈喘息，脸因为憋哭而涨红，胸腔上下起伏。

艾黎掀开被子，洗了把脸。

还没两个小时，冬至就回来了。

她脸色惨白，踉踉跄跄走来，坐到自己的床上。

艾黎低声问：“你怎么样了？发生了什么？”

冬至虚弱地笑：“我没事，我很好，什么都没有发生。”

“你骗人。我刚才看到那些人带你去做手术，你一定发生了什么事！”

“是你错觉吧？我刚才只是去楼下散步。好了，我不说了，我想休息一下。”冬至瞥了一眼天花板的方向，安安静静地躺到床上。

艾黎循着她瞟过的方向望去，那里的监控像是摆出进攻架势的蛇蝎，蓄势待发。

冬至不会再帮她了。她也不能再靠近冬至，省得给冬至惹上麻烦。

晚上，护士来病房给两人送餐。

艾黎看了一眼餐盘，突然说：“今天怎么没胡萝卜了？”

护士微笑：“可能是食堂没食材了吧。”

“我就要吃胡萝卜。”她闹起大小姐脾气，没完没了。

“今天是真的没有胡萝卜了，都是暖棚菜，得海上运……”护士说到一半，生硬地截断了自己的话，说话声戛然而止。

艾黎背对着护士，倏忽勾唇一笑，酷似一只诡计得逞的小狐狸。

原来还真的有人从海上来往，运送货物啊？

艾黎任性地追问：“到底哪天会来胡萝卜？我不管，我就要吃！现在，马上！”

要是陈鹤川听到她说这话，估计做梦都能笑醒。

护士为难地垂眸，怕艾黎把事情闹大，吵得鸡犬不宁，决心安抚一下她：“再过两天，好不好？”

“两天？两天是多久？明天吗？后天吗？还是一个月后？”

“每个周四都有。你相信我，周四就有了。”

艾黎默不作声，安静地坐回床边：“那好吧。”

护士如释重负，放下餐盘，赶在艾黎再次发难之前落荒而逃。

周四有海客从远方来，能带她离开这个是非地。得找到那个接收物资的人，这样她才能逃到船上，离开这座与世隔绝的岛屿。

这所医院的厨房在哪儿？既然是食物，总得和厨房的人对接吧？

思及此，艾黎又偷溜出病房。她沿着监控盲点的那面墙，紧贴墙根朝前移动。许是没什么人值班巡逻，她居然很顺利地摸到了厨房的门外，微微推开一道缝，还能看到里头若隐若现的人影，她朝里窥了一眼，发现厨娘居然是给她送饭的那个护士！

偌大的医院，还请不来几个厨师吗？哪轮得到护士动手？

还是说，她根本就不是护士？

艾黎嘲讽一笑，心道：谁又知道这个鬼地方有什么事情是真、什么事情是假呢？

她松开手，正打算打道回府，迎面撞上一个人坚硬的胸膛，厚实得像一堵墙。

艾黎吓了一跳，生怕那人嚷起来，惊到厨房里的厨娘。她灵机一动，抬手就捂住了对方的嘴，一路拖到隐蔽的拐角。

也不知她哪来的蛮力，把一个人高马大的年轻人拽到了角落。

对方惊骇地看着她，问："你想做什么？"

艾黎故作凶狠地道："再吵，我就杀了你。"

年轻人垂下眼睫，讥讽地笑："在这里，杀人就是这样轻而易举的事吗？"

这个人没有故作腔调装疯卖傻，倒让艾黎感到兴奋和好奇。

她饶有兴致地问："你是谁？"

"我……能是谁？当然是这里的病患。"

"是吗？我怎么从来没见过你。"

"倒是我从来没见过你吧？你是前两天新来的？"年轻人问。

"你怎么知道我是新来的？"再这样绕圈圈下去，两边都不讨好，艾黎打算直说，"你想不想出去？"

年轻人轻轻笑了一下，压低声音，问："你想出去？"

"少卖关子，你要是想出去，我带你一个，你不想出去，就别来打扰我干正事。"艾黎见他不是医院的人，刚才的危机也已解除，打算溜之大吉。

年轻人却猛地拽住她的手腕，说："我是警察，你可以相信我。你想怎么出去？要不要我帮你？"

艾黎缩回原位，拉回手，说："我是警察家属，我老公是警察，可能还是你师兄，你别对我动手动脚的。"

年轻人笑喷了，问："你老公是谁啊？"

"我告诉你做什么？我叫艾黎。"

“我叫江慕白，雪城特警，好不容易才潜伏进来的。”

艾黎的眼珠子滴溜溜转了一圈，颇好奇地问：“你的意思是，警方已经知道这里了？”

江慕白抿唇，说：“还不知道，我得出去报信。这十年来，全国发生了多起人口失踪案，失踪的人都是社会边缘人士，要么牵涉到经济案件被搞得家破人亡，要么被家族摒弃，南北飘荡独居。总之，失踪的人都有一个特性，那就是无人问津，连朋友都没有。上头对这个事情很重视，起了疑心，所以派我伪装成和这些人有共性特征的人。喏，这样说太文艺了，也就是我故意到失踪人员的公司实习上班，顶撞上司，做失踪人员以前做过的事情。结果有一天晚上，我被人敲晕了，被连夜送到了这里。在这里，我看到了很多之前被报失踪的人，他们都在这里好好活着。也就是说，有人联系这个组织，把碍眼的人送到这儿来监禁着。”

艾黎恍然大悟，道：“因为他们是边缘人士，没有人会一直寻找他们。实在不行，拿钱收买他们那些见利忘义的亲朋好友便是了？我好像也是因为得罪了人，威胁到一个人，才被抓到这儿来的。”

她想到了阴险歹毒的郑连生。可不是吗？如果不是得罪了他，她怎么会被这群不知底细的人送到这样偏僻的犄角旮旯里来？

艾黎想了想，又觉得自己有点凄惨可怜。

她什么时候也被当成是边缘人士了？她明明还有爱人在等着。

陈鹤川一定会报案吧？他报案能说什么呢？会有援军来吗？

不太对头。如果郑连生真的想以绝后患，应该把陈鹤川也抓过来啊。

现在这样，说明郑连生是用艾黎自己的生死要挟陈鹤川！

艾黎是陈鹤川的命门啊！郑连生把陈鹤川的心都挖走了，教他怎么活呢？

陈鹤川那么聪明，肯定会每天要她的动态与消息吧？那她是不是该咧嘴朝监控笑一笑啊？这样拍下的视频也显得人精神好看呢！

艾黎胡思乱想着，又得出了其他的结论。怪道那些人只惩罚协助她的冬至，却不惩罚她呢！因为这些人不能对她下手，陈鹤川要每天都看到她才能沉住气不调查郑连生。

所以，她的保命符是陈鹤川！

只要郑连生的案子还没完，稳住陈鹤川就是当务之急！那么，这些人短时间内就一定不敢对她下手。

艾黎眯起眼，狡黠地勾唇。

在这个保命符生效的时限内，无论她做什么过分的事情，这些人都不敢杀她，甚至不敢伤她一根毫毛。

即使身侧没有陈鹤川，艾黎还是被毕生挚爱保护着。她想起陈鹤川清俊的脸——那个男人的眼里心里只有她，只对她柔情似水。艾黎突然得意得想唱歌。

“别想男人了，先说说你打算怎么出去吧。”江慕白嫌弃地道。

艾黎拍了拍脸：“你怎么知道我在想男人？这么明显吗？”

“你的脸上写满了少女思春。”

“……”可拉倒吧。

艾黎不和他扯皮，难得遇到一个正常人，她还打算借助江慕白的力量逃出生天：“每个周四，他们都会进一批新的食材，厨房里对接的人应该就是送饭的那个护士。这里没有信号，也没有通信设备，更没有村落。所以我想，他们的物资运输最主要的媒介就是船。周四那天，如果我们偷偷跟着对接的人潜入船内，应该就能离开小岛，回到岸上。”

“你怎么知道这里四面环海？”

“我逃出去过，差点被这群人按海里溺毙。好了，不能多待了。你去调查一下那名护士的住处吧，利用男性魅力勾引一下也行，两天内，我们得搞定这个人。”

江慕白翻了个白眼，一溜烟跑了。

艾黎揉了揉蹲到酸麻的膝盖，摇摇晃晃起身，被人逮个正着——

来的人，是那个送饭的护士。

对方横眉立目，怒斥：“你怎么在这里？！”

艾黎灵机一动，要起大小姐脾气，回嘴：“你不给我吃胡萝卜，我当然得自己来厨房找了！谁知道你是不是对我有怨气，私藏了病患吃食。”

“姑奶奶，不是说了周四就有吗？”护士似乎忌讳什么，环顾四周，压低了声音，说，“别闹了，让护士长看到了就不好了，快回去。”

“你怕护士长啊？”

护士脸色发白，咬唇不说了。

艾黎心里打着算盘，转移话题：“那你周四可别忘记了，不然我还来这里蹲你。”

“知道了。”

艾黎倨傲地走了，待离远了，她才察觉手脚出了汗。之前那番虚张声势太过于吓人了，要是出了差错，招来了人，也不知道陈鹤川这把尚方宝剑还能不能生效。

说不定就会把她处死，借以杀鸡儆猴。因为这个医院啊，囚禁的是许多人的秘密。一旦堡垒崩塌，世界将横尸遍野。

许是多了江慕白，艾黎对于逃跑的希望又加了一分。这一夜，她抱着枕头，想着陈鹤川，睡得格外香甜。

也不知怎的，她又梦到他了。

忘了是哪年的冬天，她穿着夹棉的唐装袄子，笨拙地跟着陈鹤川走。

过年的时候，两个人住乡下。山离村落很近，脚下是长长的黑石路，两侧是旧样式的马头墙，古宅的木门浸了水，颜色变深，润润的，带着潮意。

艾黎笨手笨脚，脚下一个没踩住，差点摔倒。她急中生智，把手里的糖糕高高举起，手肘撞地。吃食一点事儿都没有，倒是她摔了个狗吃屎。

陈鹤川急红了眼，把她搀起来，恨铁不成钢地拍她膝上的雪粒子，骂："你是蠢吗？不会撑地先站稳吗？"

艾黎抿唇，小声说："糕会掉。"

"掉就掉了，有什么大不了的？"

"你买的。"艾黎很少被人关心，当年赵泽阳给她买草莓蛋糕，她即使对草莓过敏都敢下口吃，更别说是陈鹤川一大清早就去排队给她买的糖糕了。

可能就是无心的一句话，听得陈鹤川心都化了。

他软了语气，叹了口气，说："糕没了，我可以再买。你要是伤到哪里，让我怎么办？"

艾黎不作声。当年的她敏感自卑，渴求陈鹤川对她的关心，又厌恶他的温柔。她生怕自己是他妹妹的替代品，她是替一个死人享受柔情，是卑劣的赝品。

这样扭曲又古怪的心绪一直维持到她成年后，在她得知陈鹤川心意真相的那一刻，统统爆裂。

原来，她的那些隐秘心事，陈鹤川一览无余。

也就是少女的羞耻感隐隐作祟，才让她马不停蹄逃离陈鹤川吧？

害怕失去，亦惶恐收获吗？

人呀，真是复杂。

第二十集

江慕白其实并没有走，他隐匿角落，待艾黎逃跑后，才缓步跟上护士。

他来这里已经有半年，对于如何躲避监控，他比艾黎还熟。等护士赶走艾黎这个瘟神，拍了拍胸口，下意识摸包掏出一张照片，江慕白便喊住了她："看你盯着这张照片好几次了，他是谁？是你男朋友吗？"

闻言，护士犹如受到惊吓而竖起长耳朵的野兔，惊慌失措地后退，胡乱把那照片塞回包里。她瞪着眼，生硬地辩解："他不是。"

"那他是谁呢？"江慕白笑了，"看起来也不像是这个医院的人，难道是医院外的谁？哪个男人让你这样魂牵梦萦？"

"要你多事吗？"护士嘀咕一声，"你是哪个病房的？现在是休息时间，该回去了。"

"我不回去又怎样？你会喊那个护士长来抓我吗？我记得，你好像很怕她。那正好，喊她过来，让她看看你手里这张照片的主人是谁。既然这么想他，那就让护士长接替几天你的工作，让你去找他。"江慕白知道了她的命门，所以有恃无恐。他慵懒地靠着墙，下颚微抬，斜着眼睥睨她，给人的感觉格外不好，带点冷漠与桀骜不驯。

护士慌了手脚，也不知道该怎么回答。

至少不要在这里说话吧！不然被监控录下来，他们都死路一条。

她哀求地望着江慕白，对方让步了：“行吧，带我去你住的地方，我有话说。”

护士处于劣势，咬紧牙关，妥协了。

她带他来了职员楼，重重关上房门。她好似这一生就做过这一次冒险的事，不，不止这件。

护士的瞳孔微缩，眸光涣散。

江慕白随意拉了一张椅子坐下，双腿交叠，道：“你杀过人。”

护士的脊背僵直，她浑身仿佛腾的一下被火点燃，每一个毛孔都冒出热汗。

她紧攥住门把手，想要夺门而逃，可是理智让她控制住四肢，迫使自己冷静下来。

护士深吸一口气，重重地问：“你都知道些什么？”

她没有装疯卖傻，痛苦地将额头抵在冰冷的门板上，背对着江慕白，询问。

她知道这个男人在审视她，犹如审判她的罪孽，用正义天平去称她罪恶的重量。

江慕白耸耸肩：“我之前是警察，我要调查的人都在这里，全是失踪人口。不止无辜的人，还有穷凶极恶的杀人犯。而你，就是其中之一。我在想，这究竟是什么地方呢？无辜的人像是猫狗一样被圈养，罪恶滔天的人却披上了白衣天使的皮囊困住这些人。陈护士，你很想逃吧？之前是害怕被捕，所以加入了这个组织，可一旦上了贼船，与世隔绝之后，你又疯狂想回到现实，即使回去后要接受法律的制裁。你是不是想你的家人？想你的爱人？如果直面犯下的罪，你是不是就能得到宽恕，获得新生，而不是被锁在这样的荒岛，过着暗无天日的生活？”

陈护士听完了，突然腿软，缓缓滑坐在地。她抱住膝盖，像一个心智未开的孩子，呜咽出声。

她啊，是真的很想家人了。

陈护士的故事，说起来就是七八年前的事。那一年冬天，雪下得很大。她和所有漂泊的年轻人一样千里迢迢从老家来，跑到外省生活。别人是为了更好的生活，开阔眼界，而她不是。

她是想逃离一个人——她的姨夫。

她在很小的时候，父母外出工作，她便跟着表姨住，过着寄人篱下的日子。

表姨表面对她好，实际上是想贪她父母给的抚养费，对她的生活漠不关心，整日出门打麻将打上一整天，手气好了，夜不归宿。

家里只有姨夫一个人，一日三餐也是她动手做。

高中时期，她的身材长开了，逐渐变成了妙龄少女。这样年轻气息十足的姑娘在家里头晃荡，毫无血缘关系的姨夫难免就起了龌龊的想法。

大概是一个飘雪的夜里，她在洗碗池用冷水洗碗，姨夫突然就挨过来，握着她的手，打开了热水。寒冷的夜里，手是热乎乎的，她的心却坠入冰窖，体温也一点一点丧失……

对方自认温柔的声音，在她的耳朵里犹如魔鬼絮语："这么好看的手，冻伤了就不好了。"

她手足无措，当下就丢开了碗，跑了。

厨房的水哗啦啦在流，碗没洗好。凌晨的时候，表姨直接推门开骂："你都是怎么做事的？吃我的，住我的，连个碗都不会洗吗？！"

不远处，姨夫幸灾乐祸地笑。

他告诫她："听我的，好好做了，我会让那个婆娘不再骂你。"

她再次被吓跑了，觉得这个家到处都是肮脏的地方。

她想告诉父母，可是父母漠然，叫她别惹表姨生气，不然就没地方住，也别想上学。她想搬出去，可是自己还没成年，天大地大都没个去处。

再后来，一天夜里，她也忘记发生了什么事情，只记得自己喝了点酒，浑身都是瘀青。

她发疯了，用剪刀伤了那个对她使用暴力的男人。到处都是血，人好像休克了。

姨夫是不是死了？她不知道。她只知道自己走投无路，也不想相信任何人，不想把这些事情对外说，不想去为自己辩护，抑或求助什么。

她打算远走高飞，逃离这个教人心碎的地方。

她拿了证件，选了最远的长途车，发疯似的跑，身上没剩下几块钱。

车到站的时候，已经是晚上了，她怕黑，找了个还亮着灯的店，坐在外面。飞虫是趋光性极强的生物，人也是。

她自嘲一笑，天公不作美，开始下雨了。

店主见门口有小姑娘坐着，走出来，问她："外面下雨了，要不要来店里等？你是等家人吗？"

她摇头，默不作声。

眼前的年轻人真好看，白净的脸，剑眉星目，鼻梁高耸，像是宁静致远的山水画卷里走出来的人物。

她鬼使神差地点了点头，俨然忘记自己还是个逃犯的身份。

进了店，她还是很拘束，凳子只敢坐半张，绷直脊背，不敢发出任意一点声音，怕打破这落针可闻的静谧场景。她敏感又自卑，生怕给人添麻烦，特别是她的手上还沾满了血污。

她肚子饿了，饥肠辘辘。

年轻人听到了，好奇她的来历，给了她一个红豆兔子包吃，豆沙很甜。

她狼吞虎咽，活似几天没吃过东西的孤狼下山，好不容易沾了一点荤。

“慢点吃，没人跟你抢。”年轻人笑了笑，问，“你是离家出走的吗？”

他看出来了？

她也没想反驳，点了点头，哑着嗓子，说：“不想回去。”

年轻人犯了难：“可我要关门了。”

“嗯。”

“要不，你去我那儿住一晚，明天好好和家人说说，回去吧？”

她没地方住，这样正好，不至于露宿街头。

店长带她回家，给她铺了床，自己睡沙发。

第二天一早，曙光刚至，厨房便传来一阵饭香。店长吃了饭菜，夸她手艺好。这一天早上，当阳光落到她姣好的眉目上时，似乎有什么在年轻人心头生根发芽，变得不一样了。

她没有提要离开，店长也没有问她什么时候走。这就好像一个约定俗成的事，谁都不忍心破坏这里的平衡。

她决定不告而别的那天，是她看到了杀人犯的通缉令，上面的名字和照片都是她。警方要逮捕她，因为她杀了姨夫，杀了那个恶魔。不论是正当防御还是自卫过度，她都得上法庭分说，可她不想让任何人看到她的伤口，特别不想让店长知道。

于是，她偷了店长的一寸照片，留下一封情书，就这么跑了。

她再次沦落街头，这次遇到了一个女人。女人问她是不是无家可归，是不是走投无路。

她摇头，又点头。

她的心里有家，家里有一个人，她能回去，又不能回去了。

这个女人就是护士长，对方带她来到这座荒芜的小岛上，这里所有的人都和她一样，有着不得已的苦衷，有身不由己的人生，他们是一家人，这一生都得老死在这里，谁都不能私自离开，谁都不能背叛彼此。

不然啊，那个背叛者就会被杀死！因为背叛者获得了自由，就将摧毁其他人的隐匿地！

这个秘密乐园，绝对不能被暴露！

可是，现在啊，陈护士想离开这里了。她发了疯似的，想回到那个人的身边。

…………

陈护士还在哭，江慕白也不催她。

他晃了晃二郎腿，说："你要是想离开，不妨带上我还有那个艾黎，我们回去了，就能报警，到时候护士长都被抓了，谁又能找你麻烦？我得回去通风报信，可要离开这座岛，不能没有你的帮助。"

陈护士抿唇，说："行。这周四，我会和开船的人见面，到时候我拖住那个人，你们两个就逃到船上打晕他，抢来了船，我们就能跑。"

她丢给江慕白一把军刀，说："这个给你，你是警察，应该会使？"

江慕白把那柄军刀肆意把玩了一通，游刃有余。

他笑："我可是老行家了，哪能不会玩这个？"

就这样，计划被定下了。

周四上午，陈护士来病房收拾碗筷，给艾黎留了一张字条。这是她收筷子时，强行塞入艾黎掌心的，上面写了——两小时后，溜到医院门口，上我的车。

陈护士会开车，这是她来岛上后，护士长教她的。这里允许无证驾驶，左右没交警开罚单。

艾黎换了身衣服，在病房门口张望两秒。终于，她抖了抖羽绒服帽子，一鼓作气往废旧的楼道口冲，那是唯一一处没有安装监控的道路，只要速度够快，没人能察觉监控画面上仅仅一秒的变动。

艾黎在这里没有什么值得留念的东西，唯有这件羽绒服是她不想丢下的，这是陈鹤川给她买的。

她顺利下了楼，见江慕白和陈护士站在一起，一溜烟跑上车坐定。

艾黎一边听车发动，一边迷迷糊糊地想有关这件羽绒服的事。

这是什么时候买的？还有印象吗？

好像是两个月前，看羽绒服的厚度，那天一定特别冷。

哦，她记起来了。这件羽绒服，是陈鹤川给她的圣诞节礼物。

她很少收到礼物，拿到羽绒服和巧克力时，满心满眼都是欢喜。女子爱俏，看见漂亮的事物，总会情不自禁流露笑容。

艾黎难得给了陈鹤川一个好脸色，换上羽绒服，张开手，在他面前转了一圈，娇滴滴地问："好看不好看？"

陈鹤川点点头，眸子一亮，目光在她身上流连不去。

艾黎哧哧地笑，掰开巧克力，抿了一口。黑巧克力苦涩的味道在舌尖蔓延，逐渐化为糖水流入喉咙。

她鬼使神差地喂了陈鹤川一口，看后者皱眉品尝甜食，哈哈大笑。

原来陈鹤川也有这般苦恼的时候呀？他明明不爱吃甜食，可碍于是她喂的，不得已将其咽下肚子。

难得看他吃瘪，艾黎心情甚好。

车窗外，天色暗沉。海与天相连，阴雨天气映衬一望无际的海，让那片海也铺上了一层灰，像极了熊熊大火后四处飘散的灰烬。

艾黎探手擦了擦袖口，仿佛自己这件羽绒服也沾了那晦气的乌云，阴沉沉的，让她心情陡然低落。可能是知道自己快逃出去了，她反而更想陈鹤川。

她如果见到了他，肯定要狠狠亲亲他，一解相思情。

陈鹤川会不会很开心？会不会喜极而泣？她有点期待他的表情呢。

车很快便到了暗礁，海岸上有渔船在等，船上摆了几箩筐食材，尽是蔬菜，还有一些鼓鳃呼吸的海鱼。

陈护士给他们简要介绍了一下，来的人是王师傅，老渔夫。他和岛上的人打交道好多年，平时都是他来送菜。

之前陈护士说了计划："我会把车停在僻静的地方，和王师傅把菜运到车后座，和他寒暄，拖延时间。趁这个时候，你们偷溜上船埋伏，等王师傅折返，就用一记手刀击晕他，控制船的使用权。全过程最多五分钟，不能等王师傅嚷嚷起来，听明白了吗？"

艾黎那双眼亮得出奇，她咬牙，有破釜沉舟的决心，毅然点头。

陈护士也打算一起走，她不能继续留在这个是非之地，那些人会怀疑是她放走了人，然后惩罚她。

船身附着一簇簇的藤壶，这种节肢动物的石灰质外壳坚硬，像是给渔船披上了一层斑驳的铠甲，远远望去，又似一只只褐色浑浊的眼睛。想来是渔船用了多年，没有清理，留下了这种腐败的海物。估计不用多久，这艘渔船就会被摒弃了。

渔船上走下一个中年人，他戴着帽子，畏畏缩缩地拖下一箩筐红螺，哑着嗓子和陈护士道："昨天和小伙子刚下网捞的，可新鲜哩！让你们院长多买一点，算他便宜点！"

陈护士强装淡定："王师傅，让你带的菜带了吗？"

"带了、带了！开了老半天才到镇上呢！冬天嘛，大棚菜的菜地远，不好买！价格可贵了！我还买了点冰压在菜上，不然可不得让海风给腌咸咯？你们都不用加盐了。今天，你们给钱可得比平时多点。哪有我这么上心的生意人？处处为你们打算！"

陈护士赏脸地笑起来，从包里掏钱，一点点给他算菜钱。

江慕白拍了拍艾黎的肩，让她回魂。两人迅速打开车门，绕到王师傅背后，从渔船的另一侧翻上了船。

艾黎脚踩在湿滑的床板上，嗅着鱼腥味重的渔船，惊魂未定。她双腿发麻，手脚无力，快要站不住了。

还是江慕白把她拽到柜子后头蹲着，趁王师傅上船数钱的那一刻，朝着他的脖子就来了一记。

男人闷哼一声倒地，并未昏迷。

艾黎吓得魂飞魄散，抄起家伙又给他后脑勺来了一棍子，下手不算重，控制了力道。

王师傅终于晕倒在地，半天都没动弹。

艾黎长吁一口气，纤细的双腿丧失了力气，她一个趔趄，倏忽跪地。脆弱的膝盖与冷硬的船板相撞，发出巨大的响动。剧烈的疼痛转眼间传至四肢百骸，让她的头脑异常清醒。

就在陈护士上船的当口，一群人执着猎枪如约而至。

来得这样巧，像是有叛徒里应外合。

江慕白眯着眼睛，审视的目光落到了陈护士身上。

她抿唇不语，拇指不住摩挲食指，脊背佝偻，像极了做贼心虚。

艾黎垂眉敛目，不知该说些什么。

如果真的是陈护士告密，让这些人来抓人，那她就是叛徒。学生时代，哪个女生成了叛徒告密，就会被孤立；职场时代，哪个同事“卖友求荣”，也为同行所不齿。

江慕白破口大骂：“你这个卑劣的小人！果然，杀人犯就是杀人犯，不会有良知的！枉我还以为你良心发现，想要救我们出去！”

陈护士不敢和江慕白对视，她望着不远处渐行渐近的人，眼里一片死寂：“我再帮你们，我会死啊！我如果死了，还怎么见到他？我要活得比谁都久，比谁都长。”

她疯魔般喃喃自语，陷入了自己的梦魇中，缓缓抱住双臂。

江慕白咬牙，冲入驾驶舱，匆匆收锚，将渔船发动，往海深处开去。

有身强力壮的男人顺着渔船的网绳爬了上来，他们手里执着猎枪，将黑沉的枪口对准江慕白的太阳穴，迫使这个疯狂的男人停下动作。

护士长乘着一艘小快艇靠近渔船，登上船，点了一支烟。烟头的猩红火光若隐若现，一张漂亮的脸蛋掩在烟熏火燎的雾气里，她半晌都不说话。

陈护士唯唯诺诺，缩到护士长身后，低声喊：“燕姐。”

燕姐笑了，明眸善睐，皓齿内鲜，美得动人心魄。她捏着陈护士的下巴，轻轻笑开："知道谁是主子，这就乖了。你肯来报信，没有背叛我，将功补过，不赏不罚，够了。"

闻言，陈护士如释重负，讨好地笑了。

江慕白的眼里满是怒火，年轻人血气方刚，生起气来是真的吓人。瞧他的眼神，他俨然和陈护士有不共戴天之仇，一心想掐死这个多嘴多舌的女人。

燕姐已经走到江慕白面前，鞋尖在船板上踢了踢，嫌恶地吐出烟圈："这两个人，都丢到海里吧。总得让医院里的人见见世面，教他们知道什么是听话。"

"燕姐。"一侧的男人欲言又止。

"有屁快放。"

"那个叫艾黎的，不能杀。上头有吩咐，不能动她。雇主交了钱的，人得保下来。"

燕姐眉心微皱，无奈地碾灭了烟："算了，那就留吧。这个男人，把他丢下海。如果他敢在水下冒头，别废话，开枪。"

艾黎愣了一秒，反应过来。想来是陈鹤川一直要求见她，所以郑连生特地吩咐过这些人，不许伤她分毫。

她的命是保下了，可江慕白呢？

他还那么年轻，他还有无限的可能，偏偏要英年早逝吗？

她的大脑一片空白，如鲠在喉。

江慕白死到临头，倒是平白生出一腔孤勇。他不怕死，就怕死得不明不白。

此时，他似乎想到了什么，冷笑着问："你们这枪怪好看的，哪来的？我记得国内是禁止私运枪械的？"

燕姐觉得他有趣，为他解惑："从那些狩猎的牧民手里收购来的，国家允许一部分祖上狩猎的牧民留下猎枪，指定日子打猎。我就用了几条中华烟，加上几万块钱，把这玩意儿买来了。还挺好使，要不要朝你开开火？"

“不用，直接把我丢下海就行了。不过你晚上睡觉得小心，这么漂亮，没准我变成了鬼，回来找你睡啊。”江慕白还贫嘴。

燕姐使了个眼色，让人把他丢下渔船。

扑通一声，江慕白落海。

船停在海中，水深至少几米。而船上还有人执着猎枪虎视眈眈，量江慕白也不敢浮出水面。

许是他不会游泳，过了好半晌也没个动静。

五分钟过去了，没出海面的江慕白可能就这样沉入海底，死透了。

十分钟后，他们确定江慕白已溺死在深海中，打算打道回府。

“燕姐，这艘船怎么办？”

燕姐翻了个白眼，说：“留着，等王师傅醒了，他自己会往回开的。”

几人绑着艾黎上了快艇，返回荒岛。

两个小时后，艾黎回到了医院。

她蜷曲着身子，钻入被窝，缩成一团，尽量压缩自己的存在感，然而收效甚微。

艾黎在这无边无际的黑暗中，突然勾起嘴角，缓缓笑了。

而不远处，平静无波的海面泛起了第一圈涟漪。江慕白浮出水面，吐出潜水呼吸装置的呼吸头，大口汲取氧气。

他的运气还算好，渔船就停在不远处。

他丢掉已经消耗完氧气的小型呼吸瓶，奋力朝渔船游去。

这一次，他拼上老命也要霸占渔船，逃回雪城。至于船上的王师傅，他总要让对方学乖，学会闭嘴，变成警方的线人，帮他稳住岛上的人。

时间倒退到一天前，陈护士的职员房内又多了一名不速之客。

她见艾黎和江慕白都来了，惶恐不安地道：“护士长……好像发现我们的计划了。”

艾黎焦急地问：“那怎么办？中止计划？”

“不行的，如果中止计划，她也会怀疑。到时候以为我们三个联手合作就不好了，我们都得死。”

江慕白皱眉，问：“那你说，该怎么办？”

“不然这样，我给你一个便携的潜水呼吸器，里面的氧气能撑上十五分钟。我将计就计，待会儿就和燕姐投诚，说出计划，让她明天蹲点，带人去抓你们。我是逃不出去了，索性当个叛徒，获得她的信任。你们要想方设法抢到渔船，把渔船开到海中央。这样一来，他们就不会在渔船上见血，肯定会选择把你们丢下海。因为医院不能失去王师傅这个护送食物的人，不能让他知道杀人的事情，丢到海里就是最便捷的一种杀人方式。”

艾黎仍旧不解：“可是，他们丢了江慕白，也会丢我。你只给他呼吸器，是不想管我的死活吗？”

陈护士情绪激动地抓住她的双臂，说：“你不会死，你也不能走。”

“为什么？”她问。

“我听到了，上面有人保你，说不能让你有闪失，要知道你每天的行踪，所以你绝对不会死。江慕白不一样，他的命在这些人眼里不值钱，送他来的人靠山也不是很硬，死活都听天由命。可一旦你失踪，或者跳海。他们肯定会搜海抓人，到时候，我们一个都别想跑！江慕白的行踪也会暴露！我们只能赌这一把，赌他假死成功，骗过那些人，然后让他逃出去，找人回来救我们！”

这个计划有太多不确定因素，大家都是抱着孤注一掷的决心去赌。

为了不在这个岛上孤寂一生，必须赌上生死。

这一次，他们别无选择。

幸好成功了呢。身处异地的三个人，不约而同地抿唇微笑。

第二十一集

蒋信来行长一年前死了，多年前他曾把严鹦害得家破人亡。

那么，他的死，和严鹦有没有关系呢？如果能知道严鹦为郑连生卖命的原因，或者是抓到她什么把柄，是不是就能让她说出白芷的下落了？

到那时候，就是自己操纵提线木偶一样牵制郑连生了。他的艾黎，也会顺利回到他的身边。

陈鹤川一边捏着手里的头盔，一边想着。他低头，将面容掩在阴影中，等到顺利坐上摩托车，这才长吁一口气。

他想点烟，手里有点痒。他摸了摸口袋，却想起自己戒烟多时，从前叛逆期萦绕周身的烟草味，如今也荡然无存。他咧开嘴角，想笑，又哑了嗓子。

不远处的楼层仍亮着暖色的灯，小小一盏，像是一囊萤火虫。那是他的家。

为了防止家附近有郑连生的眼线潜伏，他特地联系了一个外卖送餐员上门送晚饭，和对方说了详情，包对方在自家住三天，工资他算。对方还算通情达理，听到是警察的指令，核对警员证件号码发现无误，当下便同意了。

陈鹤川在走廊和送餐员互换了衣服，递给对方新租的公寓钥匙，再压低鸭舌帽，缄默地往外走。

这一招狸猫换太子很成功，至少没发现有人追上来一探究竟。

陈鹤川没时间耽误了。他联系到上次救过他命的警察桑椹，约好了查看蒋信来案件卷宗的时间。

晚上，两人在雪城派出所的档案室会面。

桑椹把黄皮纸袋递给他，问："这案子都已经结案了，你还查什么？"

陈鹤川嗅到了不寻常的气息，反问："结案？也就是说，这是一起谋杀案？"

"对。没什么新鲜的，贪财的后妻为了财产，杀了自己丈夫。结果死者亲生女儿就是法医，检查了自己父亲的尸体，亲手写出尸检报告，证据确凿，她继母见证据都摆在眼前，直接崩溃，认罪了，案件审理过程进行得很顺利。你说残忍不？自己亲手解剖亲生父亲的尸体，就是为了寻找证据。据说还是女儿亲自提出要进行尸检的，想来也是伤心到极处，不放心把父亲交给别人。要是让我亲眼看到家人的死相，我可能受不了。"

桑椹这人容易伤春悲秋，唠叨起来没完没了。

陈鹤川没听他说话，自顾自翻开档案，细细研究疑点——晚上八点，蒋信来在楼下看电视，第二任妻子赵连月在楼上休息。十分钟后，蒋信来被人在水杯中下了 ADTX（一种毒药）毒杀，现场没有打斗痕迹，毒发地点是沙发旁边，也就是说，袭击他的人是他熟悉的人，不然死亡地点就应该是在玄关处，而且想来他也不会喝陌生人递来的水。即使是熟悉的客人，也不会把主人家当自己家，端茶倒水招待蒋信来。所以作为他的爱人，赵连月有重大杀人嫌疑。

大概八点三十分的时候，蒋信来的女儿蒋雯打来电话，想寻找自己的父亲，但是无人接听。她记得蒋信来这个时候都是在家追黄金档的电视剧，即使出门也会带上手机。出于担忧，她决定返家一趟，顺便拿点东西，哪知这个时候看到了倒地不醒的蒋信来。她测了一下体温以及呼吸，发现蒋信来已经没了心跳。蒋雯第一时间呼叫救护车，出于对继母的不信任，她还报了警。

医院经过检查发现，蒋信来已经脑死亡。于是蒋雯作为法医，提出要对父亲进行解剖，确定死亡时间。

尸检报告显示，蒋信来的死亡时间是晚上八点，而那时家里房门上了锁，赵连月在楼上休息，她有最大犯罪嫌疑。

警方在蒋信来喝过的水杯旁边也发现了赵连月的皮屑与头发，而蒋雯也在父亲的指甲缝里提取出赵连月的皮屑，或许是他在毒发时曾挣扎过，抓住了赵连月的手臂。证据太多了，基本能确定赵连月是真凶。

证据确凿的情况下，赵连月承认自己毒杀了蒋信来，因为她厌倦了和丈夫的婚姻生活，奈何她的物质经济全部依靠蒋信来，不能失去他。于是，她想出了毒杀这招。

本来赵连月想毁尸灭迹，哪知道蒋雯回家太及时，她没来得及销毁罪证，就此落下把柄。

医疗人员作为人证，说他们到现场的时候，赵连月声称安眠药的药效未过，一直在房间里熟睡，属于沉眠状态。起初她死不认罪，后来走投无路才认罪，请求减刑。

怎么看都是赵连月最具有杀人动机，这桩案子没判错。

这样一来，这起案子就和严鹦没关系了。

陈鹤川不免有点急躁，他合上档案，疲乏地拧了拧眉心。人要相信自己看到的，实事求是，不能被一己私欲所迷惑。这是他初为警察，时刻提醒自己的座右铭。

许是太久没喝水，他的嗓子有些哑，喉头火烧火燎，他咽了咽唾液，问道："那个法医蒋雯，她案发当晚在什么地方，又为什么要给蒋信来打电话？"

桑椹指了指档案袋：“里面应该都有写。”

陈鹤川又翻动几页，看到之前警方例行调查的笔录。

那天晚上，蒋雯给父亲打电话是因为她不打算回家睡了。电话没接通，她决定回家拿衣物，顺道看看父亲的情况，哪知见到父亲惨死的模样。

不打算回家睡，那有没有不在场证明呢？

她说有，她整晚都在朋友家，当晚也打算和朋友彻夜闲谈。

那个朋友叫什么名字？她叫严鹦。

看到这里，陈鹤川的瞳孔骤缩，像是见到了猎物一般，浑身毛发竖起，警惕地环顾四周。

这么巧吗？

警方是否知道这个名为严鹦的女人的陈年往事呢？

想必是不知道的，否则就该深入往下查一查了。

陈鹤川觉得，他还不能放弃，还得找一找线索。譬如严鹦是怎么搭上蒋雯这一条线的，而蒋雯知不知道自己是在引狼入室。

他脑中灵光一闪，倏忽想起：蒋信来娶了第二任妻子，蒋雯是前妻的女儿，所以和继母关系一直不好。那他的前妻身在何处？他俩又为什么离婚呢？

陈鹤川问：“能调查一下蒋信来前妻的事吗？”

桑椹说：“他前妻的事，警方也调查过。蒋信来前妻，也就是蒋雯的亲生母亲患有深度抑郁症，一次和蒋信来出门旅游，没带药，发病自杀了。具体发病的契机不知道，法医验证确实是自杀事件，所以就没深入调查过。不过这个赵连月，我和你说，她啊，是小三，和蒋信来有来往好多年了，是不是他俩的事情暴露了，又没药控制病情引起了自杀事件，谁都不知道。所以，我想，也许是蒋雯知道了这事，所以对赵连月一直有怨恨，才会亲手调查父亲的死因。”

“因此，蒋雯是怀恨在心？”

陈鹤川的这句话，怎么听怎么怪。可桑椹还是点头：“对吧。”

“你确定她只对继母怀恨在心，对父亲没有吗？”

“父女哪有隔夜仇？”

“万一有呢？”

“这……”

“我是说，万一蒋雯对父亲也有怨恨，加上继母，如今的结局可不就是如她所愿了？”

“一死一坐牢，两个都不得善终。”桑椹深吸了一口气，讷讷地反问，“不会吧？有必要这样做吗？”

陈鹤川笑了，目光森冷：“生恩哪有养恩重？这样一想，她可不就有杀人动机了吗？”

桑椹不说话了，之前是没考虑到人性残忍这一茬，现在想到了，又觉得疑点重重。

他挣扎了半天，挤出一句话：“但是她继母都认罪了，如果不是继母干的，继母认罪做什么？”

“有没有考虑过另外一种可能？”

“什么可能？”

“她的继母赵连月有什么把柄被蒋雯抓住了，所以不得不听从安排。”

“什么把柄比坐牢还可怕？”

“世上稀奇的事情多了去了，哪能一桩桩讲明白？”

“也是……”

两人都不说话了，环境静谧，落针可闻。

桑椹问：“你是想重审这个案子吗？可是没有关键性证据的话，不能重新上诉，提出重审案件的需求。”

陈鹤川眯起眼睛，话语薄凉，笑容残忍：“我有证人口供，可以证明蒋雯的不在场证明存在漏洞。蒋雯的朋友严鹦，幼年时期被蒋信来害得家破人亡，与被害人蒋信来有血海深仇，也有包庇蒋雯犯罪的嫌疑，所以蒋雯不在场证明并不成立。”

幸好，他那天留了一手，把严鹦父亲生前朋友老张所说的话都录了下来，如今正好用作关键性的疑点证据，推翻往期案卷。

“原来你是有备而来。”桑椹被陈鹤川缜密的心思震撼了，过了半晌才憋出这一句。

而陈鹤川侧头，望向冬日雾蒙蒙的窗户，意味深长地说了一句：“都是他们挟持我所爱，逼我踏出这一步的。”

如今已经知道蒋雯的不在场证明不成立，她也有犯罪嫌疑，并且是触碰过尸体的第一人，极有可能利用专业之便做伪证。

假如凶手另有其人，当务之急就是查明赵连月有没有存在虚假认罪的可能——她是否有不得不隐瞒的秘密或把柄落在蒋雯手上，心甘情愿承受牢狱之灾？

那就去查一查赵连月这个女人吧。

赵连月祖籍在雪城一个偏远的乡下。

大雪封山，陈鹤川与桑椹不得不找一处农家歇脚。越野车轮早绑上了防滑链，即使是高底盘的越野车也不敢在这山路与半米深的积雪一战。

沿途居住的乡亲见有商机，早盖了新瓦房，起锅搭灶，做起农家菜的生意。

屋外一片雪花白，红色的瓦片上覆盖了一层糖糕似的雪，雪花被风吹入烧着炕的屋内，转瞬融化，湿了一地。

店主把大海碗端上来，海碗旁边贴着烙熟的玉米饼，焦脆酥香。冰湖里凿出的新鲜大鱼刮鳞去内脏，和酸菜、大酱炖成一锅鱼汤，色泽明黄，带些浓重的腥香，很是下饭。炖汤的水用的是三四公里外不会冰封的活水，都说用这溪水炖鱼最是醇香。

陈鹤川掰开玉米饼，热气马上从饼囊中涌了出来。他尝了一口，滋味偏甜，觉得饼子比较对艾黎的口味，她嗜甜。

许是气氛安逸，喝了两杯青梅酒，他就想起了艾黎。

桑椹问他："你之前说你的爱人没了，是谁啊？"

"她叫艾黎……"许是太久没喊她的名字，陈鹤川喉咙发痒，喊起来生涩无比，"长得很漂亮，比我小一点。"

"从小就认识？"

"算青梅竹马。"

"羡慕啊，一起长大的感情，她是你初恋？"

"是。"陈鹤川垂眸，嗓音哑了下去。

桑椹察言观色，知道这是他软肋，不能提，也就闷头喝酒吃鱼，夸赞店长的厨艺。

陈鹤川还记得，艾黎很喜欢吃鱼。

情深至此，一有什么便触景生情。

小时候的艾黎很倔，喜欢吃什么、喝什么，从来不说，就让他猜，猜对没个甜枣，猜错了也没什么。

明明该鲜活明丽的小姑娘，却把自己搞得死气沉沉的，一副鬼样子。

见她筷子多夹了几下鱼，陈鹤川随口一问："你很爱吃鱼吗？"

艾黎像是受惊的幼兽，瞬间蜷曲身子，放了筷子。

见状，他又问："你很怕被我猜出心思吗？"

可她年龄小上几岁，再老成，有他老到吗？她不过是欲盖弥彰，或是自欺欺人罢了。

那时候的艾黎，进入陈家是有调查往事以及复仇的目的的，她应该很不信任他，也很害怕被他看出端倪吧？

偏生他就爱欺负这姑娘，爱看她露出马脚惊慌失措的样子，想让她抛开一切全心全意信赖自己。

爱看她惊慌失措，爱看她软弱无辜，只因一己私欲就欺负她，是他太坏了吗？有多坏？这样一想，好像也是。难怪艾黎从未对他敞开心扉，小时候那么讨厌他。

陈鹤川勾起嘴角，想到自从那次发现艾黎爱吃鱼，他就特地吩咐阿姨，多煮一些鱼。白肉，譬如鸡肉、鱼肉，比起高脂肪的红肉总是要好得多，对身体好。她正在长个儿的年纪，他得好好照看着，把她庇护在身后。

夜里，也不知是不是火炕烧得热，陈鹤川脱了一件衣服还不够，索性光膀子，露出结实健硕的胸膛与小臂。他的背上有一个被子弹刺穿的孔状疤痕，这是他几年前做任务，不慎被歹徒袭击所致。

陈鹤川还记得，他被一群人簇拥着推入手术室时，艾黎趴在室外玻璃上看。她的表情冷漠，可眼里仿佛有水光，眼睛红红的，像是无辜的兔子。

那一刻，他想：原来有一天，他这个没心肝的刻薄小姑娘，也会为他落泪啊。

她平日里明明既娇气又漂亮，怎么能哭得这么丑呢？他苦笑，艾黎的脸在他的脑海里盘旋，他满脑子都是有关她的事情。

他好想抱抱她，让她别哭了。

所以，他告诉自己，绝对不能死，眼前再黑，也不能丧失求生欲。

他不想以后由别人代替他安慰艾黎，拥她入怀。

陈鹤川迷迷糊糊地想着，这一夜辗转反侧，睡得不太安稳。一大早，他吃了早点，喝了一大碗浓茶，醒一醒因宿醉而昏沉的头。

桑椹也起了个早，他买了几个玉米饼，装袋子里，还提了两瓶矿泉水丢上车。

店主拿着铁锹，在门口铲雪。昨夜停了雪，脚踩下去没过脚踝，没前几天那么夸张。

做足准备，他们就出发了，约莫四个小时后，抵达赵连月的故乡。

乡村很小，随便一问，就有了赵连月的消息。

那是赵连月的邻居婶婶，聊起赵连月，她满脸鄙夷：“好好的姑娘家，不学好，那时候才二十岁吧，没结婚，大着个肚子回家！问她孩子爸是谁，死活不说。想也知道，她妈病入膏肓了，要用钱，她准是给哪个老板包养了，换钱给她妈用。你说说，嫁个好人家不行吗？给老板做小的，怎么可能长久？”

陈鹤川问：“她怀孕了，那孩子呢？”

“这个我就不知道了，她妈病死以后，她就离开这里，去外地了。许是带着野种投奔她那个老板了吧？谁知道呢！年轻人的圈子，乱得很。”

桑椹回过味来，插话：“那她妈看病的医院，你知道吗？”

“就这里的人民医院，你开车十分钟就到了。”

“好的，谢谢您。”

桑椹魂不守舍地往车里走，陈鹤川喊住了他：“你也觉得有地方不对劲？”

“总有种万幸来查这案子的感觉，好像还有内情。”桑椹点头，擦了擦虚汗。

乡下就这么一个人民医院，很好找。

几乎没费力，他们就联系到了院长。

被问起赵连月的事情，大家都没印象。

桑椹又换了个说辞：“就是二十多年前，有个小姑娘大着肚子还来照看她妈妈的。”

这样一讲，有一名中年护士站了出来，说：“我记得她。”

瞧她的年纪，和赵连月差不多大。

当年她俩应该是同辈人，同龄少女无话不说，惺惺相惜，没准还知道点什么内情。

陈鹤川问她有关赵连月的事情，她板着脸，抿唇道：“这事我还没告诉过多少人。”

陈鹤川蹙眉：“多少人？你是指，除了我们，还有人问起这个事情？”

“对，有一个小姑娘。再后来，还有一个男人，几个月前他来找过我，也是问连月的事情。”

“是谁？”

“我不知道名字，神神秘秘的。他走时还给我几千块，让我别对外说这事。”

“他都让你别对外说了，你怎么还告诉我们？”陈鹤川对她有所怀疑。

张护士大惊失色，过了好半会儿，才支支吾吾道：“我是害怕！谁会平白无故给我钱啊！这还没过多久，你们这些警察就找上来了，要是我真瞒着，出了什么大事，可不就是包庇罪？”

桑椹乐了：“您还挺明白的。”

陈鹤川不想多扯皮，开门见山问：“你直接说吧，究竟是什么事？”

张护士压低了声音，说：“赵连月怀孕，是收了钱的。”

“收钱？”

“她在给给她钱的那户主人家代孕！那家太太不能生育，所以找了她，希望借她的子宫，生个孩子。可惜，不是试管婴儿，是那个……”

“什么意思？”

“所谓代孕，就是代替他人怀孕，借用他人的受精卵子。那户人家的先生瞒着他太太，和赵连月有了关系，借口说是代孕，实际上是在她肚子里种了种！”

也就是出轨。

陈鹤川瞳孔骤缩，他似乎知道所谓的“完美复仇”究竟是怎么一回事了！

临走前，他分别拿出严鹦与郑连生的照片给张护士确认。

后者说，开头问过她事情的小姑娘就是严鹦，再后来找她问事给钱的就是郑连生。

也就是说，严鹦掌握了这个关键性的证据，完成这次完美复仇。而郑连生为了操控她，抓到了她的把柄。

陈鹤川和桑椹连夜离开这个偏远的乡村，返回雪城，直奔蒋信来前妻生前待过的医院，和她生前的心理医生对话。

被问起蒋信来前妻的事，心理医生直白地说："她无法怀孕，因为子宫壁薄，胎儿也不能顺利着床，连续几次流产。多年膝下无子女，让她的抑郁症越发严重，生前一直在积极治疗。后来她和我说过，她和丈夫都想有一个拥有自己血脉的孩子，而不是领养，决定找人非法代孕，借用她丈夫的精子和她的卵子，体外受精，再找个外人的子宫，植入受精卵子，诞下他俩的孩子。我劝过她不要做违法的事，也不知道后来怎样了。"

事情到了这一步，就很清楚了。

陈鹤川录下几人的证词，通过正规程序，传讯赵连月与蒋雯二人。

他平和的声音响起，将故事来龙去脉娓娓道来："最开始，是严鹦主动接近你的。严鹦了解你一直痛恨继母，知道她是小三上位，心里一直有一根刺。你知道，你母亲的死，是蒋信来和赵连月合谋造成的。是他们出轨的事情，致使你母亲走上自杀这一条路。你一直怀恨在心，直到严鹦的到来。她说，她会帮助你完成心愿。你是法医，只要你对你父亲下毒，第一时间解剖他的尸体，就能顺利将你继母的毛发塞入他的指甲缝里，制造伪证。而严鹦，会帮你做不在场证明。你的那通电话也很刻意，想伪造自己并不在场，家中只有赵连月能下毒的假象。你最恨的两个杀母仇人，一个死了，一个坐牢，十分解恨。当你完成这一切，你以为你赢了，哪知，复仇刚刚开始……"

蒋雯抬头，喉头滚动，想说些什么，却欲言又止。

反倒是赵连月情绪激动："别说了，不要再说了！是我杀的人，我都认罪了！"

陈鹤川无喜无悲，不为所动，淡然地说："严鹦告诉你，是你亲手把你的母亲送入了监狱。你的亲生父亲，也死在了你的手里。你的家，就这样散了，和她当年一样。她当年，也是这样被蒋信来毁了家庭。这一切是怎么回事呢？原来，蒋信来前妻并不能生育，本想找赵连月代孕，哪知蒋信来和她有了关系，发生性行为后，生下了属于他俩的孩子，还欺骗妻子说，这是两人的受精卵所孕育的孩子。赵连月不甘心，想拥有正妻的位置，于是和蒋信来联手，告诉了妻子真相，把她逼上绝路。多么讽刺，妻子真心实意宠爱的孩子，居然是外人的种。她的一生都仿佛是个笑话，谁能接受这一切呢？而赵连月顾忌外人的目光与你的心情，一直以继母身份自居。当她知道，是自己亲生女儿制造伪证把她送入监狱的时候，她愿意用一生牢狱生活，来保你清白无辜。因为她一旦否认杀人事实，说出是你这个机构法医做了伪证，你的一生都会被毁。她的爱伟大又卑劣，在自己和你之间，她选择了拯救你。”

赵连月早已泪流满面，而蒋雯苦笑，一句话都说不出来。

母爱究竟是什么呢？能够为了自己的血脉骨肉而包庇罪行吗？

陈鹤川想，严鹦当时一定是畅快的。她亲手把仇人的家庭毁了，还让他的妻女有苦说不出。这是作恶者罪有应得，可她也不是什么好人，手上沾满了血污。

这桩案子的结局被改写了，警方下令缉拿严鹦。

陈鹤川再次见到严鹦的时候，已经是一周后的下午，初雪消融，阳光明媚。

严鹦睁开眼，嘴角噙笑：“陈警官，好久不见。”

陈鹤川漠然：“我已经掌握了郑连生威胁你的把柄，你解放了，没什么好为他卖命的理由，该说出白芷的下落了。”

“半个月前，我曾在野林镇的DS钢铁厂见过她。郑连生让我记住她的特征，和萧逸见面的时候，把这些消息透露给他，稳住他，让他不要乱说话。不过，郑连生这么狡猾的人，肯定把白芷换了位置，你们去找也是一场空。”

陈鹤川惊骇，唇抿得死紧。

他皱眉，说：“好歹知道她待过那里，总比乱找要强。何况，我们还知道郑连生曾威胁过你，让你逼迫萧逸，这就说明萧逸两次证词有出入是有原因的。”

“祝你好运。”

与此同时，桑椹突然联系陈鹤川，说：“陈哥，有个叫江慕白的警察找你，他说他有艾黎的消息，让你赶紧召集人手去救她！”

闻言，陈鹤川紧绷的神经终于松懈，他险些站不稳，大喜过望，发疯似的往警局外跑：“你让他等着我！好好招待，他可是大功臣！”

他像个傻子，想笑，嘴角总情不自禁上翘。

他一直是喜怒不外露的稳重模样，什么时候手足无措成这个样子了？怕是要见老婆，喜不自胜？

老婆是个好词，等见到了这妮子，他该改改口了。

第二十二集

雪松林常年阴寒，隆冬覆雪，入眼一片白。

艾黎在雾气弥漫的玻璃窗上写下陈鹤川的名字，等水雾消失，他的名字也消弭殆尽。

她总是情不自禁想起陈鹤川，一遍遍在脑子里回想他的模样，生怕将他忘记。

江慕白一点消息也没有，犹如石沉大海，踪迹全无。他是没顺利逃出去吗？还是被船长反杀了呢？又或者是他不想惹是生非，所以出逃以后就不肯再回来蹚这趟浑水了？

长时间被关在这间狭窄逼仄的小屋子里，给人一种压迫感，心理都变得阴暗不堪。

艾黎拽住了披在肩头的外套，忽觉寒意侵体，四肢寒冷刺骨。

病房门被撞开，走廊上一阵喧哗。穿着白大褂的医生护士们四处逃窜，人仰马翻。

艾黎忽觉不妙，急忙躲进厕所，锁上门，紧紧抱住了头。

门外还有响动，有女人的尖叫声、哭喊声，甚至有烟味传来。这是起火了吗？艾黎感到瓷砖都在发烫，自己像是架在铁板上两面翻滚的海鲜，多么荒唐和讽刺。

这些人遇到了什么事情？怎么突然成这样了？

艾黎手忙脚乱将水龙头打开，冰冷刺骨的水注满洗手池，溢到地面上，缓解那滚烫的燥意。

她悲观地想，她要死在这里了吗？

她没来得及见到陈鹤川，也没来得及回家，不是老死，而是要被烧死在这儿吗？

也不知道她这样一具焦黑的尸体，陈鹤川能否认出来。她觉得凄凉可笑，想了想，还真的苦笑出了声。

没一会儿，屋外有人敲门，传来剧烈的响动。

艾黎不住后退，直到外面有人喊："艾黎？你在里面吗？"

这是陈鹤川的声音！

艾黎不顾滚烫，急忙拉开门闩。门栓是金属制成的，导热性强，将她的指腹烫出好几个燎泡。

她见到他的第一眼，眼眶就蓄满泪水，她撇嘴，心里委屈，想哭，可又不敢。

陈鹤川站在门前，背景是熊熊燃烧的赤红火海。高大威猛的男人堵在门前，比她高上好多，但瘦了，也憔悴了，看起来脸色不太好。

艾黎踮脚，想要抚摸陈鹤川的脸，却被对方打横抱起。

陈鹤川薄凉的唇瓣抵在她的眉心，温声软语："起火了，得快点逃出去。"

艾黎乖巧地点头，抬起两只伶仃、白嫩的手臂，搂住了陈鹤川的脖颈。她依恋地将脸贴上对方的脖颈，轻轻磨蹭，企图讨好陈鹤川。这一幕凝固成唯美画卷，变得永恒。

张牙舞爪的小猫崽子，此刻受惊了，乖得要命。

陈鹤川嘴角噙笑，抱住怀中珍宝，发了疯似的往外跑。

医院外有其他警员接应，桑椹见了陈鹤川就怒骂："陈哥，你疯了？那些人想同归于尽烧医院，你还不要命地往里跑！是魔怔了还是怎么？有什么东西比你的命还重要？”

陈鹤川气喘吁吁，他把艾黎放到地上，帮她拉好羽绒服的拉链。过了许久，他才笑着说：“是啊，我要救的人，比我的命还重要。”

桑椹看了一眼他怀中的柔弱少女，心下了然。

他摸了摸鼻子，不再多话。

英雄难过美人关嘛，都懂的。

医院死伤惨重，这一起案件牵涉太大，有失踪者，也有犯罪者，人与人之间关系错综复杂。陈鹤川和桑椹作为救援小组一员，完成解救任务后就回了各自岗位，案件后续则直接由上层的领导负责。

艾黎与陈鹤川暌别多日，再见面，千言万语涌上心头，想说些什么，又嫌言语不够犀利、深刻，无法解相思。

艾黎如鲠在喉，唇颤了颤，欲语还休。

陈鹤川帮她拢了拢外套，替她戴上白羽帽子。船上海风大，吹得她一头黑色海藻般浓密的头发四处飘散，那样凌乱，又那样美。

他心口燥热，似乎有点其他想法，手抚上她的脸颊，想捏一捏白嫩的肌肤，又怕下手没轻没重，伤到她。是梦吗？如果是梦，也是他不愿醒来的美梦。

艾黎觉得冷了，原地跺脚。

陈鹤川哑然失笑，她还是和小时候一样，冷也不肯说，就原地踏步，等他发现。

小时候，艾黎不肯说心里话，他也不逼她，发现了什么，直接牵着小姑娘的手，带她找一家有暖气的店暖暖身子。坐了一会儿，听着一侧的少女小声喟叹，也不跺脚了，陈鹤川满足地勾起嘴角，望向她的目光饱含怜爱。

她什么都不肯说，非得他来猜吗？真是任性的姑娘。

就像现在，艾黎什么都没说，陈鹤川已经伸手将她揽入怀中。

他缓缓抚摸艾黎的长发，用手掌轻抚她的脊背与肩膀，问：“风大，很冷，要进船舱吗？我给你钓海鱼，煮点面食吃。”

艾黎惊奇地道："船还在开，怎么钓？"

陈鹤川但笑不语，有心在心爱的姑娘面前显摆，于是从船舱内拿了鱼钩，挂上一点面包虫以及贝壳肉，直接放线抛入海中。

艾黎不肯走，趴在栏杆上，打量入海的鱼线。

大概过了半小时，陈鹤川把线扯回来，一条小臂粗的银色狼鱼就这样被他钓上船了。

艾黎看呆了，围着陈鹤川，像只小鸟似的叽叽喳喳吵闹："这个该怎么吃？一下子就钓上来了！你哪里学的独门绝技？教教我？"

陈鹤川："教你也行，喊句老公听听看。"

"……"艾黎一下子蔫巴了，紧紧抿住嘴，一句话都说不出来。

陈鹤川无奈摇头，手间动作不停，将瘦长的狼鱼剔鳞，刀面入肉，剔除翠绿的鱼骨，留下鲜嫩白皙的鱼肉，色调清淡。

他用船上的灶头烧了一锅家酿红酒，掺点水，加了个蛋，再把鱼肉放进去。等汤沸腾，鱼肉入味，再把水煮好的挂面捞进去。

鲜香的鱼汤把其他地方的同事吸引过来，桑椹觍着脸说："陈哥，你这里倒吃得挺好啊。"

陈鹤川盛了一碗面递到艾黎面前，还细心地夹了一个荷包蛋给她。

他一边给艾黎递筷，一边说："还有三个小时就到雪城，你等会儿自个儿去买晚饭，别惦记我这里的东西。"

桑椹欲哭无泪："陈哥，你这是有了媳妇忘了兄弟啊。"

陈鹤川似笑非笑："你也知道我是有媳妇的人？既然知道，还不主动一点从我这种见色忘义的人面前消失？"

"……"桑椹无语。好吧，陈鹤川是个狠人。

艾黎笑出声，喝了一口鱼汤暖胃。

见状，陈鹤川勾唇，从兜里掏出一百块钱，按桌上："看在你逗嫂子一笑的分上，请你吃一顿啤酒肉串，不用还了。"

好汉不吃眼前亏，有钱不赚猪头三。桑椹愤愤地把钱塞到兜里，对陈鹤川比了个中指，走了。

桑椹走了，方才的喧闹消散，环境变得静谧。

艾黎小口小口地嚼面，鬓边的乌发垂下来，把脸遮得巴掌大，小巧玲珑。

陈鹤川单手撑头，含笑看着她，时不时探出手指，把她的长发捋到耳后，顺势捻了捻她的耳垂，软软的、小小的，如玉石般圆润透亮，他总想咬上一口。

许是他的目光太炙热，艾黎红着脸抬头，恶狠狠地瞪他："看什么呢？我脸上有脏东西？"

也不知怎的，他们只要见了面，艾黎就张牙舞爪，说话夹枪带棒，怎么都不肯低头。

她从小到大都是这样别扭的脾气，改都改不了。陈鹤川轻笑出声，用拇指指腹擦拭她嘴角汤汁，道："怎么？还不许我多看几眼我老婆？"

"谁是你老婆？"

"远在天边，近在眼前。"

"……"无聊。

艾黎暗暗嘀咕，头情不自禁垂得更低了，为了避开陈鹤川殷切的目光。

她心里暗道奇怪，见到陈鹤川之前，总想着他，现在见到了，却梗着脖子不肯低头，连句软话都不愿说。

她这股子倔脾气也不知随了谁，要是换个旁人，想必早厌烦她的矫揉造作，哪会依她、让她、百般宠她？

她这样矫情，会不会有朝一日惹得陈鹤川不喜呢？毕竟人的耐心都是有限的。

艾黎这厢胡思乱想，不知打了陈鹤川一巴掌，再给他一颗甜枣吃还来不来得及。

那厢，陈鹤川却被人喊到船舱外去了，说是上头有命令传达。

船舱内，舱顶悬着一盏晃晃悠悠的白炽灯，光线照得面汤暖意十足。

艾黎用勺子舀了一口汤，缓缓饮下。面汤甜津津的，加了一点家酿红酒，味道冲鼻，却不呛鼻，喝得她浑身发热，祛除四肢百骸的寒气。

是陈鹤川发觉她很怕冷吗？

这样一想，她好像的确有点冷呢。

艾黎露着脚踝，时不时地喝口面汤。她感觉浑身的血液上涌，直冲脑门，舒爽得连脚趾都蜷曲了起来。

没过五分钟，陈鹤川回来了。

他顺手拿了张纸巾，单手捏住艾黎的下颚，细细擦她的嘴角。

陈鹤川低头，为了看仔细，离她好近。艾黎屏住呼吸，生怕惊扰到他微微下垂的睫羽。

她的眼里、心里都只有陈鹤川，就这样微微启唇，仍由他摆布，忘记了躲藏与逃跑。

陈鹤川的手指很凉，覆在她的下巴，肌肤相亲。

这算什么呢？调戏吗？明明他是在认真做一件名为关怀的小事情。

艾黎别扭地弯了弯脊背，臀部往后一缩，想躲陈鹤川。

哪知，这厮不肯饶她，一瞬间凑过来。陈鹤川薄凉的唇瓣就此吻上了她的唇。

他舔了舔她的嘴角，犹嫌不够，逐步含住她的下唇，与她抵死纠缠。

艾黎气喘吁吁，没一会儿便招架不住，撑着椅子靠背的手微微发颤，浑身酥麻不堪，几欲昏厥。

他属狗的吗？说咬人就咬人啊！

见她体力不济，陈鹤川嗤笑一声，松开了她，说：“这样一会儿就吃不消了吗？真不中用。”

艾黎愤愤地捂住嘴，道："要不是你突然亲我，打得我措手不及，我才不至于这样！"

"哦？我亲你难道还要和你先打个招呼？"陈鹤川懒洋洋地说，"那请你随时做好准备，因为我每时每刻都有吻你的冲动。"

"流氓！"

"冤枉！我这明明叫情不自禁。"

"诡辩！"

"啧，亲一下就算罪大恶极了吗？"陈鹤川突然附耳，与她窃窃私语，"要是日后，我做一些更过分的事情……到那时候，你又该怎么办呢？"

"……"艾黎浑身发颤，打了个激灵。

这厮居心不良！不，是心怀鬼胎！

陈鹤川笑出声，硬朗的眉目线条变得柔和许多，平添几分柔情。他这一笑，好似光风霁月之景，令人怦然心动。

艾黎心里打鼓，莫名其妙被他撩拨心弦。

她刚刚嘴上说了讨厌他，目光却忍不住追随他，被他所吸引，真是口是心非。

船靠岸，岸上有警员接应。陈鹤川将艾黎搂到怀里，小心翼翼地扶她下船。

不知是谁走漏了消息，岸上站满了记者，人人开闪光灯，想要拿个新闻头条，给自己的职业生涯添彩。

陈鹤川不悦，用羽绒服把艾黎包住，捧着她的侧脸，按到怀里，避开那些不怀好意的新闻记者。

艾黎眼前一片黑，看不到路。因为长时间坐船，腿脚还有些发麻、发软，不便于行走，她踉踉跄跄地跟着陈鹤川，可即使辨别不了方向，也大胆随着他的步伐走。

跟着陈鹤川走，总不会错的。他是她的倚仗，是她的信仰，是她的全部余生。艾黎哧哧地笑起来，像是吃了窝丝糖，心底泛甜。

这一路，风尘仆仆。

到陈鹤川的公寓了，艾黎进浴室洗了个舒心的热水澡。

等她拿着浴巾擦着头发走出来时，厨房里暖气全开，室内亮着一盏昏暗的灯，桌上放着几样小菜，陈鹤川正在揭菜碟上的保鲜膜。

他一见艾黎，便朝她招手，道："过来，给你买了点夜宵。刚才船上只吃了几口面，待会儿饿了，胃肯定会不舒服。"

艾黎心里一暖，嘴角带笑，应了一声"好"，心想他总这样周到。

她寻了个凳子，坐到陈鹤川旁边，听他给她介绍小菜。

这是姜蓉鸡。咸鸡用高汤煨熟，再放入冰柜冷藏一整天，切小块儿，淋上沙姜制成的酱。油水姜蓉，搭配上鲜嫩的鸡肉，风味十足。沙姜百种好，冬日食用最适宜，驱寒御寒。

她吃了几口饭，看着陈鹤川，突然有种落泪的冲动。

这是她梦寐以求的生活吧？家中有爱人在等，问她归家否，粥可温？

幸好，她的余生顺遂安好，有诗酒花，有陈鹤川。

救回了艾黎，陈鹤川再无顾忌。他把郑连生委托地下组织绑架艾黎的相关视频证据全部收集在册，又录下了严鹦的口供，证明萧逸为他申辩的证词存在漏洞，实则是被威胁后所做的伪证。萧逸对此并不承认，他肯定还想用自己微薄的力量拯救白芷，毕竟白芷被郑连生抓走后下落不明。现在郑连生处境艰险，难保不会杀了白芷泄愤。

荒岛医院里的人把所有事情都一五一十招了，其中包括郑连生花钱消灾，让他们派人绑架艾黎，囚禁她的事。

郑连生由于涉案，被警方带去审讯，接受法庭审判，难逃牢狱之灾。

可艾黎想要的并不仅仅是这些，她想要一个真相，想要郑连生还她的父亲赵泽阳一个公道。可是萧逸不配合，不肯说真话，不肯讲出当年他确实目睹郑连生害死赵泽阳。艾黎手上也没有其他证据，无法定郑连生的罪。

这不是她想要的，这也不是真正的罪有应得。

艾黎啊，还想找到白芷。

等白芷回来了，萧逸就能心无旁骛地做他该做的事情，即使等到的是她的尸体。

只要白芷不是下落不明，艾黎就有信心可以操纵这个为了女人疯魔的男人。

她不抱希望，却还是让陈鹤川找上郑连生，问："白芷在哪里？"

郑连生笑道："有时候，我挺佩服那个小姑娘勇气的，认死理，不服输，脾气倔得跟她爸一样。"

"少提她爸，你不配！"

"哈哈哈。"他笑起来，目光冰冷，看向人的时候，宛若一把刀刺入骨肉，尖锐犀利。

他说："我这个人啊，最喜欢给人添堵。你觉得，我会傻到什么都说出口吗？我死到临头了，还能打击报复你一下，何乐而不为？"

陈鹤川默不作声，他早猜到是这样的结果。

陈鹤川找到艾黎，淡淡道："不然去一趟野林镇。"

"野林镇？"艾黎疑惑地问。

"严鹦说，她受郑连生指使的时候，曾在野林镇的 DS 钢铁厂见过白芷。不过狡兔三窟，谁知道这老狐狸又把人藏哪儿去了。"

艾黎眯了眯眼，坚毅地道："知道她去过哪里，总比无头苍蝇一样乱找好。陈鹤川，你陪我去一趟吧？"

"要我陪吗？"陈鹤川似笑非笑。

艾黎也不知道怎么回事，求他同行的话脱口而出，这在以前是绝对不可能发生的事。

许是上次分别给她留下不少心理阴影，她本能地不想陈鹤川离她太远。换个霸道一点的说法，也就是想他俩生同衾，死同椁。

艾黎颇不好意思地抬头，瞟了一眼陈鹤川。后者抱臂，脊背微弓，轻贴着墙。陈鹤川动作轻佻，嘴角噙着笑，一双狭长凤眼清波微漾，惹得她羞恼不已。

有什么好笑的呢？不就是想他一起去吗？

她再偷偷看陈鹤川一眼，只见得光照进来，打亮他高挺的鼻梁与薄唇，给他镀上一层薄如蝉翼的金壳，眉目显得越发清逸俊朗。再细看，他的制服挺括板正，带着一丝禁欲感。洁白衬衫的袖口挽到手肘，露出结实有力的手臂，有点性感。

艾黎的喉头莫名滚动。

陈鹤川逼近，将她堵在墙根。脸近了，呼吸便火热。他单手扶墙，拦住艾黎的去路，继而低头，对她说着悄悄话："你说，为什么要我陪你去？是因为想我？"

他身上的雪松香味若即若离，充满男性荷尔蒙，带着某种难以言喻的侵略感，让人不容忽视。低语时，他那黑硬的发梢抚过艾黎的脸，似洁白鹅毛轻飘飘落到心尖上，挠得她心痒难耐。

艾黎的一颗心怦怦乱跳，她似在沸水里走了一遭，又似喝了陈年桂花酿，脸蛋微酡，被他呼出的滚烫气息烫了个正着。

哎呀，她怎么偏偏对陈鹤川的撩人话毫无抵抗能力呢？

陈鹤川见她一副老鼠见到猫的㞞样，轻笑出声，屈指敲了敲她的额，略带一丝宠溺道："回去收拾东西，带你出门查案子。谁让我是你老公，你惹的事，总得有个'内人'兜着。"

艾黎羞窘，嘀嘀咕咕："什么叫'内人'啊，还没领证的，算什么老公。"

这话不说还好，说了，顷刻惹得陈鹤川侧目。他斜睨她一眼，勾唇："你这么不满，倒是生出点胆子，跟我去领证啊。"

"……"闻言，艾黎瞬间闭嘴。

陈鹤川发出短促的一声笑，散漫地睨了她一眼，心道：小㞞货。

他的小姑娘倒是比以前胆大了，敢颤巍巍伸出猫爪子，小心翼翼地挠他一下。反正不痛不痒，让她占点便宜就占点，她开心就好。

陈鹤川漆黑眼眸荡漾着一点浅浅笑意，他无奈腹诽：什么时候起，他开始这样百般耐心地去哄一个人，千般地呵护一个人了？

上车时，艾黎还迷迷糊糊地想——陈鹤川是不是真的很想结婚了？他很喜欢被喊老公吗？他想……作为她的丈夫，在这纷扰红尘中占据一席之地？

艾黎莫名心悸，整颗心满满胀胀，温柔犹如潮水汹涌，似要溢出来。

陈鹤川做她的夫，为她遮风挡雨，护她余生安稳，感觉好像也不赖。

她是不是中了他的蛊，怎么满心满眼都是这个人的一颦一笑？明明他不算世间独有的俊朗倜傥，也不是人间难得的上乘皮囊，可艾黎就是喜欢他，觉得他嘴坏得要命，人也坏得要命，却装得一副温驯纯良的模样，骗取她的好感，拐走他的心。

看久了，她又觉得陈鹤川是世上顶漂亮的男人，无人能及。

“想什么呢？”陈鹤川凑过来，险些吻上她。

艾黎回神，吓了一跳，挣扎着往后缩。

陈鹤川乐不可支：“我又没说要亲你，你倒是逃个什么劲？”

“……”艾黎窘迫，结结巴巴道，“那你……想干什么？”

“想……”他又靠近了，凉薄的唇离她耳郭仅有一寸，低语，“给你系安全带，我要开车。”

他话音刚落，一根黑色长带就从艾黎的肩头穿过，“啪嗒”一声扣上了。

还真是系安全带啊……艾黎松一口气之余，又隐隐有点失落。

失落？她之前难道在期待发生什么事情吗？

陈鹤川挑眉：“看你样子，好像不太开心。”

“什么？”艾黎一惊一乍。

“你好像很渴望我吻你？”

“我没……”她微启樱桃小嘴，话还没说完，就被陈鹤川封住了唇。

艾黎大脑放空，柔情蜜意似汹涌无比的海，朝她一阵一阵袭来，淹没她的身心。这算是神魂颠倒吗？艾黎迟钝地想。她情不自禁地搂住陈鹤川的脖颈，遵从本心迎合他，加深了这个吻。

陈鹤川搂住她的腰肢，手里不住使力，几欲将她嵌入体内。他感受到今日的小姑娘格外热情，与寻常不同。她这是怎么了？

他含了一下艾黎的下唇，逗弄她。

既然她都愿意被欺负，那他就恭敬不如从命了。

过了良久，艾黎才气喘吁吁抽身。她的眼角眉梢都带一丝春意，眼波昳丽，似旱地得到浇灌，荒地得到润泽，得偿所愿。

她哪里不喜欢呢？分明是喜欢陈鹤川喜欢得紧。

陈鹤川看出了端倪，知道别扭的小丫头今日服了软，肯老老实实被他亲吻，被他宠爱。

他等了多少年才等到的今天？想都想不起来了。

这是陈鹤川魂牵梦萦的美梦，如今梦想成真。

他吻了吻艾黎的额头，轻声问：“今天这么主动，是良心发现，想讨好讨好我？”

艾黎反唇相讥：“才不是！”

过了一会儿，她又怕陈鹤川多想，犹犹豫豫地说了一句：“就是不太讨厌你亲我。”

不讨厌，就是喜欢咯？

陈鹤川笑意渐浓，宠溺道：“你呀你。”

她教他生，教他死，教他赴汤蹈火，百世一人。

第二十三集

晚上收拾好了行李，两人轻装上路，连夜赶到了野林镇。

四下打听，没多时，他们就寻到了DS钢铁厂。工厂荒废很久，老总在其他大区创办了新厂，早搬走了。这里的废厂堆积了一些旧器材，雇了人日夜看守，打算有朝一日回来取材。

陈鹤川绕着工厂的围墙转一圈，对艾黎道："这里墙高两米，没其他出口，只有一个前门。要是有人想绑着白芷进去，肯定会从前面走，绕过保安的住处。我打听过了，这个保安姓钱，没有妻女，孤身一人住在厂子里，平时拿死工资，地皮是DS钢铁厂老总的，所以包吃住。"

"你的意思是，如果有人带着白芷进出，那个保安肯定会知道？"艾黎觉得冷，把羽绒服帽子裹得严严实实。她一双雾蒙蒙的杏眼露在白毛皮草外，滴溜溜地转。

陈鹤川见她的模样娇小可爱，掐了掐她的脸，夸奖："对！我的小姑娘真是聪明。"

艾黎俏脸一红，瞪他一眼，似嗔似怒。

片刻后，他们找上保安老钱，问起钢铁厂的情况："钱大爷，半个月前，钢铁厂里来过人吗？”

老钱眯起眼睛打量他俩，问：“你们是谁啊？”

艾黎无意吓唬年长的人，没有直接出示证件。她微微一笑，道：“有点事儿，所以问问。”

老钱“哦”了一声，没后文。过了两分钟，他摇摇头：“没人来过。”

“怎么可能？”艾黎不信。

“真没有！”老钱加重语气强调。

陈鹤川委婉地道：“会不会是您哪天有事外出，所以没见着人进来？”

这话再点透一点，就是说老钱没用心工作了。

老钱吹胡子瞪眼，厉声道：“我可没有玩忽职守！老板给我什么工作，我就做什么工作。我都这把年纪了，难不成临到退休还要偷懒，晚节不保，留个坏名声？”

这样说，有理有据，没人能反驳。

艾黎回想了一下严鹦的话，心里犯嘀咕：她不可能撒谎的，说白芷在DS钢铁厂待过应该就是待过，因为严鹦没有任何庇护郑连生的必要。

那么，就只有一种可能了：老钱在骗人！

他在包庇那些关押白芷的恶人吗？有什么非这样做不可的理由吗？

艾黎咬牙想着，哪知老钱拿扫帚赶人：“我看你俩鬼鬼祟祟在外头转悠半天，是不是想偷器材啊？我告诉你们！没门！快走快走，没事别进来！”

艾黎就是再不甘心也得走人，这可是人家的地盘，轮不到她撒野。

老钱关上大门，将两人关在工厂外头。

陈鹤川环顾四周，见穷乡僻壤也没个人烟，连问情况的人都没有。可见郑连生选上这地方，有他的道理，可谓狡猾。

艾黎急得直跺脚，像个小孩。

陈鹤川哑然失笑，道：“你别急，总有办法的。”

“我能不急吗？郑连生很快要庭审了，我们得给刑事辩护律师送点好料去。”

好料？这句话倒有点意思。

陈鹤川灵光一闪，想到了什么，道：“说到料，我们不如找找老钱的料。他既然有可能说谎，那我们就找出他说谎的原因。”

他又围着工厂绕，找到了一堆摆放生活垃圾的地方。

陈鹤川说：“估计每隔一个月就有垃圾车来一趟。”

艾黎问：“你怎么知道？”

“要是一直都没来清理，几年待下去，垃圾早就堆积如山。看这些垃圾堆放的数量，约莫是十几二十天的。”

他刚说完，从口袋里找出一次性塑胶手套戴上，翻检垃圾。

艾黎呆若木鸡，结结巴巴问：“陈鹤川，你干什么？”

陈鹤川皱眉，找得正认真：“寻线索。”

“线索？”她不明就里，陈鹤川却很快就从几个垃圾袋子里找到了几家店的消费单和购买发票，以及一张已经打过日期的巴士票。

“这些东西，有用吗？”艾黎表示很怀疑。

陈鹤川但笑不语。

没多久，他们开车抵达较近的巴士站。陈鹤川核对巴士票的打票时间，确定了巴士路线——唯有七号线的巴士，是中午十二点十五分来的。老钱那时候上车，打票，时间刚好是十六分，多了一分钟。

七号线通向哪里呢？陈鹤川看了一眼路线表，确定了地点。这是通往野林镇中心的巴士，想必之后几张消费单也会有用武之地。

他开了导航，带着艾黎兜风，朝镇子的方向驶去。

车里闷，外头天冷，艾黎开了一道窗缝，小巧玲珑的鼻尖凑上去，细嗅冬天的味道。

不承想，她还没吹多久的风，就被陈鹤川强制关上了窗，暖气瞬间涌向她。

陈鹤川呵斥："别贪凉！感冒了有你好受的！"

艾黎缩了缩脖子，不服气地嘀咕："不好受也是我的事，碍不着你的事啊。"

"怎么碍不着？"陈鹤川放软了声音，难得收敛厉色，哄她一哄，"你生病了，还不得我心疼吗？要是我想和你肌肤相亲，还不得传染我吗？"

"我呸！"艾黎唾弃他，惹得他笑出声。

跟着导航走，半小时后，车停在了一家快餐厅前。陈鹤川核对发票上的地址，就是这家百味楼没错。

他们撩帘进店，里面没多少客人，或许是还未到饭点。

见有生客来，老板将手往围裙上一擦，殷勤地笑道："两位，吃点什么？"

陈鹤川："来两碗白饭，两条小黄鱼，一份红烧狮子头，再加一碗番茄鸡蛋汤。"

"好，您稍等。"老板吩咐厨子煮汤，将其他现成的菜盛入盘中，先给陈鹤川端过去。

菜碟刚上桌，陈鹤川就说："老板，和你打听点事儿。"

"您说，我可是镇上有名的包打听，就没我不知道的事。"

"DS 钢铁厂的老钱，你认识吗？我看他常来你这里吃饭。"

"老钱啊？知道！他是厂子的保安嘛，干了好几年咯！其实我们都很羡慕他啊，在厂子里住住就有工资拿，不用愁房租，老总也一直雇用他。之前我们还担心他万一被炒了，都快要退休的年纪了，上哪混饭吃，现在看这样子，还挺稳当的，不用愁。"

艾黎问："他是本地人？"

老板摇摇头，说："不是，前几年搬到镇上来的，没老婆孩子，过年也不回去。"

"他在当地没什么朋友吗？"艾黎问。

“朋友？有啊！你这么一说，我倒是想起一件事。”

“什么？”陈鹤川与艾黎异口同声。

“他和一家书店老板关系最好，可那老板前些日子犯事了！也不算是事，就是镇上有女人死了，查出那女人和书店老板有暧昧关系，警察去问他有没有不在场证明，本来怀疑他是凶手的，可他有啊，监控都拍下他在西街游走的视频，根本没有杀人时间。那女人，死在东街，远得很呢。”

这是一起和老钱无关的案子。

陈鹤川问了他：“那是哪天发生的事情？”

“二十号的事吧。”

艾黎心头咯噔一下，总觉得哪里怪异。二十号，和严鹦说看到白芷在 DS 钢铁厂的日子差不了多少啊。

时间上这么巧吗？

艾黎心痒难耐，似有成千上万只蚂蚁在胸口游走，抓心挠肝。线索似雪花，簌簌落下，汇聚成雪球。雪崩在即，没有一片雪花是无辜的。

陈鹤川眼眸清冷，找了巴士总站的负责人，打听 DS 钢铁厂那几号路线的司机。时间表上显示，二十号的晚上，是叶司机开的晚班车，途经 DS 钢铁厂附近的巴士站台。

陈鹤川问他认不认识老钱，他说：“认识，那附近就住老钱一个人，平时也只有他上下车。”

“二十号的晚上，老钱有没有坐过你的车？”陈鹤川问的这话，意思就是，那天晚上老钱在不在工厂，有没有坐巴士离开或者回去过。

“没有，那天晚上巴士上没有人。”叶司机眯起眼睛，过了好半晌突然道，“不过我想起一些别的事。”

“什么事？”

“那天晚上，我开得快了，到站的时候早了十分钟。我看有时间，就下车蹲路牙子抽烟，然后我好像看到老钱工厂那边有车灯的亮光。

当时我心里还在想，是不是有客人来了。老钱也没老婆孩子啊，哪来的客人，该不会是他厂子的老板来了，要拿器材，辞掉他吧？我就这样想了一会儿，也没多在意，然后就开车回总站了。”

艾黎听得呼吸一滞，和陈鹤川面面相觑。

二十号晚上有车去工厂，会是绑架白芷的那一帮人吗？

不管怎么说，都有人去过工厂，老钱之前所说的话就是谎言，他为什么要撒谎？

这样想着，两人又回去找了老钱一趟。

哪知，对方露出前所未有的惶恐神情，紧张地说：“那些人……就是来问路的！他们不知道野林镇怎么去，所以我告诉了他们！”

艾黎斩钉截铁地道：“如果不是做贼心虚，我之前问你来人了没有，你为什么骗人？之前没想起来的事情，现在倒是想起来了？”

老钱满头都是热汗，半晌也说不出话。

陈鹤川将警员证缓缓摆在他面前，神情肃然，道：“钱大爷，你不要说谎。我们来查的事情，兹事体大，一个不好，那就是包庇罪，是共犯。你不要舍了西瓜捡芝麻，等以后查出什么事情，那可得不偿失了。我听说，那天晚上还出了一起杀人案件吧？这么巧吗？正好是你的朋友。你有没有想过我们查到这里的原因是什么。如果不是你这个工厂里发生过什么事情，我们怎么会这么巧找上这里？这么巧问那段时间发生的事情？这么巧，知道有绑匪挟持一个小姑娘来这里，你还帮他们隐瞒？”

陈鹤川句句击中要害，老钱被吓得魂飞魄散，瘫坐在椅子上，两眼无神。

是啊！他怎么没想明白呢？这些猎犬一样的警察，如果不是有十足的证据，怎么可能找上他？再和他们斗下去，没罪也会变得有罪！

老钱微微启唇，想说些什么，却发不出声音。

陈鹤川的目光冷峻且有力量，从他口中轻飘飘吐出关键性的一句话："我还在垃圾袋里找到了你点餐的发票，四人份的午餐。除了你，还有三个人是谁呢？你别告诉我，是你想一次性多点一些，吃到隔天早上。现在外卖这么方便，你还会有囤食的习惯吗？"

老钱汗如雨下，哭丧着脸，拍了桌子，道："真是造孽哦！"

艾黎没想到陈鹤川有这样的能耐，他巧舌如簧，两三下便将关键点出，惹得人头皮发麻。

老钱长长叹气，道："我实在是没办法了。我不肯说二十号晚上的事，是被人骗了啊！"

艾黎狐疑地问："被骗？"

"我向老张，就是那个开书店的，借了钱，多多少少加起来有三万。二十号那天晚上，他给我打电话，说要我晚上八点，换上他给的衣服，在西街走上一遭，注意脸不要让街道监控给拍到了。然后再让我把衣服丢他家里，睡上一晚。隔天，这笔债务一笔勾销。我觉得奇怪啊，世上哪有这么好的事情，不过我还是照做了。后来我迷迷糊糊回到工厂，发现厂子里居然有两个男人和一个手脚被绑的小姑娘。我吓了一跳，想报警，拿手机的时候，看到了头天晚上发生的杀人案的新闻。那个被杀的女人，是老张的情人啊！我想到其中关键，吓得出了一身汗。如果我报警，说这些人擅闯工厂，不就暴露了我昨晚不在工厂的事情吗？我那是在给老张做伪证，做不在场证明啊！我和警察能说得清楚吗？他们肯定以为我是共犯，是同谋，也是杀人犯啊！我不敢打草惊蛇，就让这些人住下了。我不说他们的事情，他们应该也不会为难我。"

这下，事情就很清楚了，老钱隐瞒的原因昭然若揭。

老钱翻箱倒柜，又找出一张纸张，上面写了几个名字，递给陈鹤川："这是小姑娘告诉我的绑匪名字，你们要是想，就去救人吧。"

艾黎惊愕，问："你怎么有这个？"

"小姑娘趁人不注意的时候，让我救救她。我哪敢救，听她说了名字，又跑了。我贪生怕死，之前没做好事情，每天晚上想着就不安。如果我胆子大一点，报了警，那姑娘是不是就能被救了？她能不能幸免于难？现在，她有可能早被那些人撕票了。”他越说越不安，声音越低。

他不年轻了，单打独斗怎么可能干得过那几个人？

也没人能评价老钱什么，懦弱本就是人性，明哲保身也是常态。

艾黎安抚他：“你敢说出这些事情已经很不容易了，我看那个书店老板的案子还在审理，你现在去自首还来得及，没必要让自己一辈子惴惴不安。”

老钱听了直点头，很感激艾黎的提醒。

陈鹤川带他去派出所内说明情况，接着，两人就把视线落在老钱给出的名单上。一共两个人：王廉，赵夫生。不能确保名字一定对，但老钱听到的读音就是这样的。

全国上下，同名同姓的人不计其数，要找这两个人，简直是大海捞针。

幸亏老钱还记得那两人长相，目标范围缩小在H城内，将同名的人逐一交给老钱排查，最终，找到了这两人。

王廉，磊山人，由于酒驾出事故致人重伤，判刑两年，刑满出狱后，公司不再聘用他，他成了无业游民。

赵夫生老父亲胰腺癌复发，急需一大笔医药费。他家徒四壁，无处凑钱，撞上了郑连生。

这样的社会边缘人物，正好为郑连生所用。只要冒险捞一笔，下半辈子就高枕无忧，再也不用受人冷眼，吃些残羹剩饭，何乐而不为？

就这样，两人被诱惑，被恶魔蛊惑，走上了一条看不见天光的不归路。

接下来，他们要做的事情，就是联系上两名绑匪的家人，将这些恶徒缉拿归案。

夜深了，艾黎和陈鹤川一前一后在街上游走。陈鹤川怕她饿，寻了一家川菜馆子，给她点了家常菜。无非就是一些老板推荐的招牌菜，鱼香肉丝、辣子鸡丁一类，色浓味重，辣中带腥，直冲鼻，也很解郁气。

再烦忧的事，只要在客流量大的菜馆，酣畅淋漓吃几道辣菜，所有郁结都会随着汗液消散。

他的小姑娘总愁眉不展，好似整个人间的浓愁都锁在她细细蹙起的眉头里，惹人心疼。

陈鹤川小声说一句："凡事有我在，不必多想。"

艾黎回神，抿起樱桃唇，稚气地批判人间："我只是觉得，人很复杂。"

"人都有私心，世上的人又有千千万，哪里会简单呢？"

"人被无数纠葛绕成一张网。我在想，我和陈哥哥你的缘分有没有尽头，有的话，又在哪里。我们之间的纠缠又有多深，这些线，能把我们两个缠成什么样，是轻轻一碰就能松开，还是牵扯到鱼死网破、遍体鳞伤也只能待一块儿。"

她已经不像从前一样，只有不作恶的稚嫩之心，如今目光蕴含旷远之意，也懂看淡伤痛，放过自己。

陈鹤川很欣慰，给她夹了一块辛辣的白鱼肉，说："放心，你我的缘分，到老到死都缠在一块儿。我曾经做了个梦，月老说我们会做千万辈子的夫妻，这才是第一世，你还有数不尽的时间跟我耗，到时候可别嫌烦。"

艾黎咯咯笑起来，调侃："你见的月老可真话多！"

"是啊，他不止告诉我这些，还说……"话音至此，戛然而止。

艾黎心痒难耐，凑过去，低声问他："还说什么了？"

陈鹤川不过是想逗逗她，但见小姑娘紧紧挨过来的脸，睫羽既黑又长，根根分明。沿着发顶看下去，能窥见她天鹅般修长的脖颈，白嫩如玉，底下衣衫遮掩，春光乍泄。

他感到喉头很渴，满腔男欢女爱之事。

就这样，陈鹤川骗她，靠近她，薄凉的唇触上她的耳郭，微咬一口，得意低语："月老和我说了，你不但要和我结婚，还会为我生儿育女。眉目像你，脑子像我，聪明伶俐，又不失可爱。"

艾黎触到他炙热的气息，头昏脑涨。她羞恼地推搡他，水汪汪的杏眼瞪过去，含羞带臊："你这些话骗鬼呢！"

"你不信？"

"怎么可能？"

"我们这缘分是上天注定，不然你怎么会从小就在我眼皮子底下长大，羽翼未丰就跟着我？可见，这都是命定的缘分，你说不要也不行。"

艾黎听他这样说，心里倒也浮现出别样的想法：确实是这样吧？她与陈鹤川幼年时便相识相知，青梅竹马，如今又同床共枕。

她觉得脸上烧得慌，整个人焦躁不安，想斗志昂扬拔剑出鞘，抵上陈鹤川的咽喉，告诉他再多花言巧语也闯不过她的心门。可是真当自己对上陈鹤川那双似笑非笑的凤眼时，艾黎又悻悻然缴械投降，拿他全无办法，任君摆布。她又被陈鹤川三言两语撩拨，被他牵着鼻子走啦！她怎么总是这样呀？半点克制力都没有，非要信这男人的嘴！

想完，艾黎又窥了陈鹤川一眼，不带恶意，饱含嗔怪。

陈鹤川看着小姑娘做戏，回以无辜又宠溺的笑，好似她在无理取闹、尽情撒野，凭借的是陈鹤川对她的宠爱。

因他爱她，所以她恃宠而骄吗？

艾黎咬紧下唇，喉头发痒。这是多么幼稚的行径啊，爱情果然会把人变傻。

陈鹤川垂下眼睫，暖锅里热气氤氲，将他的眉目半遮半掩。艾黎想起白居易的《琵琶行》，里头有句旖旎的诗词——千呼万唤始出来，犹抱琵琶半遮面。

陈鹤川就是那诗中的古典美人吧？艾黎想了想，不怀好意地笑。

她抿着唇，想笑又不敢笑的狡黠样子，正巧落入陈鹤川眼中。后者无奈地摇摇头，道："别以为我不知道你在想什么！少得意了，快吃饭，饿到肠胃就不好了。"

艾黎见心思败露，脊背僵直，急忙低头扒饭，一副做贼心虚的样子。

这妮子真是……明明这样的举动更容易暴露她的心思吧？连骗人都不会，还不得被人吃干抹净？

陈鹤川长叹一口气，想来这只不谙世事的幼猫崽子也只能由他带在身边，事事亲力亲为，日夜教养了。

吃完饭，临走前，艾黎跑去上了个厕所，陈鹤川在柜台付账。

艾黎用纸巾擦干手，望着远处的陈鹤川，踟蹰不前。

想了许久，艾黎鼓起勇气，如乳燕初飞那般，往陈鹤川的方向跑去，投入他的怀抱。

陈鹤川被温香软玉扑了个满怀，小姑娘难得主动一次，令他惊愕不已。陈鹤川想调侃她两句，却见她头埋得低低的，压在他的胸口，不敢抬头。陈鹤川哑然失笑，胸腔微震，鼓动艾黎的耳膜。

艾黎脸颊发烫，她也不知自己是不是吃了熊心豹子胆，居然敢对陈鹤川上下其手。不过手掌贴上他精瘦结实的脊背，意外的是，很有安全感。

陈鹤川见她这样，怎么爱都爱不够。他低头，温声软语地哄："怎么了？突然投怀送抱，吓我一跳。"

艾黎脸上烧得慌，如同喝了陈年梨花白，两颊酡红。她喃喃道："就是……想抱抱。"

"那你抱个够，我绝对不催。"

"呸！"艾黎冷哼了一声，悻悻然松开手。

她刚放开，却被陈鹤川扣住手腕，一下子又拽入怀中。

艾黎被击个措手不及，失声惊呼："陈鹤川！"

话音刚落，陈鹤川稳稳地抱住了她。他低头，冰冷的唇抵上艾黎如火的耳尖，情人私语：“既然你不抱了，该轮到我了。”

“你是流氓吧！”

“冤枉，我也只对你这样。”他温柔地哄她，怕在店门口扰民，还移到了巷弄的暗处。

艾黎忽觉刺激。她抬头，天空野星闪烁；她低头，两侧房屋鳞次栉比，路灯坏了，一片灰暗。她和陈鹤川就相拥于此，以星辰为光，揽暮色做伴。入耳只有陈鹤川蓬勃的心跳，一声又一声，敲打在她的心尖尖上。她的心脏仿佛喷出岩浆，将整个胸腔烧得灰飞烟灭。

她好似什么都听不到了，什么都看不到了，眼前只有陈鹤川，只有这个清俊的男人。

此时此刻，天地万物皆消散，唯有他们与爱永恒。

第二十四集

艾黎很快就能为父亲赵泽阳申冤，然而还差这临门一脚。

她得让王廉和赵夫生把白芷交出来，不要再躲躲藏藏。

如今郑连生已经落网，这两人不是蠢蛋，知道交出白芷，绑架罪便会落实，倒不如先避一避风头，所幸没人知道孤女白芷失踪了。

艾黎的心脏一阵钝痛，好似有成千上万根刺扎入心脏，寸寸逼入血肉，血珠子既细又小，不触不痛，误触便痛彻心扉。

她和白芷一样呀，如果不是世上有一个牵挂她的人，或许暴尸荒野也无人知晓。真是悲凉凄惨的一生，她在埋葬无数罪孽的泥潭中寻求转生。

赵夫生为了筹钱救父，所以就伤害他人吗？这个世上，并不能以错抵错，以罪孽消除罪孽。

艾黎想救白芷，如同拯救她自己。

白芷纵然不是个好人，她害死了林珑，还顶着对方的脸与身份浪迹天涯，但没有人能剥夺她的人生，没有人能决定她的生死。

这个世上，没人能决定别人的活法，也没人能让自己丧失父爱，失去父亲。

艾黎舔了舔下唇，有些难堪，不敢与陈鹤川对视，说道：“我有一个大胆，不，是恐怖的计划。我……必须这么做。”

陈鹤川眸色变深，静静望着艾黎。小姑娘长大了，有了自己对这个世界的情绪与想法，如星辰般璀璨的眼睛里也有了些他无法掌控的东西。艾黎终于脱离他的牢笼，找到属于自己的天地了。他有些落寞，又有些欣慰。

他的目光从坚毅变柔和，他胡乱揉了揉艾黎的头，宠溺道：“你想好后果，放心大胆去做。无论你想不想依靠我，肩膀都在。”

闻言，艾黎呼吸变得炽热，她抬眸，瞥了一眼陈鹤川的肩。他的肩很宽，肩胛骨上覆盖着健硕肌肉，线条流畅，充满力量。那样宽厚的肩，无论是供人酣睡，还是给人依靠，都极为合适。

无论何时何地，陈鹤川都相信她，是全无条件站在她这一边的。

他是她的盟友、兄长、知己，以及丈夫，是她全心全意爱慕的人，是她年少轻狂时最想嫁的那个人。

“陈鹤川……”她呢喃，软糯的嗓音里有止不住的欢喜。

她从前对他的怨啊恨啊，顷刻间消弭殆尽，只有全然的信赖与深情。

“谢谢你，陈鹤川。”艾黎有点想哭，眼眶发烫，鼻尖被辣味刺痛，心尖泛酸。

“傻丫头，谢什么？真这么感动，早点完事，早点嫁给我。”

艾黎眼泪扑簌簌往下掉，用手背盖住眼睛，嘟囔：“又在你面前丢脸了。”

她的鼻尖通红，被风一吹，冷得身子颤抖，像极了受惊的奶兔。

陈鹤川哑然失笑，张开双臂搂住她，将她按到怀里，亲吻她红彤彤的眼角与鼻尖，轻声地哄，怎样都爱不够。

艾黎心中的计划充满恶意，有些卑劣，可她实在没办法了，是迫于无奈。

赵夫生不是想救父亲吗？他不惜走上犯罪道路也要救自己敬爱

的父亲，那就由她来摧毁这个梦。

如果……让生他养他的父母知道，自己养育几十年的宝贝儿子是一个罪犯，自己居然养出了这么个东西，他的父亲会痛心吗？

艾黎要高举正义大旗，展现人性丑陋的一面。她要将赵夫生最不堪、最龌龊的一面展示给他父亲看，赵夫生会恼羞成怒、痛苦不安吗？

艾黎突然想听听他的声音，看看他狰狞愤恨的表情。

她租了几个大区的高楼LED屏，黄金时间晚八点，统一播放她的直播。不仅如此，艾黎还在几个有名的直播软件上注册了账号，打算在记者会上说出一些真相。

这天，艾黎化了较为浅淡的妆容，穿一身驼色羊绒大衣，携着口金包款款而来。

台下是她花钱雇来的记者，摄像机会同一时间将画面转播至各地城市中心的LED大屏以及直播平台。这次行动，没个几十万办不下来，可她必须花这个钱，一定要做这件事。

直播开始了，艾黎望着台下不断闪烁的闪光灯，深吸一口气，冷冽的空气在肺腔里兜转一圈，带出浊气。她的呼吸逐渐平稳，她想了想父亲，想了想陈鹤川，坦然面对记者。

她说："今天，我想全国寻找一个人。他的名字，我这里不方便暴露。他姓赵，正在绑架一个姑娘！这位赵先生，我希望你能说服同伙，把那女孩带回来。你别忘记你重病在床的父亲，不要忘记你的目的！你不是爱他吗？如果我把你的事情告诉他，让他知道他有这么一个罪犯儿子，他会不会后悔生过你？你不想我说出这些事情，想继续当你的孝子的话，请你尽快到H城派出所自首。我给你两天时间，我就在那里等你。"

所有听众都被这样劲爆的发言所震撼了，一个个屏住呼吸，大气都不敢出。

网友在匿名论坛疯狂讨论此事——

这是对绑架犯的宣言吗？

这女人是不是想火啊？我看她精心打扮过的，肯定是想博人眼球吧？

绑架犯有罪，绑架犯的父亲又没罪，她这是整的哪出？

绑架犯会不会老老实实自首啊？逼急了绑架犯，万一撕票怎么办？

求这女人的心理阴影面积……

那个赵姓绑架犯是不是有什么苦衷啊？所以才绑架人！

虽然不想听绑架犯的苦衷，可是这个女人太反常了吧！

…………

在网民的推波助澜下，此事达到前所未有的热度。

这就是艾黎想要的。所有人的眼睛都看着这件事，关注这件事，讨论这件事，让赵夫生逃无可逃、避无可避。

他不是说很爱他的父亲吗？那艾黎就看看，他的爱究竟有几分。

深夜时分，光线昏暗，赵夫生拢住羽绒服的帽子，畏畏缩缩往小卖部凑。他想买点烟，嘴痒了好几天，再不抽点得要人命。

实际上，他并不需要这样遮掩。郑老板说了，他们绑架人的事情还没暴露，平日小心一点，惹不上麻烦的。

赵夫生从小没做过什么恶事，第一次胆大干这样一件事，难免心虚。如果不是走投无路，谁会舍弃安逸家园，杀人放火？可那王廉，瞧起来却像个熟手。

王廉邀请赵夫生此事之后再干几单，然后逃到海外去。赵夫生苦笑拒绝，他不是做这事的命，他只是想救父亲。

郑老板说会照顾他爸的，还给他汇了一大笔医药费，不知道他爸有没有去做化疗。

赵夫生小时候家境富裕，家里开了间餐馆，后来附近的餐馆开多了，店里生意每况愈下，到最后难以为继，不得不变卖餐馆，做起小本生意。

赵夫生的母亲无法忍受贫困的生活，于是提出离婚，把赵夫生丢给了他的父亲。那个年代，离婚女难嫁人，更别说还带个拖油瓶了。

赵父深爱着赵母，离婚后，他魂不守舍，过起了酗酒的日子。

那段时间的赵夫生很难熬，他才小学，每次回家都不见父亲，只能自己吃点冷掉的剩菜剩饭过活。

他记得很清楚，某天下午，老师要家长给试卷签字，没把试卷给家长签字的学生，就得留堂请家长。小时候如果撒谎不学好，不敢把试卷拿给家长看，长大又怎么可能是正人君子呢？所以老师对学生诚信方面要求很严格，也有点上位者的权威，认为学生应该绝对服从师长的命令，否则视为桀骜不驯。

赵夫生回家没见到他爸，第二天自然被留下了。

老师问他："为什么不把试卷拿给家人看？"

"家里没人。"赵夫生低头看鞋尖，绞着手指。

老师自然不信，说要亲自给他爸打电话。

这一通电话，拦下了赵父和酒肉朋友闲聊时端到唇边的那杯酒。

学校里，赵夫生不信他爸会来，毕竟他爸爽约过那么多回。

他嘴上说不信他爸来，眼睛却忍不住往门口瞟，如果被老师骂一回，能让他爸早点回家的话，也不失为一桩好事。

就这样，过了差不多半小时，就在他的耐心达到极限，心也逐渐凉了的时候，赵父来了。

年轻的父亲给老师赔礼道歉，说会回家好好教训这个小子。

赵夫生的手被父亲宽大的手掌裹住，嘴角不自觉上扬。

赵父这才发现，原来家里的兔崽子也渴望关爱。不只是他失去了妻子，赵夫生也失去了母亲。

赵父心生愧疚，第一次问起："你肚子是不是饿了？我带你去买一碗面吃？"

赵夫生点了点头，又摇摇头。他不是不谙世事的幼儿，知道妈妈离开这个家，就是因为没有钱。

如果他不节俭，爸爸也离开了怎么办？

赵父当他腼腆，不敢提要求，推着他进面馆。

面汤很烫，味道好香。不知为什么，赵夫生刚把一口面塞嘴里，眼泪就啪嗒啪嗒往下掉。

赵父心尖酸酸的，温声说：“慢点吃，没人跟你抢！”

赵夫生讪讪地笑，辩解：“是小米辣太呛了，眼睛痒，我才没哭。”

赵夫生将头埋得很低，脊背突起一枚骨珠，覆着薄薄一层皮，瘦骨嶙峋。

是因为他平时都没吃好饭吗？赵父恍然大悟，家里都没了贤内助，哪还会有人顾得上他的吃喝？赵父逃避似的想，既然没有人给他吃喝，他怎么都不说一句？！他说了的话，自己肯定会……

赵父想到自己这一个月都是早出晚归，带一身酒气与戾气回家。自己都厌恶自己，别提半大的孩子了。

赵夫生不提，是因为担心自己成为负担吗？母亲抛下了他，对他会造成怎样的伤害？

赵父揉揉儿子柔软的头发，听着他稚气的嗓音，心生温柔。他已经没了母亲，总不能再丧失父爱吧？

像是下定了什么决心，赵父说：“明天开始，晚上想吃什么就和爸爸说。我学着做给你吃，总不能饿着我儿子。”

赵夫生的眼眶发烫，涕泗横流，急忙用纸巾捂住鼻子，闷闷“哦”了一声。

哭什么，好丢人啊。

男孩的自尊心只允许他在母亲面前展现脆弱，男人面对男人，得是保持坚强，否则会被瞧不上的。

赵父果然变了个人似的，当起了“家庭煮夫”。他开了一家早餐店，起早贪黑工作，平时蒸出第一屉包子的时候，先给儿子拿两个，用小碗盖上。.等儿子睡醒，自个儿下楼吃饭。

赵夫生很懂事，周末没上课，就帮家里的早餐店接客。一父一子，相处和谐，倒成了这条街有名的一道风景，提起赵家父子没人不夸。

赵夫生原本想着，他和父亲就这样过吧，要是父亲什么时候想给他找个后妈，他俩过得好，那也可以，至于亲生母亲，他连模样都记不清了。

可惜天有不测风云，就在赵夫生考上大学那一年，他爸患了癌症，是初期，还有得治，医疗费却不少。

在他再三劝说之下，赵父无奈将自家经营了许多年的早餐店转手了。那是赵父和儿子赵夫生的回忆，是赵父的全部身家。

“爸，只要你身体好了，什么都行。我这不是上大学了吗？等我毕业，我养你。”赵夫生腼腆地笑，接他爸出院。

赵父面上不显，心里却感到欣慰。他这辈子最骄傲的事，就是教出了这么一个懂得孝敬他的乖儿子。

赵父颇为得意，心里憋着一口气：没有前妻又如何？凭他自己，还不是让儿子考上了好大学，把儿子引到了正途上？

从前种种，就像是镜花水月一场梦，梦醒了，什么都碎了。

他父亲的胰腺癌复发，急需钱，可他们已经没有其他的店可以拿来转卖了。

所以这次，赵夫生出卖了自己的人生，只要他爸能活。

想到这些旧事，赵夫生的手都在抖。

他叹了一口气，吐出的浊气饱含世事沧桑。

进店，老板漫不经心给他递了一包烟，手机还放着直播。许是太久没人来了，老板见了赵夫生还唠嗑：“你看，有人绑架一个姑娘。据说绑架犯要是不把人交出来，开直播这人就要告诉他重病的老爸。谁这么惨啊，都生了大病，还要被记者媒体气，宣传自己儿子是绑架犯！要是我，生出这样的儿子，早就自杀咯。”

赵夫生闻言，手里的烟一抖，猩红的烟蒂烫到手背。他顾不上疼，凑到老板旁边一起看直播。看完了，他惊出一身冷汗，含糊其词：“是啊，谁这样啊？”

他打了声招呼，逃也似的奔回家。

赵夫生有时候会带些蛋糕回去，背着王廉给白芷。王廉以为是他嗜好甜口，还嘲笑他的口味真娘。

王廉在客厅睡觉，租来的小隔间里绑着白芷。她看起来很瘦小，这段时间食欲不振，瘦了老大一圈，眼窝深陷。

赵夫生蹲下身子，面对手被绑在床架上的白芷，道：“你跑吧。”

白芷皱眉，下意识觉得这是一个圈套。这些人还等着拿她换钱，怎么可能轻易放她跑？不过和两人朝夕相处过一段时间，她算是看出来了：赵夫生是个有良知的人，也就是刀子嘴豆腐心，硬装恶人；可那个王廉不一样，他是真的凶恶之辈，本性极坏。

这话要是王廉说出来，她可能得掂量一下，可若是从赵夫生嘴里说出来，难保不是真的。

他要是不愧疚，何必日夜给她带些哄姑娘家的甜点呢？这是他唯一能赎罪的行为吧。

她默不作声，不敢轻举妄动。

赵夫生叹了一口气，要真想自首，他直接报警不就好了？他被警方带走了，白芷就自由了，那个女人也不会发狂做出过分的事情。可他想自投罗网，王廉不想，他总不能把王廉给出卖了吧？

他该怎么和白芷说呢？让她不要说出王廉的下落。

赵夫生一面给她拆绳索，一面腹诽。

就在这时，门口突然传来一声暴戾的呵斥：“好你个赵夫生！你敢背叛我！我看到那个视频就猜到不对劲，你为了自己的事情，肯定要把我给卖了！”

“不是，你听我解释！我就是自己带她走，让你逃得远远的。”赵夫生本就愧疚，此刻语无伦次，不知该如何解释。

“你当我傻吗？你都要带她去自首了，要是警方说举报同伙能减刑，你会不说出我？反正我怎样都是死，我绝对不会让你得逞！”

王廉急红了眼，从背后掏出一把剪刀，作势要往赵夫生身上扎。

说时迟那时快，只见得赵夫生动作敏捷地朝一侧滚去，让王廉扑了个空。

赵夫生突然一招饿虎扑羊，搂住了王廉的腰。王廉发了狠地打他，怒火烧红了眼睛。赵夫生承受这些重击，好似承受得越多，越能赎罪似的。

他吼白芷："快跑啊！你想死吗？！"

白芷望着赵夫生口鼻出血的脸，心生不忍。她左右为难，不知道该走还是不走。

"跑啊！"赵夫生的手臂犹如钳子，死死搂住了王廉的腰。他遍体鳞伤，全身钝痛，心却难得敞亮，好在最后，他还做了一件好事。

白芷见势不妙，迅速将手里的绳索拆开，趁王廉恍惚之际，没命地往门外跑。

她才不管这群喽啰自相残杀，她要活命，她要回去见萧逸！郑连生那老狐狸肯定会拿她逼迫那小子。那蠢货肯定会被郑连生摆布的，因为他满脑子都是那些风花雪月的爱恋。

只有傻子才相信爱情，现在，她要回去救傻子了。

白芷冲到一家百货店里，借了老板的座机就给派出所拨号："喂？你好，是警察同志吗？我叫白芷，我被绑架了！刚刚绑匪内讧，我逃出来了。现在……Z山镇的桦树百货店，快来救我！拜托！"

就这样吧，这事也该有个结局了。她如释重负。她这一生都在躲躲藏藏，偶尔光明正大办一回事情，感觉也不赖。

找到真正的白芷了。

艾黎望着不远处精心装扮过的少女，不由松了一口气。

她是来见萧逸的，特地穿了一件嫩黄风衣，衣料质感微硬，特地熨烫过，显得十分平整。襟口绣了白绿色的碎花，低调简约的暗纹沿着胸口一路蜿蜒至腰间，高贵典雅，还带点神秘感，一如白芷一般，被暗藏毒素的群花簇拥，裹挟其中。

她的脸逐渐模糊化，唯有邪恶气息永恒。

白芷顶着林珑的脸，可她不是林珑，她只是偷走了林珑的人生，仅此而已。

替身与本人，从来只能存在一个。

萧逸见到了白芷的信，抿了唇笑，和煦而温柔，喃喃："白芷，好久不见。"

萧逸知道她在信上写什么，无非是怪他傻，怪他蠢，帮到这样的地步。

而萧逸知道她要告诉他什么，无非是真相。可他不需要她说出这些，也不想了解她。白芷说出她自己才是害死林珑的主谋，他只是帮凶，这样判刑的轻重就会调换。

可是……这不是他想要的啊。

他们两个手上都沾满了鲜血，早已分不清是谁先下手，谁后下手，又谈何罪孽轻重呢？明明是两个人都得下地狱吧？

不，不，事情的重点不在于此。

萧逸能再次和白芷有接触，他心满意足，愿意修改证词了。

他说出自己被郑连生胁迫，做伪证的原因，并且强调郑连生确实是挪用公款案的主谋。本来是不死不伤的一桩金钱案，却让这么多人死了。被连累的人无家可归，流离失所，非死即伤。

罪魁祸首郑连生，死到临头还不知悔改，仍旧不认错。

他还提出了对于此案的质疑，认为萧逸多年前的记忆不足以作为确凿罪证，只能增加一些他的嫌疑。

理论上说，这是合理的辩解，可实际上，没有人能接受这个结果。

艾黎做好了和郑连生打长期官司的准备，此时尚未被警方视为犯罪嫌疑人的白芷却道："我好像有定罪郑连生的证据，我可以帮你。"

艾黎诧异，忙问："你怎么会有？"

白芷落寞道："假如林珑没骗我的话……"

她这句话说得没头没脑，甚至有点莫名其妙。

好奇心驱使，艾黎想开口问。

白芷说："你相信吗？这个世上是有缘分的。"

"我相信。"

白芷没向她求证，只是自嘲似的一笑，眯起了眼睛。

"我想杀了她、顶替她，对她满怀恶意。可她不是，她很喜欢我，认为我和她是双生花，是姐妹，是这世上最亲密无间、能共同厮守秘密的人。"

艾黎屏住呼吸，这才意识到，白芷说的是林珑。

是啊，白芷想杀林珑，这是她一厢情愿的想法，没人能知道林珑是怎样想的。

如果林珑对白芷饱含善意呢？如果不是走投无路，再怎样抗争都无济于事，谁会顶着对方的脸，去过全新的人生呢？

正因为感同身受，所以林珑才会珍惜这段情感吧？

"她和我说，她把她的秘密都藏在了故乡母校最北面的樱花树下，只要我去找，就能找到。那时候，樱花树很少，难得看到一棵野生白樱树，便格外珍惜。现在是春日早发，满树雪白，正巧是看花的好季节。"白芷痛苦地蹙眉，似乎无法呼吸。

她拧着眉头，过了许久才释怀地笑，对艾黎说："我带你一起去看花吧？"

鬼使神差地，艾黎说了个"好"字。

这天阳光明媚，艾黎和白芷往深山老林走去，身后的警车如影随形。

冬日已经过去了，不远处的树梢都开出了粉嫩的花，姹紫嫣红。在山峦间，悬崖峭壁处的白樱树尤为显眼。

白芷边走边笑，眼眸里有一些捉摸不清的情绪，艾黎看不懂。

"我会在梦里见到她，看到她在树下坐着，对我笑。我以为她会开口骂我，可她没有，只是对我笑。被我害死了，还对我这么好吗？明明我们两个都是卑鄙的人吧？各自想要过上更好的日子，所以不择手段。那她还装什么纯良呢？还说把秘密埋在这里。我一次都没有来过，一次都没有。我怕看到一些令我作呕的东西……我不能接受她的善意。如果我知道……”她说到这里，声音戛然而止。

白芷半跪到地上，捂住嘴，眼泪便从指缝里流淌出来。

她哭什么呢？没有人懂，也没人想懂。

艾黎站在她的身后等，见她纤弱伶仃的脚踝，见她瘦弱不堪的脊背，见她痛苦难当的模样。有的时候，面对一些事，人身不由己。

“如果我知道，她到死还念着我的好，我该怎么面对她啊？做坏人，就要抛弃灵魂，彻彻底底做坏人，哪能被人瞧出是好人啊！”白芷隐忍多年，终于在此刻崩溃，号啕大哭。

陈鹤川走来，给艾黎披上一件外套，对她温声道：“注意安全，我去挖树底下的东西。”

艾黎点了点头，拢紧了厚重的外套。许是外套带了陈鹤川的炙热体温，她丝毫不觉得冷。

她冷眼看着白芷哭，看着白芷笑。

这个世界上，并不是非黑即白。所有路都是自己选的，一念天堂，一念地狱，全看个人造化。白芷选了这条路，再痛再苦，都只能自己一个人走。这是她的宿命，是她的道，是她的人生。

或许，白芷在期盼树底下什么都挖不到。这样说明林珑骗了她，并没有把她视为好伙伴，那些话不过是哄人亲近的鬼话。或许一直以来，林珑都鬼话连篇。

又或许，她在期盼树底下能挖到什么，证实林珑的善，证实林珑的温柔可人，证实这世上还有不作恶的稚嫩人心。

“咯噔”一声，陈鹤川挖出了一个小匣子，匣子里有一只手机，以及一封信。

旧式手机充了电还能开机，在里面找到了一个录音音频，是林珑和郑连生的谈话记录，里面将他如何驱使林珑挪用公款一事说得清清楚楚。之后将音频做个公证，确认没有合成后，就能作为有力证据，定郑连生的罪。

想必林珑也怕郑连生改口，帮了忙又不给她升职，所以才录音，打算以此威胁郑连生。哪知，她还没来得及做这些事，人已经被害死了。

艾黎眼神一黯，转头看白芷。

白芷怀里还捧着那一封信，那是林珑写给她的。林珑把自己和郑连生的秘密也托付给她，想来对她是百分百地信任。

那封信里写了什么呢？是花和酒，还是朋友之间的细语呢喃呢？

白芷不敢看，疯了似的将信撕了个粉碎。她畅快地笑了，转头又落下泪来。

纯粹的恶意总不敢和纯粹的善意抗衡，一黑一白，非死即伤。

害人者，亦自伤。

艾黎想，如果重来一次，白芷肯定不会对林珑下手了。

大概两个月后，郑连生被警方以挪用公款与蓄意杀人的罪名逮捕。艾黎的父亲赵泽阳洗刷了冤屈，不会再被人说成畏罪自杀。

这天晚上，艾黎与陈鹤川待在一块儿。

艾黎奶猫儿似的呢喃，声音带点儿她自己都没察觉的撒娇意味：“明天去祭拜一下你爸还有你妹妹吧。”

陈鹤川闻言，抚了抚她的长发，柔声问：“怎么想起这事了？”

“不是说，丑媳妇也得见公婆吗？”她舔了舔下唇，不知怎么说，“我就是觉得，得去看看。”

陈鹤川不蠢，听出小丫头的话外音，她这是想嫁给他了！

他哑然失笑，声音沙哑，带点儿性感：“见我家人，行啊，我是不是也得找机会去祭拜一下岳父？感谢他把这么好的女儿嫁给我，陪我一生一世。”

他俩都是可怜人，今后的人生，只能彼此做伴，驰骋红尘了。

也幸好，他们还有彼此。男人与女人的结合，青梅竹马，古往今来多是一对。

就让他们这样下去吧，自此之后，星辰相伴，此生再不离散。

清晨，当第一缕阳光照入屋内，艾黎迷迷糊糊地想起了往事。

那是初冬的第一场雪，目光所及之处，白雪皑皑。

艾黎刚参加完高三同学聚会，和大学室友打了个电话，称晚上会迟些回寝室，假如她们要去泡吧，记得给她留个门，她没带钥匙。

艾黎穿着红色低跟雪地靴，停在一家话剧院的宣传海报前，略一思索，去窗口买了票。

卖票的姑娘面容稚嫩，估计大学刚毕业，涉世不深。她骨碌碌转着眼珠，委婉地劝："《狐狸的新娘》已经放了一半了，你这时候买票进去不划算。"

话刚说完，她便惨遭同事的白眼。

艾黎笑笑，说："我就想看这一场，你卖给我票吧，我不觉得亏。"

"好吧。"对方嗫嚅，拿了钱，给她撕了小票。

艾黎将其攥在手中，故作一派欢喜的模样，进了话剧院。她本来没打算看，可姑娘那样一说，她若是拒绝了，肯定会害了对方。

谁在这个世上好混呢？总不要平白无故为难人，不过是举手之劳。

许是这场话剧很有名，剧院里早坐满了人。

光线昏暗，艾黎瞧不清楚，脚下踩空，就在她要跌下楼梯的那一瞬间，被一只结实有力的手扶住了腰。光怪陆离的舞台光将那只手臂照得灰白，隐约能看到皮下青筋，让艾黎想起了那么一个词：孔武有力。这是一个男人的手，规规矩矩，只是揽住她的小腹，让她不至于摔下去。

艾黎尴尬地受着，吸了吸肚子，往后挺着腰。她红了耳根，小声说"谢谢"。

话音刚落，熟悉的笑声落入耳里。

艾黎瞳孔一缩，回头望去，居然是陈鹤川这个冤家。

陈鹤川但笑不语，低声道："还真是有缘，艾黎妹妹。"

"少拉关系了。"她倒没想在众人面前对这个男人发难，低低呵斥一声，一点威慑力都没有，他怎么会怕呢？

陈鹤川又笑了，他很喜欢逗她，特别是在这样灰暗的场所里。

艾黎想走，陈鹤川却拽住了她的手腕：“好不容易买的票，怎么说走就走了？话剧挺好看的，给个面子看完吧？”

他话音刚落，艾黎就止住了步伐。她瞥了一眼舞台，灯光中央，有披着红纱的新娘起舞，脚边匍匐着凶兽。怎么这么像她和陈鹤川呢？她是那无辜娇媚的少女，陈鹤川就是吃人不吐骨头的大尾巴狼！

这样一想，艾黎心情甚好。她勾唇，又退了回来。

旁边都是人，她想挤到别处去都不行，只能委屈一下和陈鹤川挨在一起。

等入了戏，了解了剧情脉络，越看越得劲，艾黎看得如痴如醉。陈鹤川哪都好，作为观众，不扰民，有素质，就是喜欢时不时低声给她剧透。他挨着她的耳朵，呼出的气儿滚烫，像是炭火上的猩红火星，随着风扑簌簌落在她耳尖，让她感觉既烫又痒。被那高温一激，她内心浮躁。

艾黎不敢推开他，怕引起人注意。可这厮很烦，让她讨厌得紧。

许是黑暗的环境壮胆，让她敢做平日里不敢做的事情，她瞪了他一眼。

陈鹤川忍俊不禁，道：“可别这样，看上去像是情侣吵架，可能惹人误会。”

“谁和你是情侣？”艾黎扭头就走。

对方还在后面说：“别走呀，要是走了，你会记得我很久很久的。”

什么意思？她会记得他？开玩笑。

只是这场话剧的结局究竟是什么？新娘爱上了狐狸吗？还是狐狸为了保护新娘，死于发狂的猎人手下了？

艾黎回家搜话剧结尾，这才察觉陈鹤川那话中深意。

《狐狸的新娘》话剧现场之所以人满为患，是因为十年来只此一场，绝不复演，也禁止观众拍摄视频。

她惦记话剧结尾，顺道也想起那天的不速之客陈鹤川，于是她真的将那个画面记了好久好久。

艾黎从回忆中惊醒，后脊满满的热汗。

她长吁一口气，幸好她那时候离开陈家所做的诀别，不过是儿时叛逆的一场梦。若是没有缘分，她怎么会频频遇到陈鹤川，现在又与他相知相守呢？

艾黎嘴角噙笑，回想起昨夜的梦。

她已经梦到了《狐狸的新娘》结局，填补上那个空白——

她就是身披薄如蝉翼的红纱的新娘，她在一片虚无幻境中兜兜转转。家人抛弃她，世人逼迫她成为狐狸的新娘，否则强大的狐妖将会屠杀整个村子的人，他们无法接受这个事实。

她是能够阻止狐妖作祟的唯一人选，她应该为村子做出牺牲。

于是，艾黎赤足前行，脚踩泥泞，往凶兽的身边飞奔而去。

艾黎的躯体早已遍体鳞伤，面庞却依旧那样柔美可人。

陈鹤川这只凶兽上下打量她，嗤笑她的弱不禁风。

艾黎害怕被他摒弃，于是扬起红纱翩然起舞。血红的红纱是嫁衣，是遍地绽放的彼岸花。她决绝地舞蹈，只因这一路再无退路。

她无家可归，无人可依，唯有成为狐狸的新娘。

“够了。”陈鹤川这只狐狸睁开眼睛，对她道，“我不爱看什么舞蹈，也不爱看你卑微求欢的样子。身子单薄便单薄一点吧，好好养养总能圆润；体质不好便不好吧，我也不是喂不起你补药。既然成了我的新娘，便只有我能守你护你了。”

艾黎伶仃白皙的手腕缓缓落下，她目瞪口呆，倒没料到是这个结局。

不是说狐妖必会吃了新娘吗？为什么他改了主意？

难道说，偏执冷酷的狐狸也有爱上人类新娘的那一天？

他是凶兽，却也能收起獠牙与利爪，俯身安息于她身侧。

原来，黑暗童话也能改写结局，变得圆满。

这一生，陈鹤川作为她的守护神，以一身厚重裘皮给予她温暖，以尖牙锐爪护她周全，以炽热心脏爱她永生。

故事到了这里，总算迎来了曙光。

这世间，寂寞如斯，唯有酒肉与真爱，不可或缺。

番外

1.

艾黎高中时期，X城区有庙会。半山腰有红柱庙宇，沿途点上了灯，像一条吐着猩红火舌的长龙，一直绕到山脚。

春色正好，夜色朦胧。刚抽芽的枝丫被层叠桃花压弯了腰，柔若无骨地垂地。花团锦簇，掩盖月亮。

艾黎撩开挡住视线的花枝，三步并作两步追上同桌赵怜。她平时不太爱出门，要不是赵怜要见男朋友，穷追猛打逼着她来，拿她作伐子和家人说，她才不会来。她更喜欢待在房间里，锁上门，趁陈鹤川回家之前，忙里偷闲，多看几页言情小说。

高考在即，压力太大，看着桌上垒成高山的卷子，艾黎常常反手一卷被子，藏在被窝里，借点被褥外的灯光，津津有味看言情故事。这段时光是她最惬意快乐的，不必想父亲的事，也不用想刻苦攻读考个好的外地大学离开这里。繁忙与闲暇对立，她找了条中立的缝隙，悄无声息钻进去。

艾黎想着，走了神。不远处，赵怜朝她挥手，颤动唇，无声说："艾黎，我们两个小时后在庙口前见面，和之前说的一样。"

是了，她还得护送赵怜回家，把赵怜安安全全地送回去。

赵怜是安全了，她呢？一个人走在漆黑小道上，独自回家的话，会不会怕呢？

艾黎嗤笑一声，她啊，早过了该害怕黑夜的年纪。

不远处有一条美食街，炒面与炸鱿鱼，各式各样小吃应有尽有。来往的人很多，熙熙攘攘，络绎不绝。她惧怕这种热闹，会让她的形单影只显得更加鲜明。艾黎迟疑了一会儿，还是往一侧的灯火阑珊处退去。

她漫无目的地走着，突然听到有人喊她："艾黎？"

她回头，漆黑的眼眸里倒映着陈鹤川。艾黎吓了一跳，失声惊呼："陈哥……哥。"

这声久违的哥哥被抑制在她喉头许久，喊时略带生涩，卡壳半天。她不想喊陈鹤川哥哥了，也不想再接近他。

陈鹤川听到了，嘴角上扬，心情大好，问她："怎么一个人在这里？"

"不想做题。"她闷闷回答，却没多说。

她不说，陈鹤川却不会放过她。

男人狭长的眼眸微微眯起，上下打量了小姑娘。他的视线落在艾黎的腿间，没穿厚丝袜，肤白如雪，单薄而瘦削的小腿在夜风中瑟瑟发抖。倒春寒的天气，总是冷冽刺骨。

他的脸色不自觉冷下来，淡淡道："我带你去找个摊位坐坐，挡风。"

陈鹤川总是这样，强硬地替她决定许多事。艾黎年幼而敏感，不甘心被驯服，也不喜欢受人支配。她总觉得自己是陈鹤川的附属品，是他的所有物，如今她想撕去这个标签。

于是，她完全无视陈鹤川话中的好意和善意，蛮横地抵抗他的安排，丧失本心。只要是陈鹤川说的，她都要与之抗衡，不论好歹，也不识好歹。

“不要。”艾黎垂下眼睑，抿了唇，再添上一句，“我得等我朋友。”

“你朋友在哪里？”陈鹤川的声音越发冰冷，他那明朗的五官此时也添了几分冷峻之色，瞧上去非常不好惹。

艾黎的呼吸一滞，她咬了咬唇，梗着脖子，倔强地道：“她和她男朋友待在一起，马上就来找我了。”

闻言，陈鹤川却凑近一步。他俯身，贴着艾黎的耳轮，如同情人低语，可实际上不过是兄妹吵架。他的话中充斥危险气息，有着自己都未可知的霸道态度：“你是指，你的朋友为了找男朋友玩，把你丢在这里？呵，我以为我的艾黎妹妹长进了，没想到还是这样识人不清。这算是朋友吗？你连人的好坏都分不清吗？”

他怕她被人骗，被人欺负，恨不得天天跟着小姑娘，将她护在羽翼下。哪知这丫头发狂似的挣扎，想要逃离他。陈鹤川对她可从未有过坏心，甚至是掏心掏肺！只是他自个儿也知道，这种占有欲，时间长了就会变质，渐渐延伸出其他情愫。这种情感与从前大体一致，可细想又有点不同，说不清道不明。

“我自己交的朋友，不用你管！”艾黎反驳，她最烦陈鹤川这种事事要为她做主的样子了。

“怎么不用我管？你是我……”

“妹妹吗？陈鹤川，我没上你家户口，不过是瞧在陈叔叔的面子上，口头上喊你几声哥哥！我就是被人骗，被人欺负，都不需要你出头！你能不能不要再管我的事情了？”不知为何，艾黎感觉眼睛有点发酸，心脏像被人凿开一个大洞，似破败的风箱，呼哧呼哧地响。她很难受，又不得不承受这种难受。

陈鹤川不知道该说些什么，他是不是不该管她，放任她在外受委屈？可想了想，他又做不到。

他又不傻，怎么不知道艾黎在他家寄人篱下多年，是一场荒唐的闹剧，还是他一手促成的一场假戏？

是他幼年时期，过不去丧妹之痛，逼着父亲找了这么个替代品。他逢场作戏，喊她妹妹，想看她丑态百出，想打量她的稚嫩之心是否存恶。他就这样肆意玩弄一个姑娘，教她疯魔，教她死。

他不是什么好人，也悔改了，一心向善。

他把她当成比自己年龄小的姑娘，护她远航。他想她像温室里的花朵，被人每日悉心浇灌，温柔培育。他想她依赖自己，和起初一样。

还是以前好啊，艾黎偶尔会摘下那层老成的假面，露出一些单纯的本心。

再后来，她长大了，明事理了。她好似察觉到了什么，知道他早就看穿她的小心思。于是艾黎感到伤及自尊，恼羞成怒，与他渐行渐远。

陈鹤川之前从未害怕过什么，此时此刻居然会害怕这种疏离感。他想与她更近一步，想把她牢牢攥在掌心，可越用力，越不得力，越失意。

他张牙舞爪要对她做些什么的模样，逼得她节节败退，蜷缩在角落里瑟瑟发抖。

艾黎抱住头，把脸埋在膝盖间。她乌黑的长发垂在脚尖，紧覆上白皙的脚趾，她不听、不看。

陈鹤川想贴近她，可艾黎抖得更厉害了。她怕他的尖牙，那便拔去尖牙；她怕他的利爪，那便剪去利爪；她怕他相伴左右，唯有这个他无法可想。

陈鹤川发现，他离不开艾黎，不是以兄长的身份，也不是以长辈的身份，他想以另外一重身份靠近她。

可是艾黎再也不看他了，不知道他没了獠牙、利爪，无法伤害她。她将自己封锁入小世界里，带着重重心事，被束缚其中。如同一枝含苞待放的玫瑰被绑住了花瓣，无法绽放。

陈鹤川思绪良多，想了想，又长长叹一口气。

他让步，离开了。

艾黎见他越走越远，如释重负。

她闷闷地坐在台阶上，回想刚才自己说过的话。她讨厌陈鹤川吗？她并不是那么厌恶，只是不想再当他的妹妹了。

她为了父亲的事情，才处心积虑来到陈家。她要查真相，而不是作为陈鹤川的妹妹活下去。她害怕对他动情感，害怕与他有羁绊。电视里的卧底也是这样的，一旦动情，万劫不复。

如果她和陈鹤川建立了感情，之后查出什么事情，再伤害他，那岂不是千古罪人了？她又不是肆意玩弄人感情的“渣女”，还是这样断了好了。

何况，她也有点畏惧陈鹤川。她总觉得这个男人什么都知道，早晚会抓住她的小把柄。

艾黎在这里等了两个小时，赵怜好像和男朋友玩疯了，迟迟没来。

没过多久，突然有摊主端了一份炒面递给她，道：“小姑娘，这个给你。”

“我没点面啊。”艾黎呆愣愣的，还不知发生了什么事情。

摊主笑道：“是你哥哥给你买的，让我端给你吃，他有事先走了。你俩是闹别扭了？我看你哥挺关心你的，别总往心里去。”

艾黎没出声，捧着塑料盒装着的炒面，心不在焉。

他是不是看到了？赵怜把她晾在这里两个小时还没来。

赵怜是酒肉朋友，有好处才来，并非挚友，让他说对了，也让他看穿了。陈鹤川会不会在心里嗤笑她识人不清呢？不听老人言，吃亏在眼前。

就算是吃亏又怎样？她甘之如饴，和陈鹤川没关系！

这样想着，艾黎把炒面里的牛肉片塞嘴里，大快朵颐，好似这样酣畅淋漓地吃东西，就能消减她心中的怨气一般。

不远处，还未走远的陈鹤川见状，笑出声。果然还是小丫头吧？多哄哄，多惯惯，总会消气的。

他是大人，总得让让小孩吧？

她既然不想当他的妹妹，那是不是可以考虑换个身份？

陈鹤川好像很喜欢这个姑娘，不同于喜爱晚辈的那种，是比较私人、隐秘的喜欢。

2.

陈鹤川辞职了，无理由，全然任性那一种。有心有不甘的后辈一直追问缘由；也有幸灾乐祸的后辈假惺惺道别，询问原因。

陈鹤川瞧得清楚他们心中所思所想，可谁真谁假，对他来说意义不大。活在世上，不可能顾及每一个人的目光。

他想到了艾黎，想到她伏在他膝盖上，一脸困倦未醒的样子。温柔景象，目光所及，笑意便不自觉溢出嘴角。他微笑，道："我想换个低危工作，陪太太。"

前半生遭遇狂风暴雨，心城早已断壁残垣，满目疮痍，余生便想安稳度日，枕边有茶、有糕点，膝上有夫人。

"不会后悔吗？"师弟犹不死心，压低声音问，"你在快要晋升的当口走了，之前的功劳可都没有了。"

"你就当我在执行任务里受了伤，再也不能工作了。"陈鹤川淡淡道，"这是我深思熟虑做出的决定，是我心之所向，你拦着也没用。好好干活吧，人民需要你，快去。"

他赶走了这些聒噪的师弟，收拾完个人的物件，走出派出所。

路边有美丽的姑娘在等，一头乌黑飘逸的长发，一身刚到膝盖的玉兰花色连衣裙，是艾黎。这个冬天总算过去了，度过了温暖的春天，迎来了炎炎夏日。

艾黎注意到不远处的陈鹤川，笑逐颜开，跳着挥手。

陈鹤川望着眼前这一幕，冷峻的神色变得温润柔和，满腔爱意都赠予她。

下半辈子能和她度过，他即使没了工作也不算亏。

约好了今天去扫墓，陈鹤川到花店抱了束鲜花，现在都是温室培育，什么花都有。他的亲妹妹陈鹤珊喜欢满天星，他给父亲抱的则是普通的浅色花束。

父亲和妹妹被葬在同一处墓园，陈鹤川跪下给父亲磕头，说了许多话，还在墓碑上淋了水，代表有人来过，不必寂寞。

艾黎不想打扰他，独自顺着名字挨个找下去，不远处，发现了陈鹤珊的名字。

她和陈鹤珊的关系“亲密”，神交已久。

艾黎望着遗像里乖巧端坐的小姑娘，不自觉抿出一个笑。她哑了嗓子，过了许久才说：“鹤珊，你好。初次见面，我是你的大嫂。我和你的哥哥陈鹤川快要结婚了，以后也会常常来看望你的。”

她不知道该说什么，她也从未见过陈鹤珊。不过看相片里的长相，陈鹤珊甜美可爱，吃根冰棍也笑得眯起了眼睛，和她着实不同。

幼年的她和陈鹤珊哪点相似了？陈鹤川又怎么可能认错人呢？

想必他一直都知道艾黎不是自己的妹妹，也不是替代品，更不是冒牌货。艾黎是艾黎，寄人篱下的反骨少女；而妹妹是妹妹，朝夕相处，入骨亲情，是无法被遗忘的人。

艾黎长吁了一口气，此时终于释怀了。

之前的她才不是和陈鹤川沾亲带故的什么人，现在的她是陈鹤川的妻子，是他的家人，是陪他厮守余生的爱人。

这口浊气好似赌了一个世纪那样久，终于在此刻消散。

陈鹤川从远处走来，艾黎嗔怪道：“问你一个事。”

“嗯？”陈鹤川笑盈盈地看着她。

“你第一眼看见我，为什么喊我妹妹？真觉得我像你妹妹？”

“你哪里像我妹妹了？喊你一句妹妹，不就是为了当你的情哥哥吗？”他勾唇，笑得不怀好意。

艾黎快要被他气死了，瞪他一眼：“别说有的没的，你当时到底是怎么想的？”

“你不是一心想进我陈家门吗？那时我不能娶你当太太，先认了亲，骗你进门再说。我比你年长那么多，喊你一句邻家妹妹，也不算占你便宜吧？”

艾黎拿他没办法，这厮嘴皮子是真的厉害。

她无奈极了，抿了抿嘴，没话说。

陈鹤川轻笑出声，淡去了那点调侃之意，郑重其事道：“要真说为什么，我也不清楚。许是少年时的坏心思多，爱逗弄姑娘玩。我喜欢你，就想欺负你。越爱不释手，欺负得也就越多。”

“什么歪理！”

“真是这样。可我欺负着，欺负着，突然想占为己有了。我不想把你让给别人，想把你藏得好好的，只能给我一个人看见。可你抗拒我，总心事重重的样子。我索性破罐子破摔，随心所欲对待你，想看看在这样的欺压下，你会不会露出求饶的表情。我知道从前是我不好，你可千万别生我气。要是气跑了老婆，下半辈子我只能打光棍了。”

艾黎笑个不停，嘴上“呸”了他一声：“气跑了我，不会再找一个吗？”

“不会，我只要你。”

他将甜言蜜语说得这样刻骨铭心，好似肺腑之言。

艾黎摇摇头，腹诽：算啦，反正这辈子也栽在他手里了，管他是哄她还是真心话呢！

陈鹤川放下花，拉她走出墓园。

半道上，他突然拥住她，气息落在她的发间，萦绕于脖颈。

艾黎被他烫得一个激灵，问：“怎么了？”

“带你去个地方。”

艾黎还没反应过来，陈鹤川便不由分说拉她往山崖边跑。他一向稳重，少有这般少年气重的时候，毛毛躁躁像是还没长大一般。

艾黎哧哧地笑，想起来当年的陈鹤川。

无论她再怎样摆脸色，这个男人总会带她去买好吃的，带她出门逛街玩。

他根本不在意她是热脸还是冷脸，他在意的是她本身。

艾黎微微一愣，别扭了起来：原来陈鹤川一直都很照顾她呀！

天色渐渐暗下来，陈鹤川拨开一丛芦苇，露出一面平静无波的蓝绿湖。

艾黎跟着陈鹤川攀上那一块扁平的大石，学着他的样子席地而坐。石头旁边摆放着一个小篮子，盖着方巾。

艾黎好奇之时，陈鹤川已经将方巾掀开。他把里面的宝贝一样样拿出来，最先拿的是驱蚊药水，给艾黎裸露的腿脚都喷了个遍，然后提出一盏小夜灯。昏暗的天，一下子被那明亮的灯火点燃，照亮了陈鹤川的脸，温润如玉。

艾黎有些心动，初次发觉，陈鹤川竟然有这样好看的皮囊。当初她感受不到，难不成是灯下黑吗？就她看不出来？

那篮子就像是百宝箱，陈鹤川还从中拿出了一盒樱花便当，一掀开盖子，涂满蜜汁的鸡翅映入眼帘，一侧还有裹着煎蛋的饭团，撒了点酥脆的芝麻与梅子干，酸甜可口，看一眼便唇齿生津。

艾黎坐下来，任由陈鹤川拿湿纸巾给她净手。

拾掇好一番，对方才允许她吃饭。

艾黎拿了一个饭团，还没张嘴，就被陈鹤川半道截住了手腕，后者笑道：“你就直接下嘴了？”

“不然呢？”艾黎不解。

“这可是我辛苦一早上的劳动成果，不先好好感谢一下你最亲的老公？”

“谢谢我先生给我准备的吃食，我要开动了。”

“啧。”

陈鹤川还是不让她吃，她噘嘴：“你想怎样？”

“既然你不懂感恩，就让我来教你好了。”

“嗯？”

陈鹤川话音刚落，艾黎就感到唇上一凉，原来是这厮吻上了她。

艾黎呆若木鸡，却见对方一副得逞的得意样儿，慢条斯理地说：“以后想感谢我，不必口头上客气，身体力行对我做些亲密的事情就好。这才是我想要的谢礼，明白吗？”

呜，这种事情，她才不想明白呀！